# 流行爱慕

韩星鹭 著

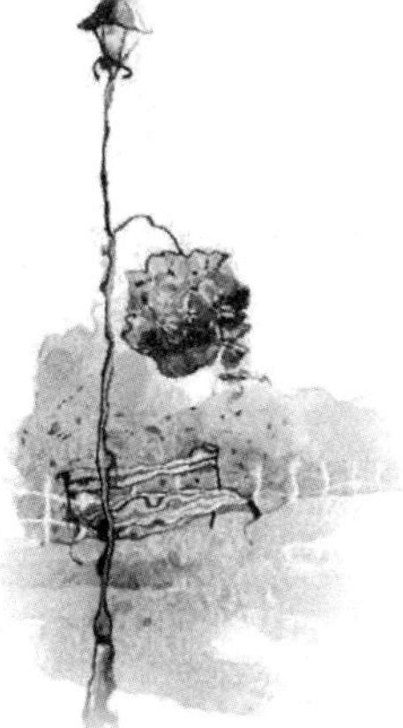

作家出版社

# 目 录

## 情感：再抒情的短歌



## 评论：象牙塔的涂鸦

## 感悟：难凋零的枫笺



## 诗歌：青田乡的野鹤

## 真情：午时间的闲茶



## 后 记

# 序

# 带有生命朝气的文字

## ——读韩星鹭第二部作品集《流行爱慕》

王俊康

蛇年春节后，我曾为星鹭《年华是奔跑的花》写了数千字的序言，那是她首部个人作品集，作家出版社2013年5月出版。

小星鹭是我当年在广州市白云区方园实验小学体验生活时认识的。我在那里办了一年的写作兴趣班，她怀着浓郁的兴趣来参加了，但没受我特别的青睐，那年她读小学三年级。谁料几年过去后正在读初中的她，却捧出了一本厚实的书稿来让我作序，这却是让我大吃一惊。真是世事变化日新月异，士别三日刮目相看。

羊年春节将至，星鹭的第二部个人作品集《流行爱慕》又即将出版，并请我这启蒙老师再赐新序。星鹭年纪刚满十七岁，正在读高中，真是了得。

小荷才露尖尖角，早有蜻蜓立上头。

不到两年时光，她不但出版了两本作品集，还收获众多的荣誉：

2013年7月获第十四届“中国少年作家杯”全国征文大赛一等奖。

2013年12月获广州市作家协会批准，成为作协最年轻的会员。

2014年4月获第十六届“语文报杯”全国中学生作文大赛国家级二等奖。

2014年7月获第十五届“中国少年作家杯”全国征文大赛一等奖。

2014年7月获第十二届“叶圣陶杯”全国中学生新作文大赛决赛一等奖，

并且获得“十佳小作家”称号。

荣誉一时如井喷接踵而来，再用“刮目相看”来形容，显然是不能准确说明问题的实质。作家从来是以作品说话的，作品质量是要接受漫漫岁月和睽睽众目的检验，马虎随意不得。至于征文夺魁，说是过五关斩六将也不为太过。那些执掌“生杀大权”的评委，大都尖刻得很，遴选作品百般挑剔，鸡蛋里面挑骨头，敝人不才，也常受命干此营生，深谙夺魁之不易。何况全国征文，群雄蜂起，PK厮杀，残酷想象可知。接二连三力压群雄脱颖而出，只能说明才华出众文采斐然，不然很难理解这一“井喷”现象。然否？

作品的思想性艺术性有赖文字的出彩，古今文人对文字功夫极为重视，把其视为检验实力的试金石。杜甫的“笔落惊风雨，诗成泣鬼神”，贾岛的“两句三年得，一吟双泪流”，无不表达出“语不惊人死不休”的写作理念，以及对文字品质孜孜不倦的追求。

小星鹭看来在大量阅读中，悟出文字的神奇美妙，少女情怀梦斑斓，她的梦幻就是做文字的“小情人”，与它终身相伴。我欣赏她的文字清新活泼，有较强的张力和生命力。

“清水出芙蓉，天然去雕饰。”总感到她的文字不按常规出牌，多少有点随心所欲。也许是思维活跃呈现跳跃的缘故，一个个方形文字在她的驾驭下，顺从地组合排列，恰如其分地表述她的思想感情，小作者似乎不费力气随手拈来，三言两语就准确生动传情达意，妙不可言。那些文字平实自然，没有雕琢痕迹，却有着相当强的表现力和感染力。

文字功夫讲究准确、生动、形象，这是基本要求。但对作家来说，这还远远不够。含蓄精炼、言微意宏、惜字如金、画龙点睛、出神入化……，这些更高的文字功夫，需毕生追求、苦心孤诣、千锤百炼。小星鹭的作品显然还有提升空间，尚需时日磨洗，但在文字造诣上，早已自觉地往高境界的路上走去，且疾志不渝，并渐入佳境。

还是用作品来说话。

就说散文《糖水罐头》吧。

清新文字所展示的，是一个个精致美妙的镜头和画面，让人看了忍俊不禁，捧读再三，慢慢品味。

作品写同桌好友，然直至篇末不见其名，只出现落款“罐头”，但与其那种亲密友谊和掺杂着对异性“暗恋”的内心纠葛描写，可说是写得棒极了。少女那些不可抵挡的情绪与情怀，如春风入怀让读者也感同身受。

体察入微的描写可谓是细致毫末。她写“你”的热情洋溢，从不让人觉察的语气感受入手：“无论对谁说话都是热乎乎的语气，连‘啊’和‘啦’之类的语气助词也被你运用得自然，每句话都是介乎‘生硬’与‘发嗲’之间最舒服的状态……”。对此，我们不能不对她的文字细微观察能力和揣摩本事而折服。更妙的还在篇末，借力“罐头”一词的出现，把对友谊的表述发挥到极致：“想把与你一起的时光做成糖水罐头，只要我们不偷吃，这保质期就不会过。”匪夷所思的构思真让人叫绝。

是文字的魅力还是想象的魅力？抑或是文字混合想象生出的魅力？都对！那是两者水乳交融形成的文学魅力。

总之，跟随她的清新文字，仿佛会让你走进她用情感编织的童话世界里，感受到少女纤纤小手采撷的文字鲜花，散发出迷人芬芳。

星鹭写的小说，文字也是这般美妙。

小说《薄荷冰棍》，写的是豆蔻年华女生真实的情感世界。

在前往海城夏令营的列车上，少女的“我”在片刻瞌睡中醒来，看见“年轻男生线条柔和的侧脸”，邂逅故事开始了。——往往在人们想象中，少不了情话绵绵爱意连连。但出人意料，小作者都用三句极其平淡的对话，引出了邂逅故事。

“醒了啊？”（“是干净却又完全陌生的男生”）

“嗯。”（“我”的回应）

“夏令营？”（男生问）

“嗯。”（“我”的回应）

多么滑稽的场景与对话。二句三字句的发问，二次单音节的回应，就引出了异性相吸的邂逅故事。更引出了青春萌动少女的情怀。“刚才不认识的男生和自己说话”，在这心态支配下，于是少女想入非非，情丝缕缕。

正如小作者所言：“不必想出绝妙的俏皮话，也不必夸张的肢体语言故作亲昵，仅是一句轻松的‘醒了啊’就能揭开专属陌生人的疏离面具，并在下一秒贴上‘这个人可以聊天’的标识。”

小作者运用文字高明之处也在这里，“四两拨千斤”原理就是这么简单。

接下来对男生的描写，对自己的心理刻划，其所用文字都很传神。充分展现“他们相撞，如同鲸鱼喷火般奇诡而瑰丽。”

当“看见他与隔壁的女生并肩走着，女生的书包挂上他的肩”时，对少女妙微的失意心理刻划，都用了一个深刻的比喻，省却许多啰嗦话语。

当有其它男生约这男生同行，也会在她心头上泛起阵阵涟漪，引起强烈心理反映。这男生对她说：“我和他们不同校”、“他们是一伙的”。她于是会“将那后半句话的解释反复咀嚼，几乎要尝出绵密的滋味来”，最后竟然会想到“与‘他们’相对的，是‘我们’。”这是最真切的内心独白，于是沉醉在异想天开的美梦幻影之中，少女情怀不用多说，自然真实流露眼前。

情人眼里出西施。文中的情人并非是真实意义上的男女关系，而是青春期少男少女一种朦胧的对异性特有的爱慕与冲动。能够准确生动表达这种稍纵即逝的情感，有赖语言文字的功夫。

小星鹭笔下的文字表现力，与青春期女性特有的微妙细致的心理感觉和内心活动，紧密相扣浑然一体。与其说是文字的魅力，不如说是心理描写刻画的成功。同样，与其说是心理描写刻画的成功，不如说是文字表现的惟妙惟肖。

再看颁奖时，男生不觉睡着了，头倾斜头发摩擦过“我”的半边衣袖，“变成小片带有灼热温度的触点”。描述少女强烈心理活动的文字并不多，就一句话：“已经很满足了，嗯，连空调的风都不再觉得冷”。那么自然真实，又那么含蓄袒露，此时一句胜百句。一种无法言说却直抵心灵的感觉，如电光火石瞬间迸发无遗。

我注意到小星鹭写作时，尽量避免枯燥无味的叙述和说教，用带有生命朝气的活泼文字，把人物写鲜活，把精神写灵动，让读者在欣赏时，从字里行间会意作者意图，获得审美的轻松和愉悦。

我还注意到小星鹭的文字，不太喜欢受文体的约束，总爱在各种文体中自由穿梭。有时小说却用散文笔触，有时散文却有着小说影子。常常打破常规时序，取消连贯故事，时间、地点、人物、事件等要素并非像传统表现手法那样，在作品开头有所交代，而是捂着藏着，到了适当时候，不显山不露水带出来。小说并不着意写矛盾冲突，更没什么扣人心弦的悬念，重点刻画描写人物内心独特的世界。散文也不像常见的知识性散文，哲理性散文和纪实性散文，像篇首前言《小情人》，别开生面，更像童话式散文。总之，她的文字在行文中有很强的自由度，文字表现风格清新活泼，大胆富有个性。

她作品中的文字，往往三言两语，就活灵活现，打开少女隐秘内心世界的窗户，把你带到青春激荡的天地里，窥探到五彩缤纷的奇妙，流连忘返。看来小星鹭在文字世界里，行走得相当自由，任性驰骋是一种开放大度的写作状态。

再如小说《流行爱慕》，写三位青春少女对一位男生的爱慕。她们是“朋友”，也是“情敌”，描摹心态，刻画心理，叙述事件，描写行为的文字并不多，妙就妙在灵动。这些文字，都是些少女恋人特定的眼光中看到的爱慕男生，富有质感和现场感，穿透豆蔻少女的心，直接目睹她的炽热情怀。

在散文等文体中，依然可见她始终如一的文字风格，活泼不呆滞，清新不俗套，因而带给读者的是艺术审美享受。

不拘一格的文字叙事方式、形式结构变化，对小作者来说，不一定都是一种有意识对传统叙事方式的反叛与革新，但无疑是一种有益的尝试，对读者传统阅读习惯也是一种挑战，读者不能再被动接受文字信息，而要在阅读过程中，让思维活跃起来，与小作者一起互动，才能领略文字背后那些难以表述的美妙情感。当然随意性、碎片化写作，特别要注意文中的内在联系，弄不好会有支离破碎感觉。

中国传统文学很重视典型人物和典型性格，其文字表现也特别讲究个性语言，当然，这也许是过高要求，对小作者来说，很可能已是一种苛求，但现在她已步入作家行列，跨进文学殿堂，也有必要去审视个性语言的表述。

像小说《双面人》，写的是幼儿生活，虽是回忆，并非专为儿童阅读而写，但基本元素还是幼儿，看来却缺乏幼儿特定的生活语言。如“一毫米”、“职业”、“贤良淑德”、“海纳百川”、“丘比特之箭”，这些词语怎么会出自幼儿的嘴巴呢？显然不是幼儿语言了。这样写来，作品的感染力就打折扣了。

个性化语言关键在一个“像”字，像这个人的性别年龄，像这个人的性格特征，像这个人的工作职业，像这个人的生存环境……，像了，人家就信服了，人家（读者）就会随你的笔触走进作品里面去了。

《薄荷冰棍》里的男生崇野，有个镜头是这样的：“双手兜在口袋里，倚着店门吹起走调的口哨，是完美恋人的姿态。”看了觉得好欣赏这样的文字，这真是受少女爱慕的小男生形象！典型的浪漫潇洒青春不羁的小男生。

小星鹭对文字情有独钟，如痴如迷。前言《小情人》可看做是她对文字爱的自白书。

“问渠哪得清如许，为有源头活水来”。

她把文字视为自己“青梅竹马”的“小情人”。“因为有你在，所以不孤单”。篇末，她直言不讳向文字表白“我是一个爱你的家伙”，预言“总有一天你会变成我现实的恋人”，最后，像求婚者一样虔诚地恳求：“我们会一辈子在一起吧”。俏丽活泼浸润童话色彩的文字，确实可爱，也有些调皮和另类，但活脱脱地把她对文字的爱恋追求和盘托出，读之谁能不动情乎？冰冻三尺非一日之寒，文字功夫也非一朝一夕所能形成的。

谁能像她那样勇敢，对文字作如此直白的爱的宣言？爱到以身相许，这种爱早已深入骨髓，融进血液，化为灵魂，这种爱的纯洁是绝对不容怀疑的。

序言至此，本该打住。但言犹未尽，多唠叨几句。

小星鹭还是中学生，就已成为作家队伍一员，这是最年轻最新鲜的血液，启蒙老师见证了你成长的过程，打心眼里为你高兴。

我是而立之后才跨进作家行列的，转眼三十多年过去了。这期间一直在我省作家协会工作，从办报办刊到走上文学领导岗位，看过太多的文学作品，也参加过不少的文学评奖活动，但大都成为过眼云烟，只有其中极少一些，至今仍使人感奋不已，印象深刻。探其奥秘，还不仅仅是写作技巧、文字功夫上的原因。真正原因是作家那颗心，是不是真正交给人民，是不是做人民的忠实代理人，是不是与人民同心同德、同呼吸共命运。真正有作为的作家要有所追求，有所担当，为此不惜呕心沥血。

一句话，作家肩负神圣的使命，从被批准入作家协会的那一刻起，一辈子都不能忘记自己的使命，这是人民的使命、历史的使命。这些话语对中学生来说也许太沉重、太正统了，但确实是古稀老人几十年文学行走的真切感受，肺腑之言。年轻作家也许会听得云里雾里不知所言，相信在今后创作实践中，会有所感悟。小星鹭，你说是吗?

请接受我的祝福，小星鹭。文学天空群星灿烂，相信其中必定有一颗星是小星鹭的。那光芒特别耀眼，分外璀璨。

二〇一五年二月十八日除夕定稿

**王俊康** 著名儿童文学作家、诗人，中国作家协会会员，一级作家，广东省作家协会原党组副书记、儿童文学委员会原主任、校园文学委员会原主任。

# 前言
# 小情人

## 1

我在七岁那年冬天遇见你。

你跷着二郎腿坐在一屋子厚重的童话书上，用柔缓的嗓音对我说着什么。我所在的城市没有雪，而你的故乡被白雪覆盖。你会告诉我北国的故事，关于火鸡，关于火柴，关于圣诞。那时的你像极了来自欧洲的混血儿，有着王室的贵族气息，却是如同热烘烘的烤面包一般柔韧而温暖。

我是多想把你留在我身边。

你说："知道吗，你一旦学会了书写，就会像鱼依赖海洋一样依赖我。"

但你会心甘情愿被我依赖着不是吗，我知道你不会拒绝。于是从那天起，我开始拙劣地弄起笔墨，歪歪扭扭地写日记，天蓝色的日记本上满满的都是你。无论高兴的伤心的生气的事情，我都一笔一画地倾倒在日记里，像是浓稠的墨水一般扩散，直到覆盖了每一页空白。

你就在我身边，任凭我哭给你看，笑给你听，你也只是默默地承载着我的一切，无声地安慰我。我有些不解，为什么远离童话书的你似乎变得有些天真稚气？退去贵族的骄傲和荣华的你，原来只是个和我一样的孩子。是不是我曾经把你神化，又或者沦为平庸是你陪伴我的代价？我不知道。

我只知道你和我是青梅竹马。

## 2

我用眼睛收纳了无数为我所爱的句子，只因为我想为你写情诗，写出更好更好的情诗。

来自郭敬明的，“原来你早就长大，变成头戴王冠的国王，而我却茫然不知地以为你依然是面色苍白的小王子。”

或是来自落落的，“你以前告诉我天上的星星是数不过来的，我信了。果然天上的星星是数不过来的。所以你的话我都信。”

再或者是来自野象小姐的，“我只能在宇宙的黑洞里为你种一朵花，等你转身后低头后闭眼后偷偷浇水。”

我把它们抄下来，抄在海蓝色的摘抄本上，每读上几句，心就会变得像糖浆一般甜蜜，因为想起了你。我想，它们的倒影一定会在某个熟睡的时候从摘抄本中绵软地淌进我的蓝墨水里，黏腻地融合后滴落在本子上，滴落在所有被我书写过的地方。

你笑了，因为你在课堂上被语文老师夸奖，她说你有才情呢。我真为你高兴。

我要把你熏陶成我最喜欢的样子。

## 3

总有一天我会把你塑造成骄傲的王子，只是现在你依旧是陪我熬夜的夜猫子。

我关上窗户拉上窗帘坐在宝蓝色外壳的电脑前，屋子黑漆漆的，只有电脑屏幕在夜色里闪烁着蓝莹莹的光。我敲击键盘从傍晚到凌晨，固执地偏执地听着指尖在空格与回车中，跳跃出滴滴答答的响声，这或许是某种潜藏的乐器吧，让我在寂寂的夜色里弹奏它，歌唱它，唤醒即将熟睡的你。

黑夜很可怕，像吞噬热量与精气的洞穴在周遭的空气中隐匿。我没挣脱过黑夜，却也从来没有害怕过。因为没睡着的你总会安静地坐在电脑屏幕后面微笑，眼睛有些倦怠，但却是和Word文档一样蓝莹莹的。这是你的游戏，也是你吓我的把戏，但透过你的眼睛看见蓝色的揉眼睛的自己，我还是会觉得很温馨。

因为有你在，所以不孤单。

## 4

我经历过很多很多次旅行，去过很多很多的地方，但每一个地方都不能少了你。有人说，爱一个人就是在旅行的时候也会想到他为什么不在身边。我想我就是这样。

没有你的地方，我还没来得及回味便会匆匆忘记。没有你的地方，我从来不会觉得它们有多么美。没有你，我无法精确地辨识海和天的颜色；我无法感知乘着抵达未知地的航班在云端徘徊的虔诚；我无法让天空中的飞鸟，陆地上的兔子，海洋里的游鱼等一切短暂的事物长时间存留于我连绵的生命轨迹，但是你可以。

只是……

只是你什么都听不见。你听不见任何声音，哪怕我牵着你走在大街上，你也只能用宁静如清水湖泊般的目光在一旁默默地凝视，凝视我的一笔一画落在蔚蓝色的笔记本里。那里有我的所见所闻和我对你的思念。我想把一切都告诉你，仿佛我憋太多的话在心底就会让我窒息。

## 5

我时时和别人谈起你，谈起过去的你，现在的你和将来的你。谈起别人眼中的你和我眼中的你。谈起逗我开心的你和惹我生气的你。谈起诙谐幽默的你、浪漫柔情的你、深沉犀利的你。

这样所有人都会把我和你联系在一起。

我是那样地容易激动，哪怕很难找到一个和我一样接纳你、欣赏你、爱慕你的知音，但即使这样，我也会转换着低调与高调为你唱赞美诗。

他们说我是疯子，他们错了，我只是一个爱你的家伙。

## *6*

你是我的小情人，是“文字”，是我想象中最完美的样子。

总有一天，你会变成我现实中的恋人，代替你，走向我，包容我像鱼依赖海洋一样的依赖。但我不会偏爱你们其中的哪一个，因为你是他的前身，所以你们并存，拥有着同样分量的存在感。或许有一天我会对他说：“我们会一辈子在一起吧。”

你听见了吗？这也是我想对你说的。

流行
爱慕

小说

# 不消融的糖分

# 流言快递

[1]

有人来过这里。莫亦拽紧羊毛开衫的衣摆，困惑地抿着嘴唇。余光里，荒弃多年的报箱上，陈旧的红漆在光线的魔术手下闪过一抹奇异的潋滟，似乎是几分钟前曾被人用水打湿擦拭过，但是看得出清洁者本人懒散的性格，以至于那潮湿的不均匀的部分像是被猫舔过，一半毛茸茸，一半湿漉漉。

会是他吗？

[2]

遇见苏凯是在冬天。

就是在那年，十岁的莫亦与父母一同迁往邬城。邬城的冬天单调得挤不出一滴油彩，虽然没有雪，但也并不妨碍它肆无忌惮的低温。

刚搬进邬域的米黄色公寓楼不久，莫亦就被新房子浓郁的油漆味儿熏得忍无可忍，于是烦躁得冒冒失失地溜下楼去。然而，当女孩用手奋力地撑开半扇铁门站在楼门外时，冷空气呼啸而来，给了她一个猝不及防的拥抱。她踉跄着挣扎了几下，身后就传来了铁门关闭的咔嗒声。这时她才忽然想起，她根本就不知道铁门该怎么开。

苏凯从外面回来时看到的就是这样一幅景象。女孩把自己牢牢地抵在铁门上，双手用力握着铁栏杆，动作与牢狱里的囚犯有几分相似。

“门坏掉了吗?”苏凯走上前去，对着铁门上的密码锁按了几下，轻轻一拉铁门把手，门就被打开了。苏凯走进去，迈步上楼，女孩无声无息地尾随在后，像个影子。上十级台阶，左拐，再上十级，再左拐，还有十级就到了，可女孩依旧不依不饶地要把“如影随形”演绎到底。就在苏凯的警觉细胞逐渐开始复苏时，女孩敲响了与他家紧挨着的那扇门。

“你是新邻居啊，”苏凯友善地问。

莫亦羞涩地点头。

清晨，莫亦是被门外压得住音量却压不住热情的说话声吵醒的，迷迷糊糊中分辨出是母亲与另一个女人的声音。莫亦扯过被子，把自己捂成一个小笼蒸包状，无奈门外的母亲没有隔墙透视的魔法，莫亦微弱的抗议信号就此发送失败，无奈只得下床。

“哎，我女儿莫亦也是十岁。”

“对了，你刚才提到你女儿是转学到了七班吗?”

“是啊，是七班。”

“那么他们俩就成了同班同学喽，这么巧呀，我们家苏凯正好也就在七班。”

“嘿!”苏凯在门后探出半张脸，招呼正在玩弄门把手的邻居莫亦，“过来，到我家来玩一下。”

即便是多年以后，莫亦也不会忘记苏凯因为内心的自我膨胀而泛滥到空气里的愉快。那天他用一双魔术手从房间所有隐秘的角落里，变出足以让所有女孩花上一段时间去消化惊讶的满屋子纸飞机。左与右，平铺与对折，苏凯似乎给每一个试飞的战士覆上了英雄的铠甲，脸上蓄起的得意吸纳着身边的氧气，一呼一吸都仿佛快要窒息。

他在每一次的指尖微微施力后，蓄势喊出那些也许并不存在的战斗机型号：

“山姆186！坚固结构，有撞下敌机的强大力量!”

“萨拉210！灵巧结构，擅长蛇形躲避!”

“劳里424！极速结构，速度最快对不对？”

“还有布鲁斯532！节油结构，是飞行里程最长的！”

…………

它们如同重见天日的白色飞鸟，被苏凯抚平了因禁锢而塌下来的棱角，然后乘着一线被故意放行的北风，在莫亦赞美的瞳孔中如鱼得水。

她却只记住了，男孩呼唤那些玩偶时眼底的认真。

[3]

这个年龄段的孩子，不可能对“喜欢”二字没有概念。

就算整天一副没心没肺的样子，也不是单纯得只会对新的毛绒玩具，活的鱼和雀，以及甜的冰淇淋说“喜欢”。那些只是停留在物质层面的满足和享受，表达的不过是一份能嗅得出的明媚心情。

而有些“喜欢”是复杂的、矛盾的。它们潜伏在衣服的褶皱里，时不时地逃出来见天日，只是莫亦对苏凯丝毫没有想过这样的“喜欢”。

或许正是由于太真实、太熟悉、太亲近，反而抵消了那份用“幻想”和“距离”做加法求得的复杂心思。那是邻居家墙的那边哪怕只传来几声咳嗽，就知道某个熟悉的人感冒已经持续了多久；那是隔着两家相邻的阳台随意地瞥上一眼，就能熟知几件衣服晒着几件还没洗；那是半夜家中电闸罢工，只能趿拉着拖鞋到邻居家敲门借手电筒时，即便撞见对方穿着睡衣来开门也没关系；甚至对于从“拥有几双运动鞋”，“看什么频道的动画片”到“哪个亲戚常常来访以及关系亲疏”，“家里谁的脾气最大，多久吵一次架”的生活琐事，也知道得一清二楚。

于是久而久之，对方就近乎跟自己家里人一样了，连彼此的缺点也心知肚明。

属于苏凯的，丢三落四、不拘小节、容易自大、喜欢嘚瑟、偶尔脾气坏……

属于莫亦的，爱哭、嫉妒心强、娇气、胆小……

这也是他们在争吵赌气摔门而去后，又能在几小时内因为一个轻轻的敲门声而和解的原因吧，而这条连接着同一楼层两扇紧挨着的房门的丝线，是不能使用和他人同样的尺度来衡量的。

有一回，两人揣着零用钱偷偷跑去郛城最热闹的电玩城。电玩城特有的鼓点激烈的音乐配上迷幻的灯光，使在场的人都现出一派疯癫相，瞬间便让两人的抵触情绪和罪恶感翻了倍。苏凯很快把目标锁定在电玩城中一个偏僻的角落。莫亦循着苏凯指的方向望过去，看到破旧的木牌上写着“侏罗纪探险车”，偏过头去看木牌旁的小屏幕，是循环播放的某部恐怖电影的片段，大概是一辆破旧的小车在热带雨林里横冲直撞，丛林猛兽频繁出没，泥石沼泽将车胎困住，随后一只丑陋又凶残的巨龙将人带车吞了下去，结局是无人生还。

莫亦被吓得逻辑出了偏差，误以为探险车的终点站真是巨龙的牙齿和胃，于是说什么也不肯进去了。苏凯到底是男生，胆子大，他把莫亦拽上车。工作人员摁动电源开关，破旧的小车立马驶进了浓稠的黑暗中。

其实只是很普通的碰碰车过隧道，而且纯属自驾，隧道里光线微弱，鬼哭狼嚎的特效不断，莫亦不敢睁眼，瑟缩在座位上。万幸的是苏凯的视力很好，车技也很棒，没怎么撞上障碍物。整个过程中，莫亦都处在极度紧张的状态，听到苏凯转动方向盘时摩擦出吱吱呀呀的声音，才勉强觉得安心。

“除了中途有三只龙爪子挡路以外，和侏罗纪没什么关系嘛。”下车后苏凯安慰道，“都说了不会有事。”

“可是……”

可是只有对于信赖的人，她才会愿意跟着他来到这里甘愿冒这个险啊。

“听说住在你家对面的那户人家搬走了，就在昨天，还把柜子和沙发摆放得满楼道都是呢。“苏凯夸张地去敲莫亦家的门。

莫亦扫了一眼对面的房门，视线沿墙壁向上攀，能捕捉到房门右侧墙壁上悬挂着一只被遗弃的朱红色报箱。

“我觉得这个报箱对我们有用。”莫亦走过来打开报箱，从里头取出一沓小广告来扔掉。

“嗯?”苏凯没能跟上她的节拍。

“我是说，我们可以用这个报箱来传递一些东西。”莫亦解释道，“就像快递那样。”

“不如就叫它‘红皮快递’好了。”苏凯若有所悟地附和道。

“可以呀，以后想要对方打开邮箱看的话，就说，‘红皮快递又来了’。”

“哈，这是暗号嘛！”

[4]

有些自己觉得“微不足道”的事情，对他人来说，却是一枚隐藏的烟花炸弹，一旦被人从土里刨出来，就会轰轰地在所有人脸上照出兴奋的火花。

“邻居”就是这样一个谈不上秘密的秘密。

莫亦扯过校服外套蒙头伏在课桌上，耳朵里塞满了人群中足够让所有人听到的“窃窃私语”。

“天哪，你们是什么时候认识的？”

“老实交代，你们俩到底是什么关系！”

“这么大的事情怎么我们大家都不知道诶。”……

消息爆炸的起源是一本学生手册，需要学生本人填写姓名、籍贯、联系电话等基本信息，其中包括“住址”。莫亦和苏凯几乎是同时交上去的，也没有多想。却是眼尖的班长，忽然冲着两本学生手册上相似度极高的住址及相邻的门牌号，夸张又做作地惊呼了一声，“门牌号501，502！哇，你们住在一起的呀！”后半句还被有意无意地附上了双层含义。

于是这群爱无事生非的小孩子们，灵敏地在句末找到了八卦点，连领头人也不需要，阴阳怪气的口哨和起哄忽然就自发地沸腾了起来。

他们在食堂买饭插队时嬉皮笑脸地说：“哎呀，没注意到后面是苏夫人啊，向您赔不是啦。苏夫人请。”

他们拖欠作业时对莫亦求饶说：“看在你家先生的面子上，就别登记我的名字了嘛。”

他们在调换课堂座位时说：“和夫人隔得那么远啊，老师真够狠心的，那你们只能眉目传情了。”

他们在放学时说：“哟！是不是闹了别扭，怎么没和夫人走在一起呢？”

并不是出于恶意的，所以能因为“顽皮天性”和“无辜表情”而被赦免。

于是莫亦的同桌在上课时玩笑着挑衅时，莫亦的指甲陷进了同桌的手背，同桌一声过于凄厉的惨叫，让两人一起被激怒了的老师赶出教室罚站。

于是苏凯无数次被触及“忍无可忍”的底线，和对手打过几次架后，终究还是被班主任狠心地撤下了学习委员的职位。

或许是老师的难言之隐，也或许是自身的无可奈何，戏言就这样被放大无数倍，转而进化成绯闻，从此开始流言就浩浩荡荡了一年又一年，却依旧肆无忌惮，热情不减。就如同某种寄生植物，郁郁葱葱又遮天蔽日地覆盖了莫亦和苏凯的童年直至少年。

“异想天开的女人啊。”莫亦皱着眉，用仅限自己能听得到的音量，冲着年轻的美女形体老师窈窕的背影咕哝道。不然的话，谁会异想天开地要教一群躁动不安的小屁孩跳“华尔兹”呢？

不过，美女老师显然没能意识到身边这些蠢蠢欲动的危机。她让聒噪的女生站成一列，然后慢条斯理地根据身高为学生们选配舞伴。有人被老师送到莫亦面前那个空缺的位置。她没有抬头，但是感觉到幽灵在她面前狡黠地投下了一个空气弹，经历了短暂的鸦雀无声后，巨大的哄笑声如灭顶的山洪般，刹那间淹没了宽敞的形体教室。老师逐步增加着音量嘶喊着大家“安静”，但是却完全无济于事。有的人甚至带头鼓起掌来，哄笑嘶叫声越加响亮。

她不需要抬头看看面前的舞伴是谁了。

是苏凯。

第二周上形体课继续学跳华尔兹舞。老师浪费了一个课时的时间，变换着命令和近乎哀求的口气维持纪律，直到运用了威胁的手段以后，情况才在课堂上有了好转。只不过课堂上依旧像是塞满了漏气的气球，此起彼伏的都是憋气似的深呼吸。

“前哒哒，后哒哒”，老师缓慢地打着催眠曲似的节拍，可能是想让不安分的同学都昏睡过去。不过老师那颗浪漫的心终究还是受了挫，迫不得已让大家放弃了扶腰和搭肩的动作。

莫亦和苏凯面对面地背着手，踩着每一声“哒哒”向前又向后。苏凯个头比莫亦高一些，所以和莫亦避免了平视，只是两人的距离拿捏得异常痛苦。近时，莫亦的视线越过苏凯的肩头投向窗外：远时，莫亦的视线又落在苏凯翻折的衣领上，觉得苏凯右后方的领子有些皱了，她甚至在心里悄然涌起想要帮他抚平一下的冲动。

“真的只是邻居而已。”

“会几个恶作剧了不起啊！”

“吵死了吵死了，你们叫人烦不烦？”

这是莫亦的秘密，用笔写在报箱底部的秘密。那是小心翼翼的抱怨，在强大的压抑后化作那么小又那么隐蔽的字体。有时发泄的力度大了，笔尖戳出肉眼不易觉察的深度，在楼道灯光的窥视下，还能发现些许泛白的横竖撇捺。

全都藏在这里。

## [5]

那时觉得，那些被楼道里鬼鬼祟祟的摄像头拍摄到的画面，是可以在保安亭的监视器里被任何人查看的，包括嚣张的对手们。本着被二度曝光的顾虑，莫亦和苏凯的维系缺乏牵引，变得有些生硬。然后陷入“是不是已经开始讨厌我了呢”这样充满戒备和猜忌的局面。

“嘎吱”，莫亦在床上翻了个身。“咔嚓”，用被子捂住头。“咔嚓”，莫亦从梦中被什么敏感的声音惊醒，隔着薄薄的窗帘也能感受到拂晓的明黄色。她想起自己在梦里听见的声音——

“嘎吱”是报箱打开。

“啪”是信件落地。

莫亦又皱起眉来，觉得这或许是某种隐晦的暗示，告诉她，“红皮快递来过”。莫亦不再多想，她翻身起床走出门去打开了朱红色的信箱。里头果然有一个棱角分明的纸飞机，如同一只白色大鸟静静地卧在红色的草垛上。翅膀上有苏凯潦草的字迹：诃德065！以前折得最帅的一架哦，不信你试试看。

下一秒，纸飞机像真正的白鸟一样被人掷出去，但飞到半途却泄了气似的，翅膀是软的，松松垂在地上。

“诶?”莫亦眨眨眼睛，为这突然的变故不敢相信似的发了怔。想了想才发觉是自己太糟糕，连指尖捏住的方向都弄反了。然后之前主观猜疑的神经纷纷卸甲，如释重负地松懈出一个笑的表情。

“其实还是……嗯，很开心的。”

或许在很多年以后，他们只会在记忆里，残缺地记得家门的外楼层过道里，曾有过这么一个朱红色的报箱，它近乎卑微地在那段不激烈不残酷的时光里抢占了一席之地，以至于让他们做了那么看似多此一举的傻事情。然而他们忘记了，当年少的他们被莫名的流言蜚语打击得溃不成军时，报箱是怎样慈悲地把一切委屈和误解统统都收纳了进去，无论是咒骂，是糖果，还是最帅的纸飞机。然后在脆弱的关头，托梦说一句“我们都是同盟。”

它就在这里，它不会离去。

苏凯的生日会，请了近乎半个班的男生。不像莫亦在那一次过生日的时候，只是自己一个人对着一盒六英寸的小蛋糕吹蜡烛，贪心地以为自己当晚粒米不沾，就能饿出一个巨大的胃，然而，结局却是捧着几个白色的小碟子，把大半块吃不完的蛋糕送给邻居苏凯。

“哇噻！你们真的是住在一起的邻居呀。”男生们似乎精力充沛得很，扛着单车爬上五楼，还能有足够的氧气供他们大气磅礴地起哄几声。只不过氧气消耗得很快，在说“生日快乐”之前，还不得不死乞白赖地向苏凯讨口水喝。苏凯白了他们一眼，索性不置可否。

不过这次苏凯的生日会，莫亦是不会来参加的了。

莫亦打着“和朋友出去看电影了”的幌子，心安理得地伏在自家房门的背后，踮起脚尖的话，还可以从防盗门的猫眼里，窥探到门外男生们堆得如小山高的运动鞋，还有一瓶被打翻的饮料，在其中一只倒霉的鞋子上汩汩地淌着水。又有不知被谁丢出来的外套，狼狈地盖在几辆四仰八叉的单车上。有一辆单车甚至大大咧咧地横躺在了莫亦家的门前。

莫亦悄悄地推开房门，把一个装了生日礼物的快递包裹，用熟练的动作匆忙地塞进了报箱。手哆嗦了一下，包裹没拿稳，落在报箱的底部激荡起不大不小的回声。莫亦一慌，在后退的过程中还被单车绊了一脚。直到确定隔壁没有人注意到这不寻常的动静后，才偷偷在那架单车上解气地踩了几脚，也不知道是在为谁报仇。

苏凯从电话声音中，辨别出了电话那头纤细的声音。他捂着左耳，努力让右耳与听筒共鸣。电话那头传来轻声细气的女声，“喂？你听得到吗？”

“听着呢。”苏凯低头扫了一眼电话机的来电显示屏幕，是隔壁莫亦家的电话号码。她不是“出去看电影了”吗？苏凯一想到莫亦是在一堵墙的距离外给他打电话就觉得好笑。

“那个，祝你生日快乐。还有……”莫亦刻意地抬高了音调，似乎是想让声音显得活泼轻快些，“红皮快递又来了哦。”

然后电话就挂断了，一个魔咒似的空白。

那个不曾被使用过的暗号，苏凯又听见了。

“谁啊？”男生们纷纷问道，“别是夫人吧？”

“不，快递叫我下楼去取个邮件。”苏凯不动声色地走出去，回来时臂弯里兜着个小小的黑色包裹，是准快递的包装。

男生们围着那包裹打量了很久，却发现怎么看都觉得不会是小女生的花哨礼物，只能放弃，一同发了个拖长腔的音节，毫不掩饰自己的失望。

终于能够扳回一局。

苏凯觉得，对于这种在众目睽睽之下，与电话那头的“神秘人”共同守卫一个秘密的事情，他只想说“太棒了”！

[6]

好像就是从那个时候开始的吧。苏凯不再告状，不再还击，不再像被惹毛的猫，因为一个抑扬顿挫的“夫人呀”而亮出尖锐又无力的爪子。不会剑拔弩张地挥出手中的书本，再卸去力道轻轻打在对手的头上。也不会把拳头握出分明的骨节，再锁定对手狡黠又故作惊恐的脸追出去。那只是垂死挣扎，即便拼上力气也无法避免落进“狼狈”的陷阱，终究会在班主任的质问到来之前，欲言又止地低下头去。

他们之间装作不经意，甚至装得刻意。他们在所有“迎面走来”的时候都会提前向左或向右绕道走过去，他们在所有“发作业”与“交作业”的公事里逃避正面的交集。他们不会顺路地共同走回家，也不会巧合地一起留在教室里。就这样光明正大地躲避着什么，像是技艺高超的大盗在红外线网中穿梭，小心翼翼而又游刃有余。

但偶尔还是会有相遇的，狭小空间里那么多的拐角和枝节，任何不设防的时刻都可能会像游戏中的小人一样撞见小怪兽。这时会有眼尖的同学立马发出阴阳怪气的尖叫，“美丽的邂逅哦”。哪怕“冤家路窄”和“狭路相逢”其实会更合适。

直到由于一次不慎，苏凯的右手骨折。怎么说呢，在这举步维艰的时候，就像是平静的冰面上出现了一个破碎的裂口，绑在右手臂上的白色固定小夹板是受伤的旗帜，苏凯倒在冰面上无助地喊着：“请帮帮我！”没有人想过支援，大大咧咧的男生们无暇顾及在他们看来是婆婆妈妈的小事，有位没心没肺的男生对苏凯起哄说：“怎么没有人来照顾一下你呢。”即使不使用特指，也把那意味深长的暗喻语气留给了多年来的官方话题，以至于苏凯的同桌女生也慎之又慎地不愿为苏凯施舍半点善意的举动。

苏凯在座位桌面上按部就班地收拾着零散的物品，绷带吊着可怜兮兮的半边手臂，左手掌在桌上抡个半圆，一桌子纸笔就哗哗啦啦地滚进了书包。然后想到无论做多少，至少要把当天的作业抄下来，于是笨拙地用左手握笔写字，字丑得不像话。

这时莫亦出现在他的余光里。她是路过的，一副目中无人的模样。在她靠近苏凯课桌前的那一刹那，她微弱地屈了屈膝，仿佛是一个及时被抑制的踉跄，让她顺理成章地扶住了苏凯的桌角。就在这一刻，莫亦的指尖摁下一个轻飘飘的碎纸片——上面“红皮快递”四个字赫然在目。苏凯霎时间心领神会，马上起身把自己的作业登记本扔进书包。或许只要十分钟，在女生回到家的一个动作后，红色信箱里就会传来微妙的回音，老师当天布置的作业题，抄写在一张白纸上，沉默又沉重地留在回音里。

他们就这样走过了流言蜚语，在戒骄戒躁的沸水里养出一副不动声色的面皮，无表情的线条有着骇人的弧度。但倘若留一个肆无忌惮的空间供他们抒情，他们或许会狠狠拍一下对方的肩膀，然后说：“干得漂亮，兄弟!”

[7]

无知无觉地，他俩小学就毕业了，似乎还没来得及在前额上绑布条下重誓，曾以为是惊涛骇浪的东西，就早已在一片没有眼泪与疯狂的风平浪静里远去。时光只是单纯地顿了顿脚步，被一句“一定要常联系哦”的戏言诓骗，让同学录上填写联系方式的笔触无比认真。

莫亦宽宏大量地把同学录传了下去，讨厌过的，喜欢过的，还有分明是喜欢过，却又因为乱起哄而显得讨厌的人，即便他们游移在两个尺码间不知道该怎么定义，她也都毫无例外地传了下去。

而苏凯是例外。

这群本性难移的坏小孩，在莫亦同学录的留言栏上，连加油的客套话都省去了，不约而同地留下他们的祝福：

“和苏凯在一起要幸福哦。”直白的。

“别忘了，早恋有点影响学习。”假正经的。

“到时候一定要记得给我们发喜糖。”想得太多的。

“你们一定会有美好的未来!”……我该说你什么好。

然而在莫亦的同学录上面这么多的俏皮话里，那个人迟迟没有出现。是不愿意填写她的同学录吗？又或者是写得太慢还没有交给她？再或者，她根本就没有把同学录传送给他，心虚似的感觉只需要一秒钟的作祟，就足以让自己在经过那个位置时习惯性地跳过了。

“哎呀不小心写坏了麻烦再给我一张!”一个男生忽然从莫亦的同学录里捏出空白的一页，刚想要扭头就跑，到手的纸张就又被莫亦夺了回去。

“你不是已经填过了吗?”莫亦不以为然地将空白页夹回自己的同学录里。

“骗不了你，”那男生耸耸肩怪笑道，“我也只是想帮苏凯拿一张而已，我看到你根本就没有传给他嘛。”

果然又习惯性地跳过了。

莫亦无可奈何地皱眉，他们的话音把许多同学都吸引过来了。于是人群中有人自以为是地回应道：“因为两人太熟悉了嘛！同学录这种东西当然就不需要啦。”

似乎正是太熟悉，才让上帝也觉得意犹未尽。也不知是幸运还是不幸运地捏造了又一个玄妙的“缘”，打着哈欠把两条各自奔往远方的道路拨弄到了一起。往南走的，足尖沾上鲜花的染料，又被邬城没有人情味的风拂去；往北走的，陷入积雪的鞋跟，忽然滑向邬城不结冰的平原。

这几乎让莫亦和苏凯产生想要干杯的念头，还要呐喊“友谊万岁”。毕竟留在邬城念书的人不多，同校的人更少。何况还有个“同班”的巧合，正藏在幕布下等待揭晓后的掌声和鲜花。只是他们不需要再戒备摄像头了，梦魇似的流言被命运掷向了一个辽阔而干净的地域，任人怎样哄闹也听不到回声。

他们俩甚至都没敢去参加全班最后一次自发的聚会，不用想都能想到，聚会上完全能预料到的这些喜欢惹事的孩子们“最后一次疯狂”，足以让他们无法招架。

莫亦借口逃掉聚会后，溜到苏凯家的电脑前打了一下午游戏，苏凯就搬了板凳坐在莫亦旁边。莫亦对游戏不在行，对于男生偏爱的竞技类就更糟糕，只知道与一点单薄的运气死磕。而苏凯也懒得嘲笑她与小怪兽们怄气的行为，只是没完没了地在对着莫亦说些什么，说某某在这个游戏里注册的网名有多么奇怪，说某某和某某打擂台结果输了还要赖，还说某某就是因为想抓住那只小怪兽而被咬伤。

他心情爽朗得几乎是滔滔不绝，莫亦就频频用会心的笑来应和。然后当莫亦被赤红的“GAME OVER”照亮一脸的挫败时，挨过来操纵鼠标把困惑轻松解决掉。

他俩已经很久很久，没有在一起能够毫无顾忌地说过这么多的话了。

[8]

两人都考进了初中，又阴差阳错地进了一所中学的同一个住宿班。

校园只有在人去楼空的时候，才会呈现出一副袅袅婷婷的娇媚样子，凌晨时在草木丛里逗弄几声虫鸣，又或者傍晚时在火烧云里放飞一群候鸟。而在这些时候还待在教室里的，往往不是疯子就是诗人。

莫亦坐在半爿夕阳里，目光追着窗外那些绕圈的鸟群，觉得自己正介于疯子和诗人之间。就是伏在疯子们迷恋的几何书上，一厢情愿地以为这样就能强迫自己看进几行字，想的却都是诗人的事情。

这时有人影晃到了门前，莫亦以为是年级主任，手指惊慌地扣住旁边的一只笔。不过“以为”得一向不对。就在那明暗折叠的地方，苏凯取代假想中的年级主任走进了她的视线里，似乎是想要去食堂却发现忘记了学生卡。绕过莫亦的座位，苏凯瞥了眼那本假惺惺的几何书，“这么刻苦啊。”他在重音里藏了个耐人寻味的讽刺。

“假的。”莫亦拎起那本覆在表面上的几何封皮，然后敲了敲被几何掩护的一本小说，不甘心地承认自己终究与疯子们无缘，“这才是真的。”

“我就知道。”苏凯从自己的课桌抽屉里捏出学生卡，气定神闲地走出门去，“不过无论真的假的，天黑了就要记得开灯，别弄坏了自己的眼睛。”补充完这么一句，苏凯左手指节漫不经心地在开关上叩响了一声“咔哒”，把莫亦留在饱满的橘黄色光照下。

这段时光他们的个头都悄悄地疯长，转眼间都成了愈发稳重的少年。

虽然依旧会无故忘记或弄丢学生卡，作业和草稿在抽屉里混淆成烦闷的一团，不可免去的孩子气残留在胡乱翘起的发梢上，和女生说笑时语调总不太正经。但还是能枚举出太多的不一样，就好比男生的声线不再是童言无忌时的纯澈，而像是有金属质的东西碎在里面，让一些音节低沉下去，一些又锋利起来。

这些金属质就是岁月吧，不知不觉间就已把新的生气注入骨血。不会再为一碟流出液质蛋黄的煎鸡蛋发脾气，烧糊了的菜即使味如嚼蜡也能囫囵吞咽下去。也不会再因为小孩子间的争夺与气话把门摔出惊心动魄的响度，转而变作不经意间的动作，在暗下来的天光里叩亮一节灯管。

是愈发稳重的，是讨人喜欢的少年。

但那片葱茏的寄生植物已经离他们很远。即便是比邻而居，也不会被无故与其他含义对等起来，它就顿在住址上成为生硬的符号，毕竟没有人愿意再这样幼稚下去。连同躲迷藏的把戏也被抵消了，教室狭小却不是棋盘，绕一个圈子，走一步路都本不必战战兢兢。

凭空少了那么多的“刻意”。

甚至有一段时间，苏凯的座位被分到莫亦附近。那时他隔着半条形同虚设的过道，总会时不时冒出一句以“记不记得当年……”为引的话。“郸城的人大多讨厌怀旧”，这是郸城不曾变更的定律，但苏凯不是。莫亦笑他不过是一两年前的事情，才多大就话当年，到老了怎么办。但还是热烈地捧场说“是啊是啊”，然后用更多的“想起……”句式来填补部分回忆的空缺。

又或者是在更大一部分的时间里，他们分坐在教室的对角线上，似乎是没有交集了。却依旧在从老师口中听到一些绰号的谐音，或者类同的事件后，一人在昏睡中抬起头来，然后遇上另一个人同样回转过来的视线。他们在空气中默契地比了个口型，在所有人不知情的木然中，悄无声息地笑在衣袖的褶皱里。

他们觉得只有这样的时光才是畅快淋漓的，像打开一听可乐饮料时看见里头笑盈盈的飞沫那样亲切。又好像逃亡的人跑到森林尽头，忽然就看到了光。

[9]

“是啊，我要转学，我家的房子连同全套家具电器，已经出租给了别人。”转眼间读完了初一，暑假的一天上午，苏凯在家中楼道新装的电梯门前碰上了莫亦，急匆匆地对她说。然后，他就拖着两个沉重的行李箱，从走廊尽头的昏黄里像个影子似的折进了电梯。身后是水与灰混合出的湿漉漉的地板，被匆忙践踏得脏乱不堪，是和几年前住在莫亦对面的那户人家离开时一模一样的画面。

已经是最后一拨行李了。

“那……”莫亦惆怅地发出一个单字，虽然不知道应该在这个音节后说些什么，但还是一个箭步伸脚挡住了那两扇缓缓闭合的电梯门。苏凯松开方才摁住的开关，声音像是戴着口罩在说话，把悲伤闷在了里头：“只要‘红皮快递’不走，我就还会回邬城来。”

不过就算这样说了又能怎么样，离开邬城去往异乡的人，回来都是要乘火车的，所以家乡在邬城的人总是很久才能回来一次。这也是为什么，邬城的人都讨厌怀旧。

其实不能责怪什么，也没有值得挽留或者遗憾的多余的理由。那只是一句“父母单位调动了没有办法”就能既严肃又严谨地免去所有废话，变成板上钉钉的结局，连回味的余地都没有。然后用不了多久，租客就会把邻居的缺口填满。

再然后，或许就什么都忘记了。

在苏凯走后的很长一段时间里，莫亦还是会在经过邻居家的门前时，习惯地顿下脚来听一听，“好像是中年妇女的嗓音呢，该不是苏凯家又有外地亲戚来了吧？”又或者伏在屋外阳台栏杆上时，下意识地瞥到以前苏凯家住的阳台上，晾衣绳上飘摇的衣衫，刚动了一个“又买了这么多的新衣服啊”的念头，却又如梦初醒地愣住，“唉，我怎么又忘记了呢，苏凯的家早就搬走了，这已经是另外一家租客了呀。”。

和苏凯通过几次电话，都是在周末。电话那头被电流干涉过的苏凯的声音嗡嗡的，听起来像是没睡醒。“喂，是我啊。”“哦，是啊。”“咳咳。”“嗯。”“啊，那个。”“咳，什么。”……可能是两人太久没联系的缘故，不知所云的单音节和干咳是他们的问候方式，输入代码似的，确认无误后，有人说出第一个长句子，然后话题被开启，不被外来因素干扰就不会被打断。

莫亦说，你家的租客爱把电视机的音量开到扰民的程度，还喜欢熬夜看电视。她怀疑如果哪天苏凯家的电视机坏了，那人恐怕连生物钟都会乱掉。于是她都不得不盼着苏凯家电视机早些劳损了。可那人不会善罢甘休，还爱唱一些不着调的歌，唱得日月无光，高音悬得像吹到天上的蚂蚁。当然，那人自己并不这么认为。

苏凯说，他的新居住地到处都是十字路口，坐在巴士上抬头看红绿灯的牌子，觉得它怎么转来换去都是淋了辣椒酱的煎鸡蛋。所以他只能又到学校寄宿了，否则早餐连真正的淋了辣椒酱的煎鸡蛋都吃不上。而且那里的人都冷漠啊，左邻右舍的每天都照面但从没打过招呼。郧城就不一样，它就算送走了一群人，也总还是能留下一些的吧。

“我就是想找个时间回来呼吸一下郧城的空气，而且我还要提醒我家房屋的租客不要扰民，毕竟我是名正言顺的房东之一啊。”苏凯在声音里表示出愤慨来。

“他才不会搭理你这个毛孩子呢。”莫亦笑道。

她认为苏凯只是戏言，并没当真。但几天后，租客家的电视声音一下子减了分贝。这时她就想，是不是有个年轻的房东真的找那租客在电话里打了招呼呢?

你以为维系是什么。根深蒂固的老树桩，可以凭借它的沧桑不声不响任人践踏？还是不会掉色的漂亮衣服，只要搁在衣柜里就能永葆光鲜亮丽无皱褶？都不是的。

它只是一根柔韧又脆弱的橡皮绳，以肉眼无法觉察的速度向两头拉伸。你说以前就算放肆地拉拉扯扯，它也总会恢复无恙，而当你渐渐将它忘却，回首再寻找的时候，它或许早已沉默地断在一个未知的时刻，找不到了。

有老同学在聊天窗口呼叫她。莫亦很讨厌这种呼叫时的“滴滴滴”，觉得很吵，但她还是回应了几声。她记得他，小学时的“对手”之一嘛。她轻笑，同他采访似的生硬地对着话。

“现在在什么学校？”“……你呢？”

“有觉得压力大吗？”“……你呢？”

……

“那么苏凯呢？”

莫亦惯性地想要回复“你呢”的手指悬在发送键上。已经有很多人问过这个问题了，“苏凯现在怎样啊？”“你们之间的关系进展如何告诉我嘛。”“你们那么熟的怎么可能不知道。”等等。似乎在所有老同学的眼里，无论是从苏凯谈到莫亦，还是从莫亦谈到苏凯，都是连过渡句也不需要的完美承接。就像此时此刻，又有新的句式被漫不经心地问出来，“那么苏凯呢？”

“我怎么知道。”莫亦回复道。然后在对方的质疑响起之前，不近人情地关掉了电脑。

我也想知道啊。

莫亦想起小学时的早餐，每天都是原味松饼，其实松饼被烤得香香的，再蘸上小碟子里的炼乳或蛋黄酱都会特别美味。但有时也会因为起床太早而买到隔夜的冰冷的松饼，而且同一样食物即便再好吃，一天天吃下来怎么也是会腻味的吧。莫亦开始对着忠心耿耿的松饼发脾气，然后在反胃之前大半块大半块地扔掉，甚至宁可去买自认为难吃的牛角包。可是在她无法忍受了一段时间后，原味松饼连同那家面包店一起消失。她变得异常怀念松饼的味道，一听人提到“松饼”，就如同揭了伤疤。

想了想，又觉得好像不能这样比较。

但有些事，还是会有相似的感觉。

[10]

直到她又看见了“红皮快递”。

那是初三下学期一个周末的中午，在家里的莫亦从那个旧报箱前经过。

那么久，她从十岁长到十五岁，即使五年不算长，也是从少不更事的时光，过渡到年少轻狂的年纪了。那么久，她早已习惯目不斜视地从红皮快递身旁经过，继而碌碌拉开面前沉重的门扉。那么久，甚至可以让她习惯了不再有事没事地查看，不再有事没事又拿小玩物把它填满。是那么久了啊，红皮快递再没有收到过信件，不是不屑吧，而是不再需要。

可是为什么，她忽然又看到了它呢？

它的朱红色像是所有新鲜的颜料一样抢眼，可能是有人擦拭过，才让湿漉漉的水痕沿着它悠长的岁月一路向下。可是又有些部分潦草得没有打理干净，尤其是顶端和底端的部分，被刻意地存留了下来，灰尘在上面织成厚厚的毛絮。

其实可能是清洁工善良的无心之举，也可能是送外卖的小伙子健忘得连门牌号也记不对。但莫亦的直觉在无比顽劣地摇着头。旧报箱那块沾满灰尘的毛絮下是有字的，细细密密像是被小虫啄咬。但不只是底端的部分，就连顶端也是有的，被拙劣地涂下的句子：

“没你们想得那么多。”

“生日许的愿是都闭嘴好了。”

“幼稚幼稚你们就一直幼稚下去吧。”

……

从没被发现过的相似内容。莫亦的脑海中浮现出这样一幅画面：小小少年踮起脚尖用力地戳下这些字眼，不满的抗议的小声音在呐喊着，而脸上薄薄的怒气就在这样的呐喊里精疲力竭地退去了。

莫亦忽然想到了什么，匆匆忙忙打开了这个朱红色的报箱。有一只孤单的纸飞机躺在那里，棱角分明但却没有留下任何文字。她听到这只白色的大鸟说，“我是乘火车来的，这么远啊，但我还是到了”。

莫亦奔下楼去，运动休闲球鞋踩在邬城冰冷的石板路上，会产生在湖上溜冰的错觉。风起时，头发被凉丝丝地卷进嘴里，温度把呼吸冻出雾来。可惜没有雪，也没有脚印作为奔跑时的面包屑，但她知道她跑了很远。她想的只是要向火车站的方向跑去，跑过邬城纯粹的街和巷，然后拦截一个准备乘上返程火车的人。

莫亦气喘吁吁，呼出来的热气在寒风中凝成白色霜花，在刘海上、睫毛上悄悄绽放。她终于停下来，扶住膝盖不住地喘气，然后用力把嘴角的发丝抹开去。她看着那个慢吞吞向站台移动的背影，在快速呼吸的缝隙间竭力喊出一声“苏凯”。

但他还是听到了。

邬城是所有人的故乡。

“红皮快递”却是只属于他们两个人的心灵故乡。

苏凯惊讶地回过头，看见那个来自故乡的朋友安静地站在十米外的地方。

他们都似乎还是老样子，只是曾经的闲话傻话废话，曾经共同走过的青春岁月，都被浓缩在欲言又止的默契的笑容里。

他们又回来了。

“嗨，好久不见。”

# 薄荷冰棍

[1]

火车穿行在无限冗长的隧道，在密闭的窗外过渡着单调乏味的色块，连清醒的眼睛也习惯了黑暗变得疲倦起来。催眠的橘色光线掠过女生的睡颜，以片状的姿态，在视野中留下如同灿烂秋叶般的残影。

郊棠伏在前座的椅背上酣睡，似乎是被阴冷潮湿的气息熏得不适，轻轻地将脸转向窗外。而火车忽地冲破了隧道的禁锢，于是正午充沛的自然光毫无防备地撞进了车厢，瞬间将郊棠置放于灼热的日照之下。

郊棠狠狠地皱了皱眉，想要仰躺回去，却发觉脊背因长时间保持僵硬的姿势，此刻仿佛被灌注了柠檬水，酸麻得无法动作，只能勉强在圈起的臂弯中抬起半张脸来。视线所及处是小片灰蓝的衣领，再往上扫见年轻男生线条柔和的侧脸。

“醒了啊?”是干净却又完全陌生的男声，在察觉到来自左侧的目光后随口一句。分不清是疑问还是陈述的句式，仿佛也是刚从沉眠中醒来般语气懒散。

“嗯。”还没脱离混沌不堪的状态，郊棠下意识向后缩了缩。

瞥了眼女生勾在衣领上的小型徽章，“夏令营?”

“嗯。”单音节。

男生就此没了动静，对话结束。郊棠无力地倒向自己的椅背，片刻后终于被南方湿润的空气扫去睡意，迟钝地反应出“刚才不认识的男生和自己说话”的现实。

“不认识的男生”和“自己”。捕捉到关键。

分明是怎么都不可能产生任何关联的字眼。

郊棠恹恹地枕在车窗上，视线攀过深草绿的椅背，停在男生与颈垫挨蹭的头发上，看他百无聊赖地时而后仰，因为火车座位的狭小，近得仿佛抬手就能触到他的眉，时而又支着头看向窗外，那里只有寥寥村落，以及食草动物在咀嚼不停。它们都被火车拉成丝带绵延的形状，没来得及停留就被无需气力地忘掉。

所以不能就这么结束了。

郊棠用指节敲了敲男生身旁的车窗，“你也是去海城参加夏令营的?”

“是啊。”男生前额抵着车窗，在与椅背的夹缝间明朗地笑起来，“很难得的‘独自出远门’呢。”

“真是独自吗，我还以为坐你旁边的是你姐姐。”郊棠用眼神示意他身边的大学女生，波西米亚风的长裙衬出线条美好的背影，始终低垂着头，表情漠然地在手机上划来拨去。

“没有啦我不认识，再说我怎么可能跟这种人出来旅游，一直玩手机。”男生顽皮地压低着声音悄声说，附加的后半句转为无奈语气，“我的手机在出门前就被没收了啊，换成那种地摊上的老古董，黑白的，连贪食蛇都没有。”

郊棠没忍住笑出“扑哧”的动静。冰冷的潮气退散，呼吸间的空缺全部被轻盈的飞絮填满。这时男生说：“现在终于有人可以聊天了。”看向她，用含笑的眼。

其实并不艰难的，不必想出绝妙的俏皮话，也不必动用夸张的肢体语言故作亲昵，仅是一句轻松的“醒了啊”就能揭开专属陌生人的疏离面具，并在下一秒贴上“这个人可以聊天”的标识，如同拾起锅铲翻炒空气的大厨，连被低温空调冷冻过的车厢也升了温。

热络到后来，男生甚至开始谈起目的地的某种甜品，还孩子气地异常兴奋，“薄荷冰棍，你听说过没有？其他地方应该挺少见的吧，而且听我一死党说，就算有也绝比不上海城老巷的独家配方。想象一下，你在这惨无人道的夏天里走了很久，突然在巷口不起眼的小店里尝到了薄荷味的冰棍，咬一口就能凉快半天……”

郊棠没听完就皱眉头，说“广告费多少啊至于吗你”。可还是不自觉地用味蕾幻想薄荷叶的清凉口感，混合加工成捏住手柄很难化开的形状，在缭绕的冷雾间与日光隔绝，呈现出莹润的半透明，没有杂质，几乎是宛如仙人食的存在。

连同谈起它的人也被赋予某种可爱的形容。

想吃薄荷冰棍的男生，比自己小两岁。名字是崇野。

[2]

没有见到他。郊棠坐在阶梯教室狭窄的最末排，因为是写作比赛性质的夏令营，所以无论之后怎么疯玩，此刻也要先通过现场作文这一关。郊棠站在制高点将视线锁定在阶梯教室的入口处，摒弃身旁外校女生与同伴的喋喋不休，在这肃穆无声的场合里，将所有衣领灰蓝的男生审视然后放行。这个，不是的。下一个，不是的。

还是没有见到他。

郊棠记得火车是在黄昏时刻抵达海城站的，应一声悠长的鸣笛，似乎所有的人都起身去拿行李架上的物品，而她曾经想要紧跟在崇野身后的企图，很快被拥挤的人群冲散。待她挤出车厢看见火烧云在远天烧灼的仓皇余烬，已经不见了他的踪影。

仿佛他从未存在。

强烈的不真实感像是不安分的浪潮，毫无预兆地缓慢侵蚀她的沙滩，有什么东西陷进了坑洞又很快被海水覆盖，看不出痕迹就如同从未到来。这样的感觉。哪怕记忆里还激荡着火车“哐啷，哐啷”的声音，也无法确凿那深草绿椅背后的一小撮黑发是否真切。

先前还被朗照的高昂情绪，忽然沉入不可知的谷底。

郊棠是这样的，被人用“冷淡”、“孤僻”与“生分”来形容的，不会抢话头也不会有多余的起哄因而完全消失掉存在感，这样的女生。就好像体内自然延长出连根的枝蔓，不由分说将她呵护成郁金香里娇弱的拇指姑娘，对万物间潜藏的伤害都采取抵触的态度。

因为有过鼓起勇气喊出来的话，却被更热乎的争辩淹没的无措，所以习惯了壁上观的怯懦姿态。又因为有过纠葛很久才提出的问句，却被男生一句“嗯，怎么”打入冷场的尴尬，所以会在百分之百保证对方在听后才敢发声。由无数个“因为”之前的在意，衍生更多的“所以”之后的戒备，然后拉扯出缠绕指尖的蜘蛛线，足够她在自己的温室里为自缚作茧。

也是只有这样才能解释那些原因不明的焦虑吧，才能更准确定义车厢里丛生的暖意吧，如同被绣球砸中，滑稽到可以用“受宠若惊”来比喻的感觉。

写作比赛结束后郊棠没有任何情绪波动，面色平静地收拾了东西往外走，仅是漏在耳朵边的几句对白就能知悉参赛者大多是校友，彼此之间早已形成坚不可摧的小团体。而郊棠想的只是明早的活动该在哪站下车。

夏令营采用的是相当宽松的管理模式，只要准时搭乘它专门派送的公交车，就可以自由选择站点，沿途经过游乐园，以及灰鸽停泊的中央广场。但郊棠不加犹豫就将目的地定在海城老巷，终点站，所以当她反应过来要在下车前找个伴时，车上原本余下的寥寥几人已经从她身边笑闹着向巷尾的茶楼奔去，还手挽手摆出不可分割的亲昵架势。

郊棠将手叉在衣兜里走得拖沓，虽然路过很多琳琅诱人的店铺，却始终提不起凑近去看的兴致。暗自庆幸没与那些外校的女生同行，不然这样乏味的自己绝对要扫她们的兴。想到这里郊棠仿佛卸下了什么大负担，干脆将布艺的手提袋往肩上一甩，扎进老巷稍冷清的拐角就一路小跑起来。

难得天是阴的，也不觉得热，郊棠在吊带背心外扣拢的薄外衫在摆臂间飘起，掀起一阵宽大的苹果绿的风。然而这些由老巷人流聚集的主道分岔出的繁密枝节，让人迷失，郊棠没跑出多远就望着头顶纵横的晾衣绳发起怔来。

感觉到左肩膀被人拍了拍，郊棠条件反射地向右转过头去。

“哪有拍左肩向右看的人呢?!”左边传来抓狂的男声。郊棠这才将头偏转回正确方向，看见崇野明显哭笑不得的表情。

“……被人整习惯了好吗!”不甘示弱地喊回去。

“……”

见他像被呛住似的，郊棠稍微平复下情绪，“咦，你怎么在这里?”

“看见你朝人家居民住的房子疯跑。”崇野指了指不远处的报刊亭，“我刚才就在那儿，问路来着。”

“那么问到了吗?”

“问倒是问到了，不过你这么突然出现……”

“全忘了?!”

“左转左转右转直走再转……嗯，应该没错的了。”崇野肯定道，轻推女生的肩，“走吧，走吧。”

快步跟在崇野身后，看他今天穿了件浅灰色的衬衫，估计是随手拣了条休闲短裤搭配，袒出一大截光洁笔直的小腿，矛盾却反倒有清爽利索的感觉。他不安分地停停走走，似乎也没在专注认路，不时将眼凑到老巷居民的门缝处朝里看去，在郊棠的视野里投下非常真实的微躬起背的影像。

郊棠轻咬下唇，“昨天在阶梯教室怎么没见到你?”终于还是问出自己的困惑。

“啥?”崇野愣了半秒，“我是初中部的啊，你在高中考场当然见不到我。”

“……好像，是哦。”

“有够笨的。”

没预料到他会这么说。

不含责怪的语气，带有草尖沾水般极轻的笑音。

[3]

记不得拐了多少个弯，似乎已经行至深巷，连赶路的声音也被这寂静衬得沙哑。郊棠起初只是循着崇野的脚步走，保持一小段羞涩的距离，却很快就被身旁毫无预兆泼出的一盆洗衣水惊得险些跟丢，只得前跨一步与崇野并肩，鞋尖还残留着质朴的皂香味。

“果真是记错了吗?”感觉到男生步伐里越发明显的底气不足，郊棠小声质疑道。

“嗯。”无奈地顿住脚步。

双方陷入僵持的沉默。半晌后，郊棠忽然开口，“不如直接凭感觉走好了，说不定薄荷冰棍就藏在这种地方。”

“这么想的话……确实，很有可能诶!”

原本皱拢的局面缓慢舒展开，穿越市井地段泛黄发旧的风，闻到老宅子里焦糊的油烟味道。他们如同茫然闯进广袤森林的某种动物，哪怕被藤蔓遮蔽了眼，受了挫，也想要好奇地四下瞅瞅，连青草也要抓一把来嗅。

问过蹲在门边淘洗大米的老太，也问过蹬三轮的壮汉，甚至连探出半个嬉皮脑袋的小孩也招来打听打听。可“薄荷冰棍”却是没有任何人听说过的，它被误会成大众化的“抹茶雪糕”或“奶油冰棒”，任凭人们用尖锐嘹亮的声调，混合着浓重的乡音将它诠释得云里雾里。

循着这样的水波纹层层推理开，“被死党恶作剧了一把”的可能性无异议地占了大多数。但即便“白折腾了一上午”，也并没有预想中落空的沮丧泄气，仿佛身体里有把寂寞的琴忽然拉奏起振奋的弦音，高亢而激越的，酣畅而淋漓的，能将骨子里消极的部分驱逐干净，只余下酝酿良久的热血冲劲。几乎是要奔跑起来。

又往前挪了些步子，拐过一间爬满锈斑的杂货店，刚觉得有些吵，抬头便发现他们这么兜转不休，终究还是找到了老巷主道的入口。

“呼……”崇野长嘘口气，重心立在左脚，转身晃出洒脱的半个扇形，“不管怎样，谢啦。”歪头笑着，看郊棠慢吞吞追赶上来，被披散的长发遮去半张脸，艰难从喘息间挤出句“怎么谢”。

“请你吃点什么呗。”随意坦荡的语气。

“不够。”

“那……下午陪你随便怎么逛?”

“成交。”

无数曾经为她所不齿的巧合，被某种透明的逻辑关系串联起来，它们相撞，如同鲸鱼喷火般奇诡而瑰丽，终究还是用无尽的缺失与弥补，涂鸦她过于苍白的时年。

坐在紧挨着落地窗的座位，可以看见天空中那颗赤红的樱桃，在沉郁了整个上午后终于爆裂出灼眼的汁，又被特殊材质的玻璃过滤掉大半，只残存下少许热暖。郊棠盯着玻璃上自己热暖的脸，它此刻是模糊的半透明，被很多没有表情的路人穿行而过，没有注目也没有停留的，只是穿行而过。

郊棠叼着饮料吸管，失神地用勺子搅拌着颗粒饱满的炒饭，青瓜丁、玉米粒与萝卜碎均匀散布在鲤鱼形的碗盏里，被她拨弄成分分合合的三角关系。

不明白怎么会在男生提出方案后接上一句“不够”，小女生贪婪又娇嗔的语气，像糕点表层新鲜的奶油，稠稠地包裹住自己，完全不是自己的做派。

如果从乘上通往海城的火车这个时间点逆行回去，她还是那个被人用“同学三年和你说话都不超过十句”来充当谈资的人，习惯于知足与退缩。即使在初中时期浩大的暗恋群体里，她也只是扮演了龙套角色，在蒙尘角落里探知每个意味不明的微笑与对白，觉得“啊，好像确实是越来越亲密了”，却终究在某天放学时候，看见他与隔壁班的女生并肩走着，女生的书包挂上他的肩，在衣袖顶端压出一小片甜蜜的褶痕。

就像是用小勺舀西瓜吃，以为终于舀出内核中鲜红欲滴的果肉，咬下去却是满嘴西瓜子的涩口。

“喂，想什么去了。”

面前低头啜绿豆沙的崇野，伸出食指和中指轮番敲打她的饮料杯，“吸管含了这么久，‘海平面’怎么没下降呢。”

“……关你什么事。”

“你这么细嚼慢咽的，看得我好惭愧呀。”崇野掀了掀自己搁在近旁的空碗，支起下颚，专注于将绿豆沙搅动成小漩涡。零碎的冰块缓慢撞击杯壁，清脆而又蹿重的，丁零哐啷地响。

[4]

——那么，是怎样的人呢？

比自己小两岁的崇野，无论面庞还是声音，都透出某种讨人喜欢的稚气。亲近人，因而也被人亲近。时而会觉得他纯白得像一片羽，本质上是只能被风或雨水左右的轻盈，注定不会被太多的顾虑拴住手脚，再负重的愁闷也不能将他拽下来丝毫。根本没必要用青春期男生拙劣的乖戾来伴装成熟，奔着莫须有的传闻，就可以莽撞得义无反顾。

而此刻崇野走在她的身边，没有任何能将两人接连的动作，所以偶尔会被冲散开两步远，但很快被不同方向的人推挤过来，又挨得更近些。郊棠用余光偷瞥他，之前不这么比较都没发觉他身高还是很傲人的，需要女生抬起眼帘仰视，才能看到他青涩的面部线条。

“不和你的朋友们走吗？”郊棠迟疑道。几个买烤串的男生在不远处挥胳膊招呼他们过去。

“我和他们不同校，没意思。”崇野冲他们摆手，声音里装出夸张的委屈，“他们是一伙的。”

“明明早就混熟了。”郊棠小声嘀咕，但身体里像是跑过了欢腾的小马驹，将那后半句的解释反复咀嚼，几乎要尝出绵密的滋味来。

与“他们”相对应的，是“我们”。

食物引诱着花香，花香挟裹着温度，无数旁若无人的情侣与他们擦肩，衣襟沾上暧昧的香水。换做郊棠还是独行侠的时候，她或许会屏住呼吸低头疾走，路过讨巧的糖果店也不回头，然后抖抖腿，摆出无所谓的寂寥样子。

然而——

郊棠丢下一句“我就看一眼”，冲进饰品店的步伐却像是发了狠，身影呈现出摇摇欲坠的歪斜。“完全是被巨大磁场给吸附过去一样，吓人。”崇野耸着肩膀等在门口。

“那就跟紧点……”郊棠在店前台阶上拖着长腔喊过来，回过头时，右唇角笑出媚人的小褶皱，“不要走丢哦。”

女生似乎变得有些不同，究竟什么不同，崇野说不上来。

郊棠将自己浸泡在光线泛白的店面里，喜欢的不见得会买，却必定要拣出来看，甚至搁在崇野身上比划也不一定，看到他表情瞬间变得窘迫就得逞似的开心。

或许确是有些物质已经在皮下衍生，潮润的泥土里缓慢生出根茎，汲取糖分与店铺里香薰的味道，就又添了青葱的几片叶。有时郊棠回头，看见崇野将双手兜在口袋里，倚着店门吹起走调的口哨，是完美的恋人姿态。

忍不住低低唤他的名字，听见他转过头来发出短促的“诶”，夕阳勾出轮廓有温柔的错觉。“就是觉得名字好听，没什么。”郊棠垂下眼去。那青葱的几片叶，被雨水浇灌在风中拔节，最终从阴湿的地底开出灼眼明媚的巨大花盘。

她生长成夏日里发光的葵。

从糯米糍的摊位后走出来，郊棠刚抹净嘴角的粉末，就听见几个嗓音俏嫩的女生在一致喊她，“那个谁，司机说该走了哦……”

“你解放啦。”抬手拍了拍崇野的肩，郊棠头也不回朝她们小跑过去，她们挽着手挡住别人过路的样子滑稽得几乎让她笑出声。虽然依旧是不安和局促的，并排的齐整队形在她这里稍微往后垮下病快快的一截，但至少能在群体中给自己找个安妥的位置。

她们说：“茶馆里竟然可以喝到芝麻糊诶，超香滑的。”郊棠想起崇野的那杯绿豆沙，说“是啊是啊”。她们又说，“听说老巷深处有个疯子一见人就发出很像风笛的声音。”郊棠想起崇野还问他薄荷冰棍的事儿呢，说：“哦是吗。”最后，女生发出长长的感叹作为这个话题的结束，“虽然有点可怕但还是非常想见一见哪。”“嗯嗯。”

呼吸间嗅到清凉的一丝甜，郊棠在花店门口停住。

“在看什么呀?”女生们似乎要围凑过来。

“没看什么，只是……”

“司机要等急了。”大家纷纷拉扯郊棠的衣袖，“快走了啦。”

没有人会在乎“只是”后面的内容。郊棠上前两步与队伍平齐，身后是点缀着暖黄花儿的小黑板，以及不知被谁抄在上面的，台湾女诗人夏宇的句子：

年少多愁与你相遇
你正百无聊赖我正美丽
就像两阵风在旷野上穿过
就像两朵云无声地撞击

[5]

郊棠自从在颁奖厅的入口处收到领奖座位号后，有句消沉的“完了”就被她死死叩在牙关。盛夏的气味连同某种激烈的情绪被冷气堵在门外，贴着门板颓丧地跌滑下来，如同被硬生生拔掉的齿，泛起空落落的轻疼。

如果有座位号的话。

郊棠似乎完全忘记了她本该最在乎的是作文比赛的名次。她开始抑制不住自己漫无边际的想象，想象崇野被分派到两个女生之间。女生可能是娇俏甜美的妹妹型，每次眨眼都带有嫩粉色的脾气，也可能是成熟自信的学姐类，长至脚踝的飘逸绸裙，半掩着优雅的细高跟。然后她们闲来无事与崇野交谈，又或者引得崇野主动搭讪也不好说。

再然后，她们成为“一伙的”之外的新角色，而郊棠作为介于两种女生中间的，寡淡得失去鲜亮颜色的个体，自动淡出待遇特殊的领域。

已经有人在身边的几个空位上款款落座，右边的座位被填满，左边的座位没剩几个。“这是最后了吧。”身边的女生似乎在试图询问郊棠的姓名，看上去是个很好的交流对象，但郊棠与她敷衍几句话后还是懈怠了，继续保持大脑放空的状态。

她努力搜刮回忆中有关崇野的部分，老巷发生的种种，以及他们在各自坐上返程的公交车后两人玩的小把戏。不同的公交车，停车位却相邻。虽然他们座位的排数有些偏差，但依旧可以透过两层阻隔了余晖的玻璃窗看到彼此。郊棠拎起手中新买的饮料，本着开个玩笑的心态，冲对面的人摇晃瓶身做出要将其一饮而尽的样子。而崇野翻出净含量相似的一瓶，旋开瓶盖后用右手在玻璃上比划了一个清晰的“三”。郊棠愣了一秒，但很快反应过来。

“二——”

有领奖者在与郊棠相隔两人的位置坐下。

“一——”

相隔一人的位置转眼也被填满。

回忆中两人同时举起饮料瓶，冒着被呛的危险咕咚咕咚往喉间倾倒下去。车里的空调还未开启，郊棠感受到饮料强烈的冲劲在与外界闷热的气体抗争，伴着快要窒息的刺激感注视着瓶中的水面离自己愈发临近，直到冷却了整个头脑的温度。难怪男生爱在打完球后用碳酸饮料淋满衣襟。郊棠撩开颊上暴露出的少许狼狈的发丝，做出与对面崇野相呼应的举动——用已空的饮料瓶爽快而干脆地撞击玻璃。

“干杯！”

这时男生低头比对着手中的座位号，走过来，在紧挨着郊棠的左边坐下。而郊棠几乎是无比惊讶地瞪视着他。

这当然不是回忆。

郊棠注意到崇野今天换了件白T恤，领口的半弧线下印有一颗黑色的星，小巧却又是扎眼的，如同项链垂落处怪诞的吊坠。

“白衣服很好看。”虽然是赞美的话，但郊棠挑剔锐利的眼神盯得人发悚，“不过，你确定它没穿反？”

“……你，转过头去。”窘迫得使用了命令的句式。

“哈？”

“放心吧不是限制级。”趁女生不可置信地将头扭开，崇野以最快速度将手缩进袖笼把正反调转过来，面色上明显的强装镇定很容易被看穿。

对崇野的定义，又添一则。

“真是够粗线条的人哪。”

[6]

忘记他是什么时候在座位上睡起觉来的，是颁奖嘉宾执起麦克风发出含混腔调的时候吗，又或者更早？郊棠将头偏转一点，以难得俯视的角度，看着身旁的崇野用右手支着不时下坠的头，顿顿地倾斜下去，又苏醒些重新架回原位。头发摩擦过郊棠的半边衣袖，变成小片带有灼热温度的触点，自始至终都在倔强地声张着存在感。

已经很满足了，嗯，连空调风都不再觉得冷。

郊棠僵直着完全没动过给自己挪出点空间的念头。直到相关的负责人急吼吼地跑过来召集领奖者去后台集合，才舍得用手肘撞醒他。不顾崇野还浸在半睡眠状态里，含含糊糊念着“干吗呀天还没亮呢”的梦话，几乎是追在后头将他推着走，想不通怎么有人能在短时间内睡得这么沉。

负责人在后台通报成绩时崇野算是彻底醒过来，他的排名仅次于郊棠，是个相当美满的夏末休止符。崇野得瑟说，“轻轻松松就拿奖了诶”。郊棠听后挑起半边眉，努力堆出“哼我早就知道”的不屑。而崇野依旧兴奋得似个没心没肺的傻小子，眉宇间笼着沉甸甸的笑影，忽地从身后捉住郊棠的手腕。女生还没反应过来就被动地拍了几下掌，像是被人扑住翅膀的幼鸟，呆愣住的时候完全忘记了挣脱。

奖状在这时提前下发，递到每个人手中时加上象征庄严的力道，威慑似的叫人不敢怠慢。崇野背过身，平摊开奖状将脸埋进去，深吸过一口气后抬起头，“我怎么闻到薄荷味了呢?”

“想薄荷冰棍想疯了吧你。”郊棠淡淡地瞥他一眼，被他热切的目光烫到，又妥协地低下头去。两人在奖状里近乎贪婪地嗅嗅，冒点儿傻气，变身在森林里找寻黑松露的动物。鼻尖触碰到光滑的纸面，扑来浓郁的油墨味，但隐约觉得确是有什么气息在其中瞒着自己。清凉的，甘甜的，掺杂着薄荷叶的味道，她熟悉得很。

“还真有!”郊棠轻叫起来。音量没控制好，引得几个女生也照着学样，然后得出结论，“什么都没有嘛”或者“油印味很难闻啊”。

倒是负责人实在看不下去，低声斥道，“你们，闹够了啊。”

郊棠无法解释，抱着胳膊与崇野不置可否。

几分钟后，他们列队上台，一个个笑盈盈地从颁奖嘉宾手中接过玻璃制成的奖杯。奖杯属于负重的易碎品，沉得每根手指都在紧张兮兮地发力。“‘拿奖’很轻松吗，分明是很重的嘛。”郊棠悄声道。崇野在旁狠狠点头，转而提醒道，“看台下的摄像镜头啦。”

摄像师在台面边沿半蹲着，眯起一只眼，将食指摁在快门上。郊棠屏住呼吸。“就当作与他合影好了。”都说紧张容易导致幻觉，她似乎觉得崇野在闪光灯摄取之前往她这边挪了半步。

咔嚓。

光的影子在她足下漫成茶色的河水，如果有什么暗沉的部分就这样沿着木地板流走，它们会化作金色尾鳞的鱼，在寂灭的一刹游向自己吗?

后来郊棠在夏令营官网上搜到成品图。无一例外的，所有人站成标准的等差数列，而他们同样面无表情地拘谨着，烙下大红幕布前生硬的领奖者拓印。没有任何值得旁人将眼神停驻，然后猜测出“这两人肯定认识”的细节，哪怕眼神也没有不同。

是自己的幻觉吧。

然而分明是有过那样暧昧的一秒，女生抿着唇几分怯怯地冲着镜头笑，而男生顽皮地挨近过来，来不及迎向前方的眼神无限柔软地歇在女生发梢。

它们真实存在却永远不会被曝光。

它们统统不是幻觉。希望你知道。

[7]

自从夏令营之后就再没联系过。

郊棠将手中纸条握成皱巴巴的一团，指尖狠狠施力，将写有自己地址的纸团收得更紧。那天自己为赶上返程的火车，还没散会就提前离场。步伐被发车时间催得紧迫，但走到中途还是被崇野拦下。

“散会后可以找颁奖嘉宾签名，你确定要走吗，”难得认真的语气，“其中有几个比较知名的，他们的书你也是看过的吧。”

“说来也是，”郊棠垂着眼，脚尖在地上画着局促的圆，“可没办法啊，我上火车要赶时间。”

“我到时候寄给你呗，告诉我地址就行。”

“地址太长记不住诶。”

“……那你留个电话，”无比顺理成章的，崇野摊开手心，“回去后再打电话问你。”

“嗯。”

八位数。因为悬空的原因吧，渗在掌纹间的号码像是挨在一起取暖的小人，在风中轻轻战栗。郊棠抬起头来，“要记得哦。”

“肯定不会忘记的。”前两个字音加重了，生出笃定的音节在心房上敲打。

可是，没有电话。

电话机似乎得了失语症，在床头空寂已经很久，送去检修也无法得治。房间静谧得如同深海，水波的纹痕轻推空气间不可知的秘密。即便是橱柜里杯与碗的细小冲撞，神经也会“叮”地绷紧，余下听觉中小块无从填补的缺憾。

或许他并没有抢到嘉宾的签名，所以不好意思给我打电话。

或许他在外多溜达了几天，只是暂时还没回到家。

或许他同嘉宾握手没留意墨迹洇开模糊掉号码。

……

无穷个“或许”后紧跟着越来越离谱的内容。总是这样，分明被忽视的人是自己，却偏要找借口帮对方开脱。而那些能够直接抵达的可能，“他忘记了”以及随后的“他并不在乎”却避绕开来。

想说这点小事不必放在心上，何况他这人粗线条到连衣服都会穿反。可并不是没有过愤怒的，纸团捏得实了指甲掐到自己也没发觉，以为自己不再是那个连暗恋的人都会被抢走的倒霉鬼，以为已经彻底告别过去变成活力充沛的人，却终究是要从不现实的奶酪中狼狈醒来。

那些不知如何结束的结束
不知不觉地结束
就像一切的所有结束

这是那天在老巷见到的，诗的最末几句。

已经决定把电话线撤了。

郊棠盘腿在床上伸个懒腰，借着被舒展动作拉长的手臂去够床头的电话线，仿佛无意间触到某个潜藏的机关，电话机大声尖叫起来，于是手指迟疑着改变方向拎起听筒，“喂?”

“你干嘛留个错的号码给我啊。”是无限委屈的男声。

“没有啊。”郊棠茫然地皱起眉头，“你念来听听。”

对方报出个八位数，发现末尾确是被自己无意间篡改了数字，拨通后变成前往未知地的无辜信使。

“……”没法吭声了，怪自己笨。

“刚打过去就被个女人臭骂一顿，她好像正在与送外卖的吵架来着。”男生在电话的另一端自我哀怜，说兜转很久，最后还是以夏令营为媒介找到联系方式。

声线褪不尽稚气，却是森林里鸟儿轻软的羽，将女生搂到泛白的云层中去。

郊棠将头枕在听筒上，“没想到啊。”

“唔?”

“没想到你还记得。”

——想要你记得我，就像记得那支薄荷冰棍一样，记得我。

# 流行爱慕

[1]

秋游后还要连上五天课才能盼到一个仅有三天的假期，这种消息总让人高兴不起来。蓝渔睡眼惺忪地坐在窗台边上，不知不觉间用牙齿把喝豆浆的吸管咬成了艺术品，发泄似的。

“蓝渔——”两个豆蔻年华的女孩在楼下大喊，“要迟到了呢，快下来！”

蓝渔从桌上拿起一个馒头，拎起书包三两步就冲了下去，边跑边情不自禁地想要调侃门外的两个死党几句，“喂，你们今天怎么红光满面的，和青梅竹马订婚了？”

“哪有那么好的事，”锦繁亲昵地挽着斯斯的手，“我们在讨论昨天秋游的事情。”

“蓝渔你知道吗，锦繁说她忽然对某个男生特别有好感。”斯斯别出心裁地在“特别”二字上加重了语气。

“谁啊？”蓝渔问。

“东里。”锦繁毫不含糊地说道，“其实是件很小的事情，昨天秋游的地方有个活动叫‘走迷宫’。迷宫里没有光，我就一直扶着栏杆走。当时什么都看不清，我不知道走在我前面的东里也扶着栏杆，然后我就把手盖在了他手上。他很奇怪地回头看了我一眼。嗯，就这样。”

“他一定以为你是故意的！”蓝渔和斯斯笑道。其实她们也是有故事的，而且都是昨天的故事，关于迷宫，关于东里。

蓝渔说，她在迷宫里迷路兜了不少圈子，以为自己是要被迷宫的管理员拽出来了，却没想到东里像救世主似的忽然在死胡同处出现，手指右侧拐角，“走这边。”

斯斯说，她在一次碰壁后趺趺撞撞地往后退，狠狠地踩到了东里的鞋子，东里非但没有生气，反而傻乎乎地说“对不起。”

“这真是比我家的玫瑰和你们家的乌龟同一天死亡还要巧合。”锦繁惊异道。她们窃窃私语着穿过一小片枫树林，走到小街的玫红色石板路上，清晨的小街如慵懒的小兽一般温顺地伏在校门前。

“东里或许怎么也不会想到，他竟然在一座迷宫里招惹了三个……”蓝渔说着说着忽然噤声，余音仿佛被人掐断了气。

东里从小街上的莎士比亚面包屋里走出来，捧着一个热腾腾的芝士面包，可能是暖烘烘面包香气的缘故，东里看起来像蒸腾的水汽一样亲切。

“嗨!”锦繁热情地冲他打招呼，蓝渔甜甜地笑，而斯斯不知怎的忽然含蓄地低下了头。东里偏过头来，朝她们挥挥手。

待东里走后，蓝渔把最后一口馒头咽了下去，“以后我们都来莎士比亚面包屋买早餐吧。”

“说不定还能和东里偶遇呢。”锦繁和斯斯默契地附和道。

小径，小街，校门外。

迷宫，枫林，面包屋。

挥手，走路，微微笑。

朦朦胧胧的。

[2]

“你不觉得东里穿天蓝色T恤很好看吗?”蓝渔掐掐斯斯的手背。

“好看有什么用，只看得到背影。”斯斯把蓝渔的手拨开。她们坐在学校礼堂的枣红色木沙发椅上，东里在她们的正前方，不过隔着一排空椅子的距离。

“不止是背影，”蓝渔狡黠地把锦繁赶到了东里后方那张空位置上去，“锦繁你去和东里说说话。”

锦繁意味深长地扫了她们一眼，也不推辞，干脆利落地坐过去拍拍东里的肩膀，然后趴在东里的椅背上不知说了些什么，东里侧过脸来，发亮的眼睛和翘起的嘴角泄露了他孩子气的自恋。

“锦繁不会是告诉东里我们对他有好感吧?”斯斯忐忑地低声道，“我们只是想瞥一眼东里的侧脸而已，不需要付出这么大的代价吧。”

蓝渔沉默地攥着拳头，似乎是后悔了。

锦繁忽然严肃地回过头来，“我只是告诉他，昨天数学测验的附加题全班只有他的答案是对的而已。如果斯斯你再用你上一秒的音量质疑我是否出卖了你们，那么权当你自行对东里告白，我不能肯定他刚才没有‘偷听’到那句‘对他有好感’。”

“那……你说的那个附加题是真的?”斯斯小心翼翼地问。

“我还没有和他熟络到可以开这种玩笑的程度。成绩我是在老师办公室桌子上看到的，基础题部分我和东里都是满分，只可惜附加题我省略了一个步骤，不然我和他就是年级并列第一了。”锦繁用一种傲慢而优雅的表情说道，“好了，请你们暂时不要影响我们的谈话，我发现我和东里在二次函数等方面很有共同话题。”

说罢，锦繁继续眉飞色舞地和东里比划“附加题的三种解法”。

“我觉得我派锦繁去和东里说话的决定是我今天犯下的最不可饶恕的错误。”蓝渔恶狠狠地盯着锦繁。

“是的，大错特错!”斯斯愤愤地附和道。

[3]

她们路过面包屋，只为了和东里打招呼。

她们讨厌言情小说，只因为她们会嫉妒。

她们等待一场浪漫的邂逅，一个属于两个人的走廊，教室，或是台阶，又或者是躲雨的屋檐。然而哪怕这些都没有发生，她们也会举着试卷欢呼雀跃说因为东里，她们爱上了数学。

她们会全神贯注地聆听东里发言了。

她们会情不自禁地模仿东里走路了。

她们甚至会在放学后留在空荡荡的教室里，轮流坐在东里的座位上，模样小心翼翼又紧张兮兮，生怕有人推门而入，撞见了她们的小心思。她们想象东里不安分地摇晃椅子时什么样，东里无所谓地转动笔杆时什么样，东里抄着笔记抬头看黑板时什么样，东里伏在桌面上小憩时什么样……

直到她们因为无意间瞥见了某位上一届学兄或学姐在东里桌面上刻下的一行字而笑得险些岔了气——“请勿在此处发情。”

她们就是以这样的姿态濒临了那个三天的假期。当所有人扛着书包涌动在校门口惹得保安们鸡飞狗跳的时候，她们用“一日不见你，我将如隔三秋”的目光深情向校园回望。或许五天前她们还像风筝似的，在被握在学校手中的绳端的束缚下梦寐蓝天，而五天后却成了踢出去的球，拼了命地想要反弹回来。

“我们的假期一定是被原子弹轰炸过了，不然这段如此迷人的时光怎么看起来像废墟一样空泛呢?”蓝渔在电话里向锦繁投诉道，这三天她像得了相思病似的没有什么事情能让她高兴起来，电脑她不愿去碰，电视她不愿去开，连远房亲戚来做客她也不愿理会，哪怕这位亲戚的容貌很吻合她的审美观。

蓝渔自我囚禁在屋子里，抱着一个绘有黑白埃菲尔铁塔的小本子，其中满满的都是东里的影子。蓝渔觉得自己正在逐渐变成一个强迫症患者，她强迫每一个字形像楷体字帖一般完美，她强迫每一行话语都像不怎么甜腻的情书一般清新。东里的动作、神态与语言，它们像是打了柔光的慢镜头特写，在蓝渔低垂的眼睑中回放，很纯情的样子。

锦繁则利用这个假期尝试着把自己变成一个老谋深算的人。她会设法把自己的作息时间和东里调为一致，这样她就可以在白禾木书店与东里偶遇，或是在晚餐后的散步时适逢东里在小街遛狗。她也可以时不时和东里顺路回家——虽然这个“顺路”让她抵达自家屋门的时间足足延迟了十分钟。

很可惜的是，蓝渔和斯斯没能敲诈出这个和约会邀请函同等价值的作息时间表，因为锦繁不愿自己的私人时间受到干涉。她把三天非自由支配时间尽数交付给了辅导班，并以“身高遮挡了后方同学的视线”为借口被调去倒数第二排和东里同桌。当她抑扬顿挫地向蓝渔和斯斯描述她是如何如何用一种艰深的解题方式赢得了东里不吝啬的赞美和微笑时，蓝渔和斯斯忽然理解了锦繁为何对辅导班情有独钟。

至于斯斯，她的创举是用一部被父亲遗弃的过时手机给东里打电话。她一般会在临近午夜的时候蜷在被窝里偷偷摸摸地拨通号码，她确保这个时候东里有空，因为听说东里是十二点还在聊天群上晃悠的夜猫子。第一次怯生生地拨通号码时，斯斯忽然发现她完全不知道想说些什么或是该说些什么，于是只得羞涩地用气流般的声音说“你好”。“嗯，你好。”东里一头雾水地问道，“请问你是哪位?”斯斯鬼使神差地说她哪位都不是。然后东里噤了声，许久后问道，“有什么事情吗？”“没什么事情。”斯斯颤抖地挂断了电话，因为听见了东里并没有不耐烦的声音而激动了半晌，觉得自己莫名其妙像个外星人。

第二次通话，斯斯拒绝使用语言沟通，她用一个清脆的小铃铛摇晃出有节奏的声响，暗示只可意会不可言传的告白，并且即使斯斯滥用肉麻字眼也不会觉得丢人，好比“我喜欢你，可是你不知道”就用“铃铃铃铃，铃铃铃铃铃铃”来表示。只是东里似乎并不具备斯斯独到的浪漫主义情怀，因为次日锦繁像新闻播报一样告诉斯斯，“东里在辅导班上和我说，他昨天在夜里十二点接到了一个匿名电话，没有人说话只有铃铛的声音，他怀疑那是货真价实的‘午夜凶铃’。”斯斯听后很是气愤，当天午夜她在拨号后用手指在手机盖上敲击出了“SOS”的声音，自此东里再没接听过她的匿名电话。

## [4]

“如果我没有记错的话，上周锦繁至少创造了七次和东里偶遇的机会，至少六堂辅导课和东里同桌，聊过天，顺过路，又凑巧在同一个书店看过书，在同一家超市买过东西。而我们呢，一个写了一篇‘正在连载中’的关于东里的小说，一个打了几通和‘午夜凶铃’同等惊悚的电话，而如果我们守口如瓶，东里永远不可能知道这两件事情。所以你觉得我们这样像话吗……”蓝渔在走廊上对斯斯低声细语道，而斯斯搓着双手看上去有些欲言又止，神色游离着不知在局促什么。

蓝渔警觉地回过头去，看见东里与她们擦肩而过，留下一个校服背面被人拍上了白色粉笔灰的背影。

“东里你的校服背面有粉笔灰！”蓝渔冲他喊道。

东里停下来反手拍去那些粉笔灰，不忘笑着对蓝渔说声“谢谢”。

“蓝渔我讨厌你！”待东里拐进了教室，斯斯忽然歇斯底里症发作似的嚷嚷道。

“我怎么了？”

“我好不容易想到一句可以和东里搭讪的句子，结果东里经过的时候你一直在说话，等到你把话说完，你又抢先把我想到的句子对东里说了！机会就这么一个！”

“我……”

“我讨厌你！”

“你们两个吵什么呢？”锦繁抱着一沓练习册从办公室出来，恰好听见斯斯的愤怒宣言，“说的是东里衣服上那个粉笔灰吗？哦，那是我用黑板刷拍上去的。”

蓝渔和斯斯停了口，诧异地盯着锦繁，好像锦繁方才告诉她们班主任是她失散多年的亲姐姐似的，然而锦繁毫不顾忌蓝渔和斯斯大睁得过分的眼睛，气定神闲地解释道，“谁让他昨天自习课恶作剧把两只白蚂蚁放进了我的手心呢。”

“你们什么时候这么熟了？”蓝渔酸溜溜地嘀咕道。

“如果你们想再和他搭讪一次，我还可以再帮你们拍一次粉笔灰。”锦繁妩媚地眨了眨眼睛，“或者帮你们问他要签名也行。”

“当初就应该是我在礼堂和东里说话的。”

“当初就应该是我报名去上辅导班的。”

“当初就应该是我打听作息时间的。”

“当初就应该是我和东里偶遇的。”

……

“东里一定是喜欢上锦繁了，一定是了。”

还是会嫉妒的，哪怕是朋友，哪怕自己确实没有付出过什么。但是那些酸涩的汁液还是流进了自己的五脏六腑中，搅得很难受。

锦繁和东里的绯闻传开了，但这场没有证据的谣言轰炸，哪怕滔天战火烧红了半边天，注定只能波及到那些邻近的人，好比蓝渔和斯斯。

她们是朋友，她们是“情敌”。

蓝渔和斯斯拒绝和锦繁谈及东里，好像东里是个伏地魔似的物种，要凑在耳边怯怯地用“神秘人”来称呼。而锦繁在她们眼中就是一只即将被暧昧不明的蜜罐子溺死的猫，餍足得飘飘然的时候就会冲着她们发情似的喵喵乱叫。

锦繁幸福地和东里辩论些高深莫测的理科专用术语，或是用难题刁难彼此，在人烟稀少的高手群体里用高人一等的语言沟通，以至于寻常百姓完全无法涉足他们的谈话。而当他人调侃似的向他们问起，“怎么你一个人回家，东里/锦繁呢？”他们会木然且正派地撇清关系，“他/她不是正和朋友们一起吗？喏，就在那儿。”这些在蓝渔和斯斯看来都是优等生特有的默契，遥不可及的。

[5]

她们无法想象没有东里的生活会是什么样。应该不会再去莎士比亚面包屋了吧。应该不会再去关注东里的琐事了吧。应该不会再在逛街的时候激动地说：“东里也有一件和这件一模一样的衣服啊！”应该不会再去谈论，应该不会再去想。

怎么感觉像是失恋了一样呢？

可她们还是要毕业的。

毕业聚会的地点是枫林深处的一个小公园。蓝渔和斯斯早早地来到了这里，携上一袋子零食饮料，拣了爿安静的草坪就盘腿坐了下来，而锦繁赶着去外地参加一个学科竞赛的颁奖仪式，所以不能留下来闹最后一场。

即将分别的一群人围坐在一起，用几个标了号码的纸团玩真心话大冒险：蓝渔在一棵开花的树下对三个路过的人声情并茂地朗诵“如何让你遇见我，在我最美丽的时刻”；东里喝光了蓝渔的午后红茶；斯斯因为和一个男生喝交杯可乐而红了脸。他们疯疯癫癫得像是要把未来的所有快乐都挥霍干净。

蓝渔和斯斯曾经想过，毕业后一定要对自己喜欢的人说：“我喜欢过你。”反正毕业后谁也见不到谁，说出来也没有什么关系，更何况“喜欢”之后添了个“过”，就再没有什么甜蜜的意义了。那么，到底要不要说？

“蓝渔，某某某说过喜欢你呢。”

“我还知道某某喜欢过斯斯！”

“你肯定有喜欢的人吧。东里，说出来说出来！”有人在真心话环节发问，“你如果说没有就太没劲了！”东里漫不经心地想了想，随后报出一个不起眼的女生的名字，不是蓝渔，不是斯斯。

“诶，不是锦繁吗？”很多人打趣道。

“锦繁只是朋友啊。”东里坦然笑道，和他们打作一团。他像在面包屋前遇见她们时那样笑着，他像在礼堂回头时那样笑着，他像拍拍粉笔灰后说“谢谢”时那样笑着，很快他也会这样笑着和所有人说“再见”。

到底要不要说？

还是不要说了吧。

好像也不想说了呢。

那就别说了。

“东里说你是他的朋友呢。”斯斯用家庭电话和锦繁通话的时候说道。她没有使用那部过时的手机，虽有她此刻还把那部手机攥在手里。那里面只孤零零地存有东里的手机号码以及几个关于东里的通话记录。她也不会再使用那部手机了，因为当她贴近那部手机的时候，她仿佛还能听见东里清澈的“你好”以及自己躲在被窝里偷笑时的心跳。

“朋友挺好的啊。”锦繁笑道，不知道她是单纯地在为朋友这个稍稍特殊的地位而高兴，还是在掩饰没有听到“喜欢”这个词的伤心。

斯斯在说话时刻意地避开了那个东里喜欢过的女生。她觉得锦繁应该永远沉睡在那份暧昧和暗恋的泡沫里，这样她或许还能在未来某年某月某一天的同学聚会上，说出“我当年喜欢过东里”这样勇敢的话来。不要像斯斯这样变成一个藏着话的胆小鬼。

“东里说你是他的朋友啊。”蓝渔和锦繁打电话。

“斯斯已经和我说过啦。”锦繁笑道，“朋友挺好的啊。”

蓝渔有意避开了那个东里喜欢过的女生，她相信斯斯也没有提到。她觉得锦繁仍旧有权利在心房柔软的地方，存留一份年少时对东里的一点小小的爱慕，就像一块甜蜜的奶油蛋糕一样，吞进了肚里就永远不会变质了。

蓝渔合上那本绘有黑白埃菲尔铁塔的本子，她刚给它添了个结尾：“那句来不及说的‘我喜欢过你’其实已经没有谁会在乎了，甚至连我自己也不在乎。纠结中有一瞬间我想我还是不要说了，因为现在还是‘喜欢着’的不是吗，还不能用‘喜欢过’来形容。但是当那个意想不到的女生的名字被东里脱口而出后，我发现自己真的走到了‘喜欢着’的边缘。我好像不再喜欢东里了，也不记得我是不是真的曾经喜欢过他。就像一个疯狂的流行趋势，我因为流行而像锦繁和斯斯一样开始喜欢东里，不，其实也说不上谁先谁后，毕竟我们都是‘流行’的一部分。”

“听说最近流行这款衣服诶，某某明星昨天新闻发布会穿的就是这一款呢。”“你打算买是吗？那我也买吧。”

“听说最近流行喜欢东里诶，锦繁昨天走迷宫的时候喜欢上他了呢。”“你也喜欢他是吗？那我也喜欢吧。”

# 双面人

[1]

池早迎上清晨的光线，眼睛有些酸涩，好像噙住一大滴泪，莫名其妙地想哭。她不知道这是怎么了。

其实这个清晨和过去的千百个清晨一样，没有什么奇异的地方——幼儿园的小孩子排着队手拉手跟着老师去郊游，大妈们随着传统老歌的节奏舒心地曼舞，学生躺在街头的长椅上跷着二郎腿晒太阳。

怎么会是他？不，不可能是他。

池早有些局促不安。身旁的女伴还在天南海北地自说自话，“我们等会儿去看《北京遇上西雅图》吧，听说男主角是一位大叔诶。”“阿睦过生日只请了三个男生，你说女生过生日一个女生不请像话吗？”“你跟我提过的那个学弟我昨天见到了，就是穿咖啡色运动鞋的那个嘛，是挺可爱的。”……

池早什么都没有听见，她看见那个晒太阳的人忽然跳下椅子向她们走来。

“嗨，好久不见。”那人半眯着眼睛朝她挥了挥手。

“乔埃你不是两年前就搬走了吗？”池早诧异地问。

“怎么，不允许我特意回来看看老同学？”乔埃邪邪地挑了挑眉，“那我来看看你这位我亲爱的老同桌行不行啊？”

乔埃歪着头，谜一般的眼睛一眨不眨地死死盯着池早，很认真的样子。一旁的女伴发出一声低低的惊呼。

“好了，看完了。”乔埃勾起嘴角笑，伸手拍拍池早因为紧张而有些僵硬的肩膀，“你的眼睛的毛病好啦？”说罢，乔埃从口袋里拉出一条灰色的耳机线，用耳机把耳朵塞上。

池早听见耳机里传来了河图富有磁性的婉转唱腔，“他演尽了悲欢也无人相和的戏，那烛火未明摇曳满地的冷清。他摇落了繁花空等谁记起，为梦送行的人仍未散去……”

乔埃还是那样，一副狂放不羁的模样却又听那些哀婉的中国风音乐，还是很奇怪的人啊。池早揉揉眼睛，眼睛有些酸涩，她不知道这是怎么了。

“喂！你认识这么养眼的帅哥也不告诉我？！”女伴夸张地挽着池早的手，“你和他很熟吧？”

“很熟……吗？”

只不过是从幼儿园开始就认识了而已。

[2]

乔埃和池早是幼儿园的同学，更准确地说，是同桌。

池早不怎么合群，总是低垂着头坐在座位上，谁也不知道她在想什么，抿着嘴不知道是哭还是笑。她从来不扎辫子，任凭发梢软软地垂在桌面上，这样谁都看不见她了，而她可以让视线从头发的缝隙间钻出去，就像捉迷藏一样。这样多好，池早想。

乔埃从来都是最出众的一个，或者说是鹤立鸡群也行。与生俱来的苍白肤色，眼睛并存狡黠与温润两种特征，又因为长睫毛的修饰而给人以妩媚的感觉，所有人都说乔埃像个混血儿。他自己却不以为然，时常肆无忌惮地用颜料把脸涂得惨不忍睹，他的同桌往往会在这个时候轻轻地笑起来，因为他看起来像是某种猫科动物。

“在她的脸上一向很难见到笑的表情。”“她从来不喜欢和别人说话的。”“她连老师都不理不睬。”别人都是这么议论池早的，像是对付一个自闭症患者一样手足无措，而那时的乔埃对于他的同桌，几乎有一种近乎于讨好的意味。

幼儿园的午觉是孩子们最讨厌的事情，既不能说话又不能动弹，必须像个木乃伊一样安详地被老师摆放在一起。那时乔埃和池早的围栏床恰好是头对头的格局，于是每天中午，乔埃都会用气流一样的声音隔着两道小小的围栏和池早讨论关于动画片的事情。

“昨天那个研究石头的博士好可怜，多好的一个人为什么要变成怪物呢？”“我知道，因为那个石头有放射性啊，旁白解释过的，和它接触过的人都会变成怪物。”“是哦。”

“你说他们怎么能把隐形人杀了呢，就因为她是坏隐形人吗？”“因为动画片的人物太多啦，再多一个人物那不是要再编很多故事？不过我不喜欢阿童木，我就喜欢那个隐形人。”“你也是这么想的啊?”

“阿童木好不容易在悬崖上拉住了那个机器人的手啊，最后为什么要松开？”“我跟你说啊，这种情节在大人的电视剧里是很常见的，一定要松手让那人摔下去，这样故事才让人觉得感动啊。”“那不是要死很多人？编故事的都是杀人狂吧。”

乔埃总能以最快的速度用一种虚实交错的逻辑来解答池早的问题，偶尔像所有幼稚的小男生一样拽拽地加上一句，“我跟你说啊。”口气大得好像自己就是导演。他们都是聪明的孩子，说话的时候把嘴藏进被窝里，听着老师的脚步和训斥分辨老师的方位，眼睛紧闭，因而让人抓不到把柄。

乔埃甚至会在别的孩子抢走了老师分给池早的玩具后，学样似的从那个孩子手中夺回一份给她。然后义正辞言地说，“保护漂亮的女孩子是我的义务。”把老师笑得前仰后合，不知道他是从哪部肥皂剧里借鉴来的精华。

在临近幼儿园毕业的日子里，老师开始有意识地教孩子们写字，这几乎把幼儿园变成了一个和儿童医院一样恐怖的地方。没有临摹完数字字帖和字母字帖的孩子在放学后被老师留下，在家长“不练完就不给你买迪迦奥特曼”之类的威胁中，一边哭哭啼啼一边颤巍巍地在字帖上画线画圈。

那时池早还在攥着笔用力地写着数字“8”——上面一个小圈，下面一个大圈，大功告成，像个圆滚滚的雪人。而乔埃一手圆润的字母练得和吹泡泡糖一样纯熟，这让老师惊喜得几乎想把他揉成雕塑摆在大门口装点门面。但乔埃似乎并不高兴，他临摹的时候眼神都是恶狠狠的，像是思酌着该不该在米饭里下毒一般。

池早觉得乔埃变成了一个有很多很多秘密的人。虽然乔埃还是一如既往地和她说笑，但他的表情发生了微妙的变化，不会把眼睛笑得弯弯的，看上去既调皮又单纯。

“你知道他们在笑什么吗?”池早问。

“他们在笑老师的眉心被蚊子盯了，像观音菩萨一样。”乔埃扯起嘴角笑，左边的嘴角上扬得似乎有些放肆了。

池早敏感地觉察到了恐惧，来自于乔埃的陌生的恐惧。

一个冬天的早晨，孩子们在幼儿园的滑梯上发现了一只快要冻僵了的麻雀。“它好可怜啊，我们用热毛巾把它包起来吧。”“是啊，它冷得一直在抖。”“老师，快救救它，它一定很需要我们。”

老师一副被孩子们的爱心感动的样子，被风冻得僵硬的脸勉强融化开一个和蔼可亲的笑容，刚想借此机会给孩子们灌输一堂别开生面的思想品德课，却陡然听见童稚的讨论中有一个声音像刀锋一样突兀而尖锐地穿透出来。

“我看还是把它解剖了吧，反正它快死了。”乔埃漫不经心地说。

风中只剩下沉默的空气和老师一声比一声急促的呼吸。

## [ 3 ]

“乔埃你敢再画我衣服试试看!”女生怒目圆睁。

“哦，好的。”乔埃认真地在女生校服背后又画了一道，然后迎上女生不可置信的眼神，“试试看，你说的。”

“我这就去告诉陈老师!”女生的尖叫像是指甲在黑板上摩挲一般，“你等着，我有你好看!”

乔埃撇撇嘴，冲着她的背影喊道：“别自恋啊，你哪有我好看了?”

池早隔着两列座位的距离看着他——他变得不一样了。

有人说他学坏了，但池早认为其实也不见得是从哪里‘学’的。他从来没有认真地听过课，上课的时候总是近乎于轻浮地盯着老师的脸，深情得仿佛下一秒就要对老师说出“我爱你”三个字，这让老师浑身不自在。他能把所有同桌时间超过一个星期的女生变成泼妇，让她们丢下女生小家碧玉的矜持面具，大吵大闹如家常便饭，最后尖叫着把所有触手可及的东西往他身上砸，而他只会事不关己地问一句：“谁欺负你啦?”毕竟没有女生敢拉下脸来大吼“你欺负我啦”，她们只会哭哭啼啼地找老师。

乔埃的成绩不坏，平心静气地说甚至还挺好。就是一身的乖张气让班里几乎所有的同学敬而远之，班主任陈老师无法忍受他的眼神和女生哭诉的骚扰，只得忧心忡忡地请他的母亲来办公室喝茶，请得频繁了，倒也真和出门喝喝茶差不多。

和乔埃同桌的女生泪汪汪地回到了座位上，表情却是胜利的微笑，让人误以为她是喜极而泣了。“快收拾东西，你去和池早同桌。”女生轻快地对乔埃说道，“陈老师叫我通知你的，现在就换。”

“好啊。”乔埃把桌子里的东西利索地往书包里一倒，抄过书包甩在自己的右肩上，赶走了池早的同桌，然后大大咧咧地坐在池早的旁边，“你越来越漂亮了。”

池早沉默，幼儿园同桌兼初中同桌，老天这玩笑开得真大。

[4]

池早面无表情地盯着身边那个对她的默写本指手画脚的家伙。

其实也不应该用面无表情来形容，她半眯着眼睛，嘴角微妙的弧度更贴近于冷笑，不过她在强装镇定，与其让她和其他女生一样沦落为泼妇，她还是更愿意彰显出清高者狭义的宽容。

“你看啊，这个字你出了头。虽然只出了一毫米，但是在很多职业中，不足毫厘的差异都足以误大事。我今天给你纠正这些错误，就是在为你的未来着想。”乔埃以班主任的语气耐心地为池早纠错，只不过他眉飞色舞的神情在一定程度上出卖了他，“还有这个，这个笔画应该是‘捺’，而不是‘点’……下面这个‘横’应该比上面的更长一些才是，汉字是这样写的，而你只要稍稍变动一点，就不再是字了，这个你要记好……”

“很抱歉，你这次默写只有六十分。”乔埃温文尔雅地说道，像个标准的模范学生。

池早的默写从来都是满分的。

“恭喜你，你这次默写零分。”池早的声线因为隐忍而有些颤抖。她重新摊开乔埃满分的默写，用一个特大号的红圈圈起所有字迹，然后涂掉了“100”中的那个“10”，示威似的。

乔埃大度地笑笑，相比起来池早太小家子气了。

“你们两个把默写当玩儿是吧？”陈老师鬼魅一般地游荡到乔埃和池早的桌前。

“老师，我给池早纠正细节错误，她非但不承认，还故意给我打零分。”乔埃抢先一步，“你看这些出头的字和捺与点的区别，的确是错了。”

“哦，是啊池早，乔埃说得没错，细节错误万万不能忽视，你下次要注意了。还有，虚心一点。”陈老师通情达理地对池早说。

池早深吸一口气，随后向乔埃报以谦逊一笑，“那我要谢谢乔埃同学的帮助了。”

池早觉得和乔埃同桌的日子每一天都是一场战役，但是看上去更偏向于冷战，没有真枪实弹的血肉横飞，而是挑衅与隐忍并存的心理战术。旁人惊异于他们的和睦，因为他们看上去简直可以说是谈笑风生，只是那话中有话的杀气腾腾，除了这两个冤家，其余的谁都听不见。

池早可以大言不惭地说："如果和乔埃同桌得再久一点，我一定会变成一个贤良淑德且海纳百川的人。"乔埃喜欢在戒备森严的课堂上把池早的文具把玩得津津有味，然后让池早眼睁睁地看着自己的文具被老师没收。乔埃随时都可能指着池早的脸夸张地大笑，可能是一道红笔划痕或是蚊子咬过的痕迹，而更多的时候什么都没有，像是狼来了的把戏，让池早每时每刻都要对乔埃的一惊一乍保持警醒。

所有同学都知道，和乔埃同桌一个月是班长创下的不可超越的纪录，而班长是碍于面子不愿违抗陈老师的指令才容忍了一个月之久。至于池早和乔埃同桌一年后依旧保持温和态度和甜美笑容的事情，不是奇迹是什么？当然这其间有不少为非作歹的同学传言说，这是爱的奇迹。

传闻被乔埃听见了，而他非但没否认，反而摆出一副"既然你们都知道了，那我就不隐瞒了"的暧昧不明的姿态，好比在与池早争执得愈发尖酸的时候忽然揽过她的肩，或是故意凑到她耳边说悄悄话。还有时候更为夸张，他会神不知鬼不觉地在池早和女伴们一同放学回家时忽然出现，然后当池早的女伴们一边偷笑一边和池早保持距离的时候，冲着扭头就跑的池早紧追过去，边跑边喊，"池早你听我说——"。

乔埃天生就适合当演员，生活简直和电视剧一样精彩。

池早哭了。一天当乔埃追到池早家附近的时候，他看见池早定定地站在街道上，红着眼睛仇视着他，眼泪像午夜的溪水一样淌得悄无声息。她平静地说："我明天就去跟陈老师说，我不想和你同桌了。"

"我很高兴你去和老师说我有多么多么讨人厌。"乔埃面无表情地站在两米开外，"但请你别说换同桌的事情，我不想换同桌……"

"求你了。"乔埃的声音像是来自另一个世界。池早有些惊讶，她相信乔埃说的是实话，因为没有人能把戏演得这么真。

"好，但是你必须告诉我为什么。"池早哽咽着说。

"因为我不想吵架，但我要做一个讨人厌的学生，你别问我为什么，这是秘密，我现在还不想告诉你。我想让所有人都讨厌我，所以我试着讨厌所有人。父母，老师，同学，我都讨厌。但我不讨厌你，真的，因为你不会和我吵架。”乔埃淡淡地说，“别莫名其妙地看着我，我知道我没说清楚。”

乔埃顿了顿，“还有，我记得你在幼儿园里从来没有哭过呢，这样吧，我以后对你例外一点，这样你可以不用再讨厌我了，所以……喂喂，大小姐你别哭了好吗?”

池早感觉自己从来没有认识过眼前这个人。

“乔埃，帮我打饭好吗？陈老师叫我去改语文卷子。”

“哦，把我的分数改高一点啊。”

“谢啦……开什么玩笑!”

乔埃是个谜，从前是，现在也是。只不过自从那天池早在街道上大哭了一通后，这个谜底就被揭穿了一点。池早陡然变成了一个保守秘密的角色，而乔埃说到做到地再没给她添过麻烦，甚至还赐予了她一个“可供差遣”的限量版特权。

“你头上刚刚停了只麻雀你知不知道？不过它停了一下就飞走了。我看你还是好好把头发打理打理吧，这说明：一、你的头发乱得像鸟窝。二、你的头发脏得连麻雀都嫌弃。”

“有只蝴蝶停在你辫子上了呢。天哪，这年头蝴蝶的品行怎么和苍蝇差不多!”

池早远远地听见乔埃又在拖着长腔刻薄地对女生们评头论足，至于他为什么不对男生这么做，池早记得他的解释是——懒得打架。

算你狠。

## [5]

乔埃从来没想过他和池早会有同病相怜的时候。

这个发现要追溯到一堂昏昏欲睡的生物课上，老师不知怎的就提到了关于眼睛颜色的事情，说到有些人的眼睛是全黑的，而有些人的眼睛是偏向于咖啡色的时候，他建议大家观察一下自己身边的同学的眼睛。

乔埃把伏在桌上睡着了的池早拍醒。池早半睡半醒地侧过脸来看着乔埃的眼睛，乔埃的眼睛是偏咖啡色的，注视着她的时候眼睛眨得像是高频相机的快门。

乔埃迟疑着说："你怎么和我一样……你应该明白的，我说的不是颜色。"

次日是周末，池早在医院的神经内科检测室的门口遇见了乔埃。儿童抽动症，眨眼睛的频率比正常人高，池早和乔埃都是。

他们分别被安置在并排的两台仪器之前，医生给他们在太阳穴等部位抹上凉丝丝的药水，再把不少管状的不知名物体连接在他们头部，机器人似的造型颇具高科技幽默感。

"用思维控制屏幕上角色的动作，比如这个'丘比特之箭'，你就一直使劲想'射得中'就行了。把它当做一个游戏。"医生冷冰冰地说。

池早死气沉沉地盯着屏幕一动不动，屏幕上的丘比特命中率挺高，唯独当她思考这台机器为什么会知道她的想法的时候，才会让丘比特露出或沮丧或愤怒的表情。而乔埃那边显然不怎么安分，时不时爆发出一阵叫好声或是冷笑声，紧随其后的是医生压低嗓音的呵斥。

这个治疗方案不痛不痒唯独有些无趣。

"哎呀刚才那玩法太刺激啦，一只猫扔骨头砸扁一只狗诶，我快把那只狗砸死了。你呢，什么游戏?"乔埃意犹未尽地说。

"你那个'猫狗大战'我好像在家里的电脑上玩过，比我这个'丘比特之箭'好多了。丑死了的丘比特就一个动作两个表情，我希望游戏可以改造成对人瞄准而不是射击一个心脏!"池早一脸不屑，她完全没把医生放在眼里。

"你们两个，可以出去了。"医生一字一顿地说。

池早下楼的时候感觉空气稀薄得让人窒息，身后像是一片被战火洗涤的荒原，涌动着象征着毁灭的悲怆与寂静。她仓促地回过头去，看见一位雍容美丽的妇女站在检测室门前冷冷地说道："吃药。"她说话的时候目光越过乔埃望向别处，让人觉得她是在对乔埃旁边的垃圾桶说话，想必是乔埃的母亲吧。

“吃了。”乔埃把那妇女递到他手上的一个小瓶子旋即扔进了垃圾桶，“你不是对它说话吗？它吃了。”

那妇女二话没说一记耳光对着乔埃打了过去，清脆得像是走廊上忽然滚进了一个火球般的炸雷，而乔埃无所谓地耸耸肩，“行啦，走吧。”

乔埃知道，那个小瓶子里的药水他早就喝完了，扔掉的是空瓶子。

池早在医院药房窗口排队取药，人多得像是折扣市场，病人与陪护人彼此搀扶成痛苦的人间气息。池早的视线轻飘飘地掠过人群，瞥见了一个人站在医院玻璃幕墙内侧的乔埃。他的手轻轻挨着自己的左脸，寂寂地望着玻璃幕墙上自己的影像，然后他从医生开的一小纸袋药品中又掏出了一个小瓶子，取出几片药一饮而尽，然后把空瓶子装进口袋里。

池早心里明白，其实乔埃并没有放弃学习，当他对老师眉来眼去的同时也在认真地听课，这是王安石用仲永的悲剧证明出来的道理，只是人们经常天真得看不见虚假的东西。

这些人都愚蠢透了，池早想。

[6]

课程表显示第一节课是语文，第二节课是美术。池早打算把这两节课翘了，赖在家中冒着风险躲风暴。美术老师身材肥胖，说起话来中气十足，至于发火时对于整个班级的冲击，和包租婆在教室里玩狮吼功的效应不差毫厘。

池早硬着头皮破天荒没有请假就擅自把家当避难所，她没有完成美术作业，她知道后果的。两个小时后，她掐着表在第二节课与第三节课之间的课间休息时没事人一样在座位上端坐好了。

“你跑哪儿去了？”伏在桌上闭目养神的乔埃头也不抬地问。

“低烧，现在没事了。”池早镇定自若地说。

“你骗人……”乔埃半睁着眼睛，用一种醉汉的神态和语气质疑道，“嘿嘿，我知道你……我知道你是逃课，你想躲掉美术课……”

乔埃猛地直起腰来，眼睛亮亮的，一副“我说中了吧”的嘚瑟样子。

“不对，不是这样。”池早底气不足地否认。

“绝对是这样，因为我昨天没看见你交美术作业啊。”乔埃笑盈盈地说，“陈老师还问你为什么没来学校呢。”

“那你怎么说的?”池早顾不上什么装病了。

“我当然是如实反映啦，等会儿陈老师就会来找你，谈谈好学生为什么逃课的事情。”乔埃幸灾乐祸地笑得连肩膀都抖起来。

池早倒吸一口冷气。这时女伴惊喜地朝她跑来，边跑边嚷嚷，“池早你怎么又回学校来了？乔埃对美术老师说，他忘了因为你感冒发烧帮你请假的事。你现在怎么样了，退烧了吗?”

“乔埃骗我……”

从初一开始再次和乔埃同桌，到现在他们临近毕业，这么说他们又同桌了三年。那么乔埃是什么样？捉弄同学时嚣张的模样，和池早说话时孩子气的模样，还是在那堵巨大的玻璃幕墙前悲伤的模样?

或者他就是谜的模样，一个莫测的黑洞，把什么都吞了进去，无论好的坏的。

就像现在他在没有老师看管的自习课上把MP3藏进袖笼中，用手支着头一边写作业一边听歌。他的表情很柔和，不知道是不是夕阳流连在他侧脸上的余光太过于凄艳。

“哪首歌?”池早小心翼翼地问。

“你听听看。”乔埃放下笔，很自然地腾出右手轻轻覆上池早的耳朵，耳机藏在他的掌心里。

“衣香鬓影掩过了几声叹息，冷眼看过了霓虹几场别离。他还演着那场郎骑竹马来的戏，他还穿着那件花影重叠的衣，他还陷在那段隔世经年的梦，静静和衣睡去，不理朝夕……”是河图哀转婉约的《第三十八年夏至》。

“你不觉得你这样很奇怪吗？我是说，你听这种歌……”池早不知该如何表达这种感觉，夕阳下的乔埃在这样的歌声里像是一个奔赴刑场的人，怀抱着沉甸甸的失望与绝望，在某一个凄艳的黄昏踏入一个陌生的领域，然后缓缓地离开他曾经所珍视或伤害过的一切。

“觉得啊，因为我本来就很奇怪。”

[7]

“在上课之前，我想先谈谈安全隐患的问题。据我所知，学校附近的居民小区昨天有一户人家失了火，原因是他们在自家的阳台上顶着北风烧香，结果风把烛火刮进了卧室里，而那个点香的老人上街买菜去了，家里空无一人，结果酿成大祸。是的，安全隐患其实就在我们身边，你们能不能举例子说明一下？”陈老师温文尔雅地说道。她总是这样活跃课堂气氛。

“我的钱包被抢了算不算？”“邻居家的汽车碾死了一只猫……”“顶楼那户人家前段时间被人入室抢劫了呢。”……

所有人都在绞尽脑汁地胡扯，口气轻松得像是在说“我家飞进了一只麻雀”一般，事不关己的语气令人反感。陈老师正局促不安地思考着如何终止这场懒散的讨论，忽然敏感地觉察到在教室的某一个角落，话题偏离了常规的探讨，鬼气森森的。

在那里，乔埃用一种荒诞的腔调说道：“我目睹过一场凶杀，就在我家门口的走廊上。我在猫眼里看到的，两个人有说有笑地从电梯里出来，忽然一个人问另一个人愿不愿意做一件事情。我不记得那是什么事情了，不是杀人放火之类的，而是一件所有人都认为理所当然的事情。但是那人笑着说不愿意，然后问他的那人就不由分说地拿刀杀死了他。那时满地都是血，但死者的脸上还保持着笑容。没有人出来，不是因为怕死，而是因为所有人都觉得这么简单的事情为什么他不愿意，他们都认为他活该。”

乔埃慢条斯理地说道，像是学者在叙述一个冗长的哲理，又或者是一场蓄意已久的朗诵，抑扬顿挫的。他轻轻勾起嘴角，眼底有若即若离的嘲讽，不符合他的实际年龄的神情，似笑非笑得让人捉摸不透。这让他显得有些阴险，仿佛所有邪恶的念头都在他薄薄的面皮下繁衍，而表面上看来却是那么地纯良无害。很可怕不是吗？甚至比平日里他轻浮的表情和阴阳怪气的声音还要可怕。

喧嚣沉寂了，乔埃的独角戏空空在教室里回响。“别说了……”附近有不少同学怯怯地提醒他，但他好像隔绝在另一个空间里，依旧沉稳地继续道，“我恨那个凶手，我想如果他再等一会儿，那人就会不再闹脾气而回答他‘愿意’，只是宁愿凶手杀死他也不愿意改变自己。所以我恨那个凶手，我不认为死者活该啊……”

“安静！乔埃，我们在座的大多数同学都是住在一个小区的人，如果有这样的事情我们怎么会不知道？你要明白这里是课堂，我们在讲生活中的安全隐患，不是让你编故事，不是让你拿这些不知从哪里看来的恐怖情节吓大家。你听见没有！”陈老师的脸因愤怒涨得通红。

“我承认我是在编故事，但这就是安全隐患啊，而且确实就在我们身边。每一个人都有可能成为凶手或是帮凶，正是因为他们的故事不被人知道，所以即使他们杀了人，他们自己也会认为根本没有这么一回事……”乔埃淡淡地说道，但此刻这种声音对于陈老师来说简直是魔音灌耳。

“够了！闭嘴！你连基本的课堂秩序都不记得了吗，老师说‘安静’后谁再说话谁就给我站到教室外面去！所以你，现在，站出去！”陈老师尖利的声音隐隐有些发颤，她从来没有这么失态过，她以为乔埃要做出什么可怕的事情来，然而乔埃很听话地走出了教室，这让她长长地吁了一口气。

十分钟后，陈老师往走廊上瞥了一眼，惊呼道：“人呢？”

池早忽然想起乔埃说过，“一楼的医务室里可以翻窗出校，如果医生恰好不在的话。”

放学后池早路过幼儿园后门的一块荒地时遇到了乔埃。只见他坐在一块低矮的石头上，若无其事地朝几只野猫吹口哨。

“你怎么不回家？”池早问。

“回家找揍去？不被打死才怪。”乔埃挥挥手，野猫们窜进了草丛。

池早倚在幼儿园的围栏上，围栏里是幼儿园的清洁阿姨挥舞着大竹扫帚清扫地面的声音。池早觉得自己在等待一个解释，关于那个藏在黑洞般的眼睛里的秘密，关于乔埃为什么突然弄丢了幼儿园的那个自己。池早觉得他不能用童年易老来掩饰，哪怕幼儿园的故事会沉淀成墙角落里的尘埃，被清洁阿姨清扫干净，被更替成新的故事，池早也能在扫帚沙沙的回声中想起。

这样想着，池早忽然觉得说话也变成了沉重而艰难的事情。不，不能再逃避什么了。三年前当她还在和乔埃争执不休的时候就已经向他讨要了半个秘密，那么他至少应该告诉她，她的推测是对的还是错的。“其实，在你说的那个故事里，那个凶手和死者……是你妈和幼儿园的你吧？”

“你猜到了。”乔埃坐在石头上，背对着她，“我恨她。我恨她在我幼儿园的时候就开始逼迫我学习，我当然不愿意，然后她很干脆地给了我一耳光。我不明白为什么我才五岁就要被挨打，那时候其他孩子都还在哭着说要买这买那。而我妈不一样，她从来不知道说教，她认为口头上的东西是没有用的，她说只有打才能出成果，因为……她从小父母就是这样管教她的。”乔埃冷哼一声，“一直是这样，什么时候不听话什么时候就出手打我，但我宁愿被挨打也不想用自己证明他们那套鬼办法是有效的，我想让她知道这就是她打出来的孽障东西。所以我要让所有人都讨厌我，让他们去向老师告状，然后老师再告诉她我是如何如何恶劣。”

“但你其实不是这样的对不对？”池早问道，“你只是想做一个双面人，一边把办公室喝茶的次数作为她的报酬，一边偷偷地让自己活得更好，是这样的吗？”

“是啊，我可以丢她的脸，但不可以丢我的脸。所以我更愿意在不影响自己的情况下在表面上把自己变得更坏，然后在背地里把自己变得更好。我宁愿一直这样矛盾下去，做一个双面性格的人……其实也挺好吧。”乔埃的声音弱了下去。

愤怒是让人盲目的，这是一个很好的掩护。只是……

“只是如果哪一天她对我说‘我以后再也不打你了’，我想我是会原谅她的。”

是谁说过，一个坚强的人的脆弱对他人来说是致命的，至少池早的感受就是这样。然而乔埃忽然恶狠狠地回过头来，“我为什么要说这么多？”

“因为你自己想说这么多的啊。”

“你不觉得这让我看起来很像那些矫情的偶像剧中的男主角吗？像说教一样，很丢人是不是？

“……好像是有点。”

“对了，那个关于凶手和死者的问题是不是你问的？就是你那句话起的头吧？所以我告诉你，如果明天我变不回双面人应有的样子，池早你完了！”

[8]

后来两人都从初中毕了业，中考放榜后的一天早晨。

“池早——”

大清早的有人在池早家楼下喊她。池早拢了拢蓬松的长发，睡裙还没换下就仓促地跑到阳台上向下望去。乔埃仰脸站在院子里，见池早带着几分微醉的神情俯瞰，就抬起左手慵懒地屈了屈手指，示意“你下来”。

池早清醒了大半，大叫一声“等我”，匆匆忙忙地奔回房间去。

过了一会儿，池早以准学生的行头奔下楼梯冲到乔埃面前，连校服领子都压得有条不紊。乔埃把她上下打量了一番，笑得风流倜傥。

“其实你穿着睡裙下来我也不会介意的。”

“我介意！”

池早撇撇嘴，乔埃这小子最近刚收到一所重点高中的录取通知书，像个嫁入豪门的灰姑娘似的，得瑟得简直无法无天了。

乔埃清了清嗓子，“池早，我是来和你告别的。我家要搬走了，搬家公司的车现在已经开到了我家楼下。”

“怎么，要搬家？”池早低头看着鞋尖，诧异地问。

“不然呢，你指望我当你一辈子同桌？是吗？”

“你瞎说什么呀。”

“哎，我是真的要走了。”

“乔埃……”池早沉思不语，抿了抿嘴唇，稍后突然对着乔埃脱口而出。

“啊。”乔埃随口答应。

“乔埃……”

“啊？”

“乔埃……”

“啊?!”

面对着近在咫尺的乔埃，池早反复地低吟着乔埃的名字，声音逐渐响亮起来。

“没事了，我就想多喊出几声。嗯，乔埃，再见啊。”池早目视着乔埃说。

“池早……再见。”

乔埃向着一团灰白的薄雾走去。

清晨的阳光冷冷的，他的影子单薄得像一张纸，现在这张纸正飘飘忽忽地奔向一段看不见路途的旅程。就在人影快被雾气吞噬的那一刻，乔埃忽然转过身子，对着池早大喊起来，“池早，我要走啦，你可别哭啊!”

池早站在原地大力地挥着手，像一个永动的雨刮器，把水雾弥漫的东西都悄然无声地汇聚在一起，好比眼眶里那些酸涩的雨滴。

# 红　豆

[1]

那是我第一次见到浅浅。

挺清秀的模样，单薄得似乎能被一阵风吹走。她站在新班级的队伍里，用一双洞悉万象的丹凤眼左顾右盼。体育老师讲解着自由活动的注意事项，同学们强忍着奔向球场的热情屏息凝神。然而一个声音失礼地打碎了这表面的安静，“捉到了!”浅浅的身子向前侧倾着，掌心微合，随着双手轻轻展开，一只白蝴蝶从掌心翩然飞过头顶。同学们都大笑了起来，而体育老师的脸色由惊愕变得阴沉。

她似乎有一种不落尘俗的气质。

[2]

几个星期过去，在所有同学都找到了自己的小圈子后，浅浅依旧是独来独往。三点一线的住宿生活已经成了机械化，而她却从来不觉寂寞，生活充满了快乐的因子。有时候，我会远远地跟在她后面，看见她左闪右避地在林荫小道上行走。一时间秋风萧瑟，满地落叶争先恐后一般成群地跑起来，而她轻巧地躲避着，偶然踩到一片两片，她甚至真诚地低下头来对落叶说一句“对不起”。

这想必是她的一个游戏吧。

这样想着，我也学着她的样子，轻轻避让起落叶来，追寻着自然的隐趣。“对不起。”我踩到落叶发出一声脆响，忙像她一般对着落叶低头道歉。也许是我的声音太过突兀，她蓦然回过头来，有些好笑地望着我。

她说：“好好珍惜吧，到了明天就找不到成群的叶子了。一场暴雨会把它们冲洗得可怜兮兮，然后被清洁工扔进垃圾桶里。你相信吗？”

“为什么不相信？今天古怪骤变的气温预示着明天的暴雨，而长椅后有一副清洁用具，不等明天，清洁工等会儿就会开始为明天的工作减轻负担了。”我微笑着说。

她忽然笑了起来，瞳孔微微发亮，一字一顿地说：“你和我，很像。”

之后我们成为了朋友，一个预言起来神乎其神的组合，从天气到可能发生的事情。我觉得和浅浅相处的每一刻都是神秘而奇妙的。生活像是一个玄幻的奇迹，其实只不过是来源于一双比他人更能细致地看世界的眼睛。

而我觉得，是浅浅让我拥有了这双眼睛。于是一个学期后，我把一串细腻的红豆手链送给她做生日礼物，我说这是友谊的信物，哪怕离别多年后，你也可以凭借这个找到我。

“这让我想起，王菲的一首歌，”浅浅把手链穿在腕上，一面把玩一面哼唱起来，“还没好好地感受雪花绽放的气候，我们一起颤抖会更明白什么是温柔。还没和你牵着手走过荒芜的沙丘，可能从此以后学会珍惜天长和地久……”

## [3]

“你手上戴的是什么？”班主任晚自习巡堂，路过完成作业后正伏在桌上闭目养神的浅浅，一眼看见了她从袖中露出的红豆手链的边角。

“手链。”浅浅精神恍惚地直起腰来。

“你难道不知道，学校规定是不能戴手链的吗？”班主任严厉地说。我一阵不安，谁都知道班主任不喜欢浅浅漠然的脾气，更何况她的学习只不过是班上的中下游而已。

浅浅愣了愣，思索片刻说：“我们的校规上没有这么说，如果您这么要求，那我以后不戴就是了。”

然而班主任更是看不惯她这种处世不惊的态度，她觉得这种冷漠是很可怕的，她认定这是一种危险的反叛。于是她的脸色像是被风雪冻僵了一般，声音低沉而不可抗拒，“交上来，把手链给我。”

“这对我来说，很重要。老师，抱歉我不能给你。”浅浅微垂着头，手一抬，手链悠然滑入了袖子深处。

然后，她紧抿着唇在班主任愤怒的呵斥下走出了教室。

半个小时后，我终于在学校的人工湖边找到了她。她身子趴在湖边的铁栏杆上，低头呆呆地望着湖水，自言自语一般，“她凭什么总是找我的不是，校规我不是没看过，真的没有那条规定啊……”

抽泣的声音断续在风中，我看到湖面有很多或大或小的涟漪，那是眼泪，悄然破碎掉。

[4]

清晨起床后，浅浅没有像往常一样和我一起去食堂买早餐。我猜想，她或许是老毛病犯了，又寻回了些“独来独往”的情绪。她已经有很长一段时间告别那种日子了。

教室里人头攒动，所有人的表情都似乎有些慌乱，见到我，同学们都拥了上来，“浅浅……她刚才不知怎的掉到人工湖里去了，你知道不知道……”

“那她现在人呢？”

“幸好湖不深，被人及时发现救了上来，现在正在医务室躺着呢。”

我夺门而出。

学校医务室白色的主色调里，斜躺在病床上的浅浅披散着湿淋淋的长发，望着窗户出神。

“大清早的，你是怎么掉进湖里的？”我站在床边，气急败坏地问。

“昨天太忘情，今天早上起床后忽然发现手链不见了，急忙赶到湖边，才发现手链掉在栏杆靠湖内一侧的石头上了，那石头太滑……”她轻描淡写地说。

“然后你想都不想就翻过栏杆下去捡了？”

“我以前从来没有朋友。别人都说，我活在一个和别人不一样的世界里，孤僻，有自闭倾向，不讨喜。他们都说我是一个古怪的人……”浅浅依旧望着窗外，冗长而平静地叙述着，她从来没和人说过这么多话。“……我当时只是忽然觉得害怕，我怕如果手链找不回来，那我唯一的朋友，就丢了。”她苍白的脸上忽然浮现出一抹欣慰的笑意，“还好，它还在。”

她抬起左手，红豆手链在柔和的光线下缭绕着若即若离的伤怀气息。

我退到医务室门口，忽然捂着嘴冲出了医务室，我怕一开口，声音就变成了哽咽。

我贴着医务室外的墙壁站着，隐隐有歌声从那扇狭小的窗口飘散开来，“有时候有时候我会相信一切有尽头，相聚离开都有时候没有什么会永垂不朽。可是我有时候宁愿选择留恋不放手，等到风景都看透也许你会陪我看细水长流……”

# 桥

[1]

她的故里是江南水乡。

那一年，正值豆蔻年华的她从大城市回到故乡探亲，小桥流水，恰如梦寐中的风景如画。

她说，那是烟雨水墨画中一个关于桥的故事。

[2]

她站在河水一畔，翘首向东望去。

澄明的河水吞没夕阳的颜色，昏黄的影子荡漾开粼粼波光，扁舟拖着冗长的水纹渐行渐远，细看来却是一叶小小的纸船。

她似乎对这一叶小舟入了迷，沿着水流的方向一路追寻着，也不知走走停停了多久，直到纸船被石块滞留，她便用一根断落的树枝将纸船拦截了下来。

“天地不仁，岂管一时得失，一世荣辱。我非圣人，何能无欲无求?”在纸船中央的尖角一侧，纤细却骨干苍劲的一行小字赫然在目。

似乎是有人对着名诗微作删改以示自己的心绪，然而在这穷乡僻壤之间，通晓古诗词的人又有多少？她兀自猜测着。

在这样一个历来被文人墨客称颂的地方，似乎只有民国时期着一身绣花旗袍，拥一脸粉黛，再持一面油纸伞的伊人或是古人书中执扇的才子才能与之相配吧。

如此思来想去，一个玉树临风的形象在脑海中愈发清晰了起来。

[3]

她居住在古桥的一端，而另一端，维系着一户不知名的人家。

她从未见过那一户人家的面，只能根据那偶尔飘荡在竹架上的白色衬衫推测里头定是居住着一个从城里来的少年。

直到一天傍晚，她坐在门前的石阶上，忽见一只纸船从虚掩的小窗中飞了出来，轻飘飘地落在河面上，穿过古桥的桥洞，顺着河流向东漂荡。

正如她那天所见的一般。

她心头大喜，起身便朝纸船的方向奔了过去，似乎是在追求一个远逝的梦想。

当她再次将湿淋淋的纸船捧在手心时，她又读到新的词句，“拟把疏狂图一醉，对酒当歌。这样的强求，终归是乐到极处，悲从中来。”

自此，她每到傍晚便跑过河畔的一户户人家，听着河水的声音去寻找那些漂泊的纸船，去体味生日时拆开礼物一般的情绪，那种因等待而神秘得激动起来的心情。

珍藏在木匣子里的纸船每添上一叶，存留在脑海中的桥对面那个少年的身影，似乎又清晰了一分。

他引用的词句时而优柔，带着伤春悲秋的感叹，几分牵挂，恍若站在楼头，目光寄送夜行的远舟那般的愁心。时而又是豪情万丈，犹如独坐庭院煮酒欢饮一场。他的形象似乎在书生和浪子间不断融合着，该是怎样一个清高忧郁而淡漠，怀着一颗愤世嫉俗的心却拥有女儿般细腻情思的人？如此看来，似乎唯有雕梁画栋才是他的归宿，不知不觉间被神仙化了，想想倒也愈发不似凡尘中人。

或许那个人，只该存在于她的想象吧。

[4]

“我只想见见他的模样。”她凝望着古桥对面的人家，倚着门框梦呓般喃喃，却又忽然怅怅然皱了皱眉，“还是不要见了。”

隔着一座沧桑桥，她细心捕捉着对面屋内传来的话音。偶然满耳皆是其乐融融的欢笑，偶尔可以听见其间隐隐夹杂着的温润而年轻的男声。忽隐忽现的声音，细听又似乎消失了。

她能感受到，那是一副足以与想象中的少年形象相吻合的嗓音。

期盼的心情一天比一天浓郁，隔着几步路距离的桥面，在少女情怀的催化下却又无论如何也翻不过去。

直到纸船填满了木匣子，空落落的遐思似乎有了归属，她借着一股冲动，把一叶写有自己心中话语的纸船悄悄放在了那户人家的窗台上。“如果不曾熟悉，宁愿保持生分的距离，我在这头，你在那头，仅隔着一座桥的距离却不愿相遇。”

她想，该是个了结了吧。

黄昏前的等待对于她来说几乎是个煎熬，在窗棂吱呀的一声轻响后，她怀着怦怦跳跃的心把那叶纸船捧了回来。

她颤抖着双手几乎不忍翻看，在一番矛盾的思酌后，仓促地瞥了一眼。还是一行熟悉的字迹，“我从远方来，向远方归去。若是将离人，明朝远去，桥头听水声。”

他的意思是，他明天就要离开这里了吗？她略微有些黯然。

[5]

她惶惶然躲在虚掩的门后，透过门缝凝神注视着古桥的动静。

那扇神秘的大门轻轻打开，一个提着巨大行李箱，着一件洁白衬衫的少年从门后走了出来，经过那座桥，一步一步地走近她。

她藏在门后捂着嘴几乎要尖叫起来。

想象中的少年，在朦胧的夕阳余晖下像一个来自远古神话的故人，眉目寡淡清秀，举手投足间缭绕着淡淡的书香气息。她顿时抛开了所有臆想，只觉得此刻站在桥上的少年才是对那一匣子纸船和自己十几天来的情绪波动最生动的描绘。

她像是了结了一个心愿一般甜蜜而怅惘地微笑了起来，这些天来的心思，圈点上完美的收梢，就是这样了吧。

“等等我啊，哥——”脆生生的一声叫喊从桥对面飘了过来，躲藏在门后的她忽然看见一个娇小的女孩提着大包小包的行囊追到了少年的身边，宽大的蝙蝠衫搭上深蓝窄腿裤，一副标准的都市女孩模样。

“你那堆纸船等到回复了没有?”少年接过几个行李包，微笑着问道。

“你别这么认真嘛，那只是我的一个玩笑，不过还真有人回复了，说得还挺深情的。如果那是一个江南水乡的男孩该多好，多浪漫的事。”女孩故作吊儿郎当的表情。

“你啊，整天古灵精怪地到底在想些什么。然后呢，你回复他了吗?”少年宠溺地敲敲女孩的头。

“我就暗示说我今天要离开这里，如果想见我就到桥头来送行……”女孩回头左顾右盼了一阵，吐了吐舌头，“不过他好像没有这个意思。”

与此同时，门后的她怀抱着木匣子，痛苦地蜷缩了起来。

[6]

古桥边，河水畔，十几只白色纸船在落日的祝福下浩浩荡荡地向东漂荡，经过无数桥洞。十几叶纸船承载着沉甸甸的情愫，任那些熟悉的清秀字迹在水面上浮沉，唯有一句新添的话语极其引人注目，“我宁可相见无期。”

每一座桥，都是一种幻灭。

# 水龙头抗议

[1]

“又有一个学生来洗手了，”水龙头欢快地说，“这真是一件幸福的事，我是说，感受自己的价值。”

一个星期前，水龙头在工人师傅的一阵敲敲打打之后，正式入住了这间连通着一个大教室，看上去有些落拓的杂物室。“不大，但是很温馨。”水龙头在把这里的一切从头到脚打量了一番后得出这样的结论。它看见墙壁上篮球与球鞋在猛烈的敲砸踢踹后留下的脏印子，原木大柜子被蘸有红颜料的美工刷别具匠心地抹上了不少血盆大口以及一个精致的红色唇印，垃圾桶满得令人作呕，收集塑料瓶的大纸箱漏出了液态的午后红茶……看上去脏乱，但水龙头却“透过现象看本质”地觉得这便是青春的气息，以及生活的味道。

“这群孩子啊，调皮极了，但也还挺可爱的，”身边一块赖在拖把身上的抹布疲惫地说，“只可惜，他们明年就要升初二了。”

“长大一岁不好吗?”水龙头困惑地问，然而抹布还没来得及回答，一个男生便忽然莽撞地冲了进来，通红着脸，头发有些湿淋淋，似乎是体育课刚打完篮球的样子。他有些豪迈地拧开水龙头，捧起一掌的水花便利落地泼了自己一脸。“终于不用跑到楼上的厕所去洗手啦！我坐最后一排离杂物间最近，你们可别太嫉妒我哦。”他抹了抹脸上的水，边往外走边畅快淋漓地朝哥们儿大喊。

顷刻间杂物室人头攒动，学生们争先把水龙头里的汩汩清水往脸上涂抹，吵吵闹闹直到教室里传来古怪的铃声。

杂物室从来没有这么热闹过，这似乎是水龙头带来的福音，于是水龙头理所当然地享受了众星捧月般的生活。

这一年，水龙头还干净得像是一件光滑瓷器，即便抹布时不时被同学们甩到它的身上，也毫不遮掩它的秀气婀娜，似乎可以用“顶着抹布也能美得所向披靡”来形容它了。然而当它沉浸于自身价值得到体现的幸福感，文绉绉地发表关于“生命的意义”的演说的时候，杂物室的任何物品都会保持沉默。

它们在背地里说，水龙头真是个异类。

[2]

一个女生揉了揉油腻腻的抹布，拧开水龙头让抹布蘸了点水星子便厌恶地把抹布抛在了水龙头身上。掐指而算，才过了一年光景，然而水龙头却老态得像是存活了十几年。

水龙头沾了尘，生了锈，和抹布难兄难弟般长年待在一起不分彼此，好比一件丝绒毛衣被错误地丢进垃圾桶，待物主醒悟过来时已经分不清它和臭水沟的破布片哪个更昂贵了，这是一样的道理。

杂物室恢复了冷清，那些刷在柜子上的颜料褪了色却再没有新的创意，水龙头惶惶然度过每一个了无生气的日子，似乎只有值日的那几分钟，才会有几个不耐烦的学生挪进来支起扫帚拖把应付式地舞弄片刻，打着哈欠伸着懒腰，挂着一副被人追债的脸色讨人嫌。学生们便是这样逃避着每天的值日，逃避着难得几次得以和水龙头见面的日子。

“他们怎么这样?”水龙头感觉到仅有的温存在经年累月中渐行渐远，无力挽回的它像是丢失了珍贵的宝贝，有些伤心地问道。

“他们初二了啊，”抹布理所当然地说，“其实我也并不了解他们，我只知道他们每年都会学懒一点，学坏一点……你还是知足吧。”

水龙头真是太不知足了。抹布这样想。

[3]

“你看，他们很久都没有进来过了，”抹布憔悴地感叹着，“谁叫他们又长了一岁呢，好像没过多久，就都是临近中考的人了。”

“连起码的值日也不做了呢。”水龙头淡淡地埋怨道，仿佛在两年的修炼后终于到达了抹布抛开一切希望的境界一般，可惜那只是表象。此刻有一股怒火在持久的压抑下愈燃愈旺，“他们怎么可以忘记我，怎么可以忽视我的存在。我持续工作是为了什么，是为了让他们变成现在这个样子吗？是为了让他们变成不离桌椅半步宽的样子吗?!”然而水龙头把这些话都藏在了心里，它知道总有一天，它们会山崩地裂地炸裂开来，让杂物室听见，让教室听见，让所有学生听见。

弦绷得太紧，总有断的时候。

在一场草木皆兵的单元测试上，整个教室的学生都听见一声凄厉的锐声从杂物室里传来，像是失火的警笛，也像是麦克风接触不良时的长啸。这魔鬼般的声音让考场上的每个人都坐立不安起来，有人攥紧拳头微微发抖，有人低低地骂，甚至还有人腾出一只手来堵住耳朵，把物理课本上的“在人耳处阻断噪声传播”完全运用于生活。

水龙头坏了。这是它倔强的反抗。它觉得自己像是个大英雄，在最黑暗的时候用尽自己的力量来夺取属于自己的那一份权利。它只是单纯为自己高兴着，而它不知道自己早已被学生们定义成了一个令人鄙夷的词汇——噪声。

[4]

“你说他们会不会去请维修工啊?”水龙头一直保持着高分贝尖叫，几乎不曾休息。它只是偶尔利用一些体育课等的间歇，才用嘶哑的嗓子抽空和抹布说上两句。

“你想得美。”抹布一字一顿地打击它。

水龙头刚想辩驳什么，便听见杂物室门外有响动，是几个学生和老师的对话。“下节课是考试，你们想个办法把这水龙头解决一下。”“放心好了，不就是个水龙头吗?”

水龙头连忙扯起嗓门继续它高亢的海豚音，然而一瓶沉重的雪碧猛然砸到了它的脖颈上。它疼得一阵战栗，刚想用更高的分贝抗议，出水口又被学生用纸团恶狠狠地堵死了。

“呜——”水龙头只来得及发出一声悲鸣，便陷入暗无天日的窒息中去了。

“早知道是这么简单就解决了的事，就不用拖到老师来找我们了嘛。”两三个男生拍拍手中的灰尘，大获全胜地找老师报喜去了。

“你太自私。”抹布怜悯地看着身边的水龙头，此刻的它像是一个被粗鲁绑架了的人质，颤抖着呜呜乱叫，怨艾与不甘争着想在痛苦的余音里得到体现。或许它还是想反抗的吧，只是无能为力了。

“相比起他们手中至高无上的课本，你和我们一样是任劳任怨的卑微的存在，你本不该妄想向他们索取什么……你活该。”抹布冷酷无情地说。

“我怎么觉得，水龙头的‘争宠’不是自私呢?”杂物室门外墙壁上的大钟忽然遥远地说道，“它只是用反抗来捍卫自己小小的快乐。而学生才是最自私的，他们嫌脏，他们连值日都想着偷懒，他们甚至宁可用棉花塞住耳朵也不愿请个修理工，因为他们的眼中只有学习。”

抹布有些语塞，便也决定不再说什么，然而它听见大钟莫名其妙地喃喃：“你说我是应该停止工作去睡个懒觉还是故意指错钟点给他们的生活找点乐子呢?”

“什么?”抹布惊愕地问。

大钟半开玩笑地说道：“我在想我是不是也该学着水龙头抗议一下咯。”

# 模　仿

天空一副苦闷的模样，层层叠叠的云把校园围得水泄不通，黑压压地拥挤着。办公室的黄色灯光下，两个人影，一沓试卷，气氛压抑得让人屏息。

看样子是要下雨了。

“林子，你这大半个学期到底做什么去了？看看你的卷子，错成这样像话吗?!”老师愤怒地把考卷砸在林子的桌面上。

“我……”林子委屈地不知说什么好，作为一个转学到重点中学的普通学生，她完全跟不上重点中学的教学进度和作息时间，这又怎能全怪罪在她头上。她黯然地垂下眼帘，“我什么都学不会……”

“学不会？那你就模仿！同在一个教室里，真不知道差距怎么会有这么大。你看看人家英子，学习和品行哪个不是所有人的榜样，你就模仿她啊！”老师冷冷地丢下一句话。

“模仿?”林子喃喃道。

一抹红光在远天时隐时现，清晨微凉的风缩进林子的衣领，她打个寒战，又清醒了几分。比其他同学提前了半个小时，林子在钥匙保管员开启铁门的同时踏进了教室，她以为那是多大的牺牲，然而空荡的教室里，英子背诵古文注释的声音清晰而严谨。

林子默默感叹着，碍于老师的指令，她强打精神，翻开英语书大声朗读，情绪高亢了不久，声音又随着微合的眼逐渐弱了下去，一起一跌中，只有英子奇怪地望了她一眼。“没起过这么早啊……”“从来没有……”林子神情恍惚地轻声抱怨，字母只能依稀捕捉到它的形态，像是一道道黑影，却是再也读不出来了。

浑浑噩噩地度过了一堂课，林子模仿着英子在笔记本上记录重点，却不知是睡眠不足还是基础问题，笔记歪歪扭扭地爬满了课本。老师似乎还未等林子读完已知条件便跳去了下一题，脑袋空空，半睡半醒间也不知真正听进多少。几经周折熬到了下课，林子的眼睛顿时闪过一抹奇异的光亮，她猛地站起身，然而她注意到英子翻开当堂的作业，目光炯炯好似在品尝一席佳肴，连教室的大门都没望上一眼。林子只得垂头丧气地又坐了下来，朋友几次想和她谈论近期流行的小说，她都以“写作业”为理由回绝了。朋友倒是再不来“烦扰”了，她们都不知道，林子这是怎么了。

傍晚，夕阳疲惫地挣扎在地平线上，英子收拾书包准备离开教室，却被林子拦住。“你平时写完作业都做些什么啊?”林子认真地问道。

“作业都写得差不多了，大概八点钟就能开始复习。翻翻上课抄的笔记，预习明天的课程，适量做些难题就可以准时睡觉了。”英子随口答道，像是个精准报时的闹钟。林子听得讶然，这么一个“就”字怎能说得这么轻巧呢?当晚，林子挑灯夜战，望着那些不知所云的笔记不禁懊丧，是自己真的不如人家吧，暗暗发誓明天一定“痛改前非”，离英子更近一步。林子埋头在繁复的字迹中，就差在前额上绑个名曰“奋斗”的白布条了。父母见她这般刻苦，难得地欣慰起来。

早出晚归，周而复始，伴着朝阳和落日走过了不知多少艰难的日子。所有人都说林子变了，从一个爱说爱笑的活动积极分子变成了一个死气沉沉的伪劣学习机。而林子依然严格模仿着英子的作息时间，思维高强度集中，精神却大不如前。“熬过这段时间吧，模仿英子总归是没有错的。”林子面色憔悴地自我安慰道。

直到有一天。

“林子你最近怎么做什么事情都学我?”英子沉着脸，恼火地拦着林子质问，“你到底在做什么?”林子回答不上来。

当晚，雷雨季节的天空依然没有放晴的意思，乌云徘徊在所有视线所能经过的地方，压抑的心绪，轰轰的响动驰过头顶。暴雨不期而至，林子因精神过度紧张和过度劳累引起了阵发性头疼，父母和老师也都是一头雾水。成绩单出来了，经过一段时间的努力，不但没得到回报，反倒退了一截。

“我到底哪里错了，不就是模仿英子吗?”林子仰望着头顶半透明的吊瓶，苍白着一张脸，无声地哭泣着。

“可是，你怎么能把自己丢了呢?”一个声音说。

# 未飞抵的海岛

# 糖水罐头

To罐头：

每次当我在课上吃被我藏进衣袖的面包，然后在老师经过时被面包屑呛住的时候，我就会忽然想起你，想起当年你总是和我在老师回身写黑板时偷咬一口早餐，又偏过头来冲对方得逞似的笑。那是怎样一段如糖水般清甜的时光，暗恋的人就坐在前或后，而我和你同桌。

[1]

记得我因为相同身高而刚分到和你同桌的时候，你搬过桌子来对我说“同桌你好”，声音很轻却笑得灿烂明亮，瞬间就把人拉近。你从来都给人这样发光的印象，就连军训的大合影也是，照片上所有人都因疲倦在帽檐下臭着一张脸，而你一头微卷的蓬松短发却遮不住你抿起嘴角的可爱笑容。

那时我们还是豆蔻年纪，没找到那个“合适”与“舒适”的平衡点，也不确定该以怎样的姿态在这世上生存，躯壳里灌满动荡的因子。于是我的灵魂里住进骄傲的骑士，拥有当下的自己所不可理喻的滑稽行为，走男生轻浮的踮脚尖的步法，外套脱下来直接甩肩上，吃饭时习惯手肘环住一边膝盖的姿势，被你笑说这是“李白饮酒”。

而你俨然是少女情怀泛滥的模样，知足又美满得像是生活在童话里的人，书包里常年装着白色荧光笔，牛皮软面本，还有盖有邮戳形状的明信片，打包成专属自己的情调。你爱写小说，字体软绵绵的看起来却很舒服，像小碎花铺满本子。而文字却更美好，充斥着薄荷风味的夏天，送萝卜便当的少女与爱买曲奇饼的兔子这样的元素。我是真的羡慕你，每次和你交换小说来看，都会忽然挫败觉得你比我要厉害太多，可你总是很不好意思地否定着自己。

我们都是那种被老师偏爱的听话学生，可我总担忧老师会把我们调开，因为我们绝对不是值得效仿的同桌。我甚至都忘记我们抄笔记时是怎样疯狂的架势，只记得我们交换涂鸦后的课本时是怎样的得意忘形，又或者以老师的一句闲话作为契机，从而延伸出这样的话题。“诺亚方舟的船票你要还是不要？”，“希望有个透明的男朋友陪在你身边吗?”，或者“如果你遇见一只鬼，很温柔的那种哦，你会……”我觉得我们能同桌那么久实在太幸运。

记得我们计划过彼此怂恿去和男生搭讪，那些能够轻易与男生熟络起来的女生已经被我们嫉妒很久。于是有节晚自习我们说好了去向前面的男生问单词，你负责问的部分，而我只负责叫男生回头。我拎起书角准备去戳他后背，这时候你忽然抢过书，眼角笑出顽皮弧度，压低声说：“你这样，手搭在他肩上哦，直到他回头。”结果是男生转过太过夸张的错愕表情，我半尴尬地耸肩瞥向你，而你只顾得上憋住随时会爆破的笑，完全忘记自己要问什么。

你好像总是热情洋溢的，无论对谁说话都是热乎乎的语气，连“啊”和“啦”之类的语气助词也被你运用得自然，每句话都是介于“生硬”与“发嗲”之间最舒服的状态。所有的女生都想和你交朋友，因为你好像和谁都聊得来。而我当时真怕你被别人给抢走了。我就想啊，我虽然没看过日本漫画不了解韩国明星，但是我还有这张叫做“小说”的王牌，这也是只对你奏效的王牌，与别人都无关。

我开始把“小说”调进了生活这杯酒，它就像碳酸饮料似的，突突突地在酒里头冒气泡。我单纯觉得，要比你看更多的书，要比你写更多的小说。我用这样笨拙的方式创造更多的话题，直到几乎要变成另一个你。这样的我们会不会变得更亲密。

然后我就变成现在这副样子，曾经锋利的棱角被时间打磨成柔和的轻弧。

我和别人提起你，我说你就像是这个世界上的另一个我，是那种所有想法都几乎吻合的感觉，太巧了不是，就好像两块外形各异，原材料却相同的蛋糕。可是在这之前，这样的契合是否存在过先后顺序呢，是你的想法和我的恰好一样，还是我在那个不确定的年纪里完全接受了你所有的想法，我不知道。

但我知道我半个灵魂里的骑士不见了。这是我在两年后才发觉的变化，或许是我一向反感愤世嫉俗的情绪，又或许我骨子里本身就不存在骑士潇洒风流的态度，也不曾流淌过狂妄的血。反正我觉得这样挺好的。

认识你，我与骑士告别。

[2]

和你喜欢过同一个男生，是那种皮肤白，刘海长到压过半边眉，脸在某个角度上看来有点帅气，却自恋到不行的类型。忘记他是怎样捕获那些好感，似乎无比夸张的自恋就是他最吸引人的特质。毕竟学生时代的好感从来无处循迹，仅是与他人不同的一点“特别”和为数不多的交谈也足够，没有那么多需要涉及到“值”与“不值”的理由。

在我漫长到可以追溯回幼儿园的暗恋史里，我向来守口如瓶。秘密长久地被我一人呵护，因而其中的感情成分也变成自生自灭，它泛滥也好消失也罢，都不会被更多的人知道。然而我们共享这个秘密，在你提来开水而我准备泡面的时候，你好像很随意地说，最近忽然觉得有个人挺不错的呀而且越看越帅了。我就顺着你的话猜“有个人”的所指，凭借感官的熟识去找出煤灰中的一粒黑芝麻，想都没想就猜到正确答案，然后在你忽然就羞赧起来的神情里补充一句，“我也这么觉得”是非常顺理成章的，并没有经过太多内心纠葛的过程。

好像是听说过这样的潜在定律的，“喜欢同一个男生的朋友＝敌人”。但是当双方都恪守暗恋原则而没动过告白念头的时候，这条定律不成立。那是更微妙的关系，好像原本只是一个人在冬天捧着火柴，能触碰到火柴温度的人只有自己。而忽然火光攒动，情节变作两个人相偎在篝火边，接触到旁人的温度，因而产生更多的能量能够不时捡来树枝往火里丢。火就愈演愈烈。

于是我们开始止不住地冒傻气。有时候你表情纠结地对我碎碎念。“怎么办啊刚才他在路上和我打招呼我太紧张就面无表情走过去了怎么办他会不会觉得我讨厌他然后开始讨厌我啊。”有时候又是我用眼神向你暗示某个方向，然后充满敌意地说，“你看她最近怎么特别爱和他说话呀还那么理所当然地转过椅子趴在他桌上。”

因为彼此存在这方面的共性，所以那些由意识支配的古怪行为就可以被理解吧，那些或狂喜，或焦虑，或嫉恨的情绪也都可以感同身受吧。好像我们自此就是同一个阵营的人，用大把时间说些语无伦次的话无所谓，摆出恶毒模样共同仇视别人也没关系。

有次听说共同暗恋的那人要调到我们座位附近，我还没反应过来呢，你就突然在旁边激动地掐我的腿，眼睛像有星子坠进去似的亮，而我压抑住不自觉上翘的嘴角，一脸嫌弃地掰你的手，“爪子拿开拿开。”又或者更多的时候，你在晚自习时从桌上推过张纸条，写道，“他今天穿了白色卫衣诶，而且还没穿外套，快看快看啊就现在。”我又无奈地把纸条扔回去，“现在回头太——明——显——啦。”其实那些纸条现在还被我留在盒子里，上次拆开还笑到“扑哧”个不停。

可是自从毕业后我就再没有过这样的暗恋，这样热情又投入的，连梦里都有他拨弄头发的影子，好像每天循环的24小时都被涂成糖果的颜色，捏出果冻的质感，变成全天欢快的如同拆开礼盒的动作般充满惊喜与盼头的日子，连同我们当年念的那所中学也会让我产生“它的建筑是玫红色的而且打了柔光”的错觉，它分明是复古的灰白色调。

我也再没把秘密告诉过谁，虽然结识了新朋友也认识过更优秀的男孩子，却是有太多人大大咧咧说没有暗恋过，而我却觉得“心里装着喜欢的人”的人会比别人可爱得多。可暗恋它需要催化与动力，是要有人不厌烦地陪你唧唧歪歪，愉快的部分无限量扩大，而酸溜溜的部分就沿着发泄出来的愤慨流走了。

你走后，我在失去暗恋的时间里消沉下来。

[3]

觉得你是很感性的人，始终具备着不设防的脆弱泪腺。记得军训时送别教官，你不知躲在哪个角落，出来时明显是哭过。看得出你试图藏起这些伤感情绪，扯起嘴角牵强地摆出笑脸，可眼眶附近晕红的痕迹还是会出卖你。所以到后来也能够在遇到伤感场面或者播放煽情电影时，在黑暗里猜测出你不动声色中的异样，然后递过纸巾。

如果眼泪丰沛的话，那么应该也会有同等量的难过吧，敏感细腻的心无论如何也承装不下。可你从来都是好脾气的模样，偶尔受委屈也只是哽着嗓子语速很急地说些抱怨的话，用的是完全没有恶意的语句。记忆中你甚至不曾激烈地转身离去，像其他人难免会做的那样，甩手关上门，情绪低落地对朋友不理不睬，然后留下令人难堪的冷漠神情和背影。这些都是朋友不会在乎的，都是可以被谅解的，可你从没有过。

所以我们都开玩笑，说你以后肯定是贤妻良母。

想起有次音乐课考试要求每个人都要有独唱部分，我怕怯场，在宿管熄灯后把你拽进卫生间陪我练歌，你不停地碎碎念说“早点回去睡觉啦”，却还是陪我唱到午夜。卫生间的空间塞下站着的两人已经显示出拥挤的迹象了，却是免费的天然包厢，声音在狭小的室内震出回声的效果，自动放大声音中柔和幻变的细节。

你半倚着滴水的水管，寂静的神色有大半被月光浸透，在鼻翼的一侧分割出轮廓分明的竖直线条，衬得眼神不知是专注还是恍惚。以前从没有这么认真地听过你的独唱，发觉出你的嗓音纤细，好像鸟雀的羽毛轻轻软软地扇动空气，钻进耳朵里似乎还有细弱的痒。

然而陪练的结局是你被窗口的山风吹得感冒，咳嗽把嗓子弄坏，只能在考试那天沙哑地坚持唱完旋律的高潮部分。结束后我安慰说你这低音多性感，你也不埋怨我，只是低头盯着鞋尖沮丧地拖沓着脚步。

音乐渗透我们的年少。

那时候我几乎每次午休回到宿舍，都能看见你盘腿坐在凉席上听歌，换上蓝色短裤，塞着耳机怎么叫你都不应。但午休后和我并肩走回教室时，你又会分一个耳机给我，让白色耳机线在我们中间绕出亲近的距离。然后整个世界就会变得静谧，苏打绿黏稠而绵柔的奇特嗓音从线那头捎过来，让树木荫蔽的校道也变得漫长。

有时音乐延续到老师还没到来的教室，在旁人肆无忌惮的吵闹中，你就和我忘情地用指节打节拍。于是有男生迈着吊儿郎当的步伐，在经过时顺手抢走你的耳机来听，听了一小段后他皱皱眉说："诶，你们怎么听这种歌。"我们一脸"就知道你不会喜欢啦"的表情朝他挥挥手。

耳机里汪苏泷唱道："近花外楼柳下舟词一首花满袖/那女儿家心事让两眉羞/绸缎与折扇的凭肩游/谁又笑涡红透。"你说你独爱这一句"笑涡红透"，而音乐在这之后转为Rap让人反感。那时候的我们不爱摇滚电子音快节奏，只是沉迷这样温情的曲调和词句。我觉得爱听慢歌的人灵魂深处有一汪连风也不能吹斜的湖水，这种人只会以无害的方式对抗世界，邪恶的果种无处扎根，湖畔生长的是温存善意的芦苇。

这多像你。

[4]

很久以前，你在你的小说里提到过“第十一只路过的罐头猪”，我觉得这名字可爱，便从此用“罐头”来叫你，没有那些损人的玩笑称呼来得顺口，所以每次这么叫你总不答应。最后分别的时候，你在网上给我留言，我以为我的泪腺在过于泛滥的离别季节修炼得可以登仙，然而看到留言的末尾还是哭了。你的落款是“罐头”。

偏偏是罐头。

记得电影里这样的别离。

少年藤井树用围巾遮去半张青涩面庞转身离去，以害羞的方式，在图书馆里留下一张女生侧脸的铅笔素描。而我只想给你留纸条：

“想把与你一起的时光做成糖水罐头，只要我们不偷吃，这保质期就不会过。”

# 酸梅汤就好

[1]

有时候会突然觉得口渴，想要喝点什么的需求异常迫切，连同手里握着的孜然羊肉鱿鱼烧都失去了它几秒钟前的价值。夏日的热浪翻滚在喉间，珍奇美味们都变得不对胃口，于是你干咳着冲店家憋出一句："来碗酸梅汤吧。"

[2]

我是讨厌过北京的。

尤其七月份的时候，柏油大街上的40℃足以请每个路人免费蒸半天的桑拿，人们处于高烧不退的状态无来由就想要冲不顺眼的东西骂起来，而北京地铁令人崩溃的换乘频率也催发了更多彼此推搡的事端。可惜纵使那鲁莽的呼吸"哧哧"向对方喷去，也不能把衣领子上的汗渍吹得凉快些。

我拜访北京时总是在夏天，没盖过北方城市刺骨冰冷的雪被，在日光下深皱着眉头看古建筑的经历却是有过很多回。然而那些千百人彼此推挤只为了看一眼妃子香榻的地方，从来都摆着遥不可及的臭脸看人群在它足下匍匐前行，甚至不愿多施舍半块巴掌大的阴凉。

主客关系在这里再明显不过。而我们自进入那庞然的迷宫后就失去了进退的选择，连窄道两侧的长椅也能叫人坐下又弹起，仿佛多坐一秒就会被烫掉尾巴。

于是只得忙于奔走找寻人群中的漏洞，然后举起剪刀手咔嚓出一张佯装潇洒的“到此一游”的照片，哪怕眼眶早已因刺目天光而蓄满了泪。

我开始厌倦这样的旅行。

此次前来仍是盛夏，我却想换条路走。

[3]

宾馆就在老舍茶馆的附近，出门几步远的距离，只隔了间主打老北京炸酱面的饭店。虽然我向来偏爱咸辣，但还是被北方浓郁乌黑的炸酱刺激得够呛，疯狂给自己灌了几杯水后，还是决定去喝碗茶。

这天活动是曹云金弟子们的“听云轩相声大会”，门票比想象中要便宜。我刚递过牛皮纸色泽的门票，门槛后就有背着双手的男子踏出来，是小圆墨镜配长衫马褂的扮相，用过分字正腔圆的怪腔调朝我颔首，“来了，客官。”

老舍茶馆我只在夜里来过。即将打烊的茶馆余下令人发冷的静谧，保安在门边微瞌着眼，而我完全是抱以探险般隐秘的心思，踩着木质的楼板发出嘎吱嘎吱的声音。楼道上行人的谈笑不再，取代的是朱红色的灯笼飘摇，悬挂脸谱与戏袍的艺苑也不再咿呀不停，化作不知是古筝还是琵琶的弦音浮在光线里，仿佛楼道的尽头就是溪水潺潺。

沿着扶手再往上就看不见台阶了，在光最终向黑暗妥协的位置，残余茶香的气息忽然变得怪诞诡秘，茶馆的场景也变成宫崎骏动漫里的“油屋”澡堂，妖怪围着浴巾在廊道间缓慢游走，而那只叫做“无脸男”的孤独鬼怪就在我身后的某处阴影里表情茫然。

要真是这样也挺好。

然而白日里的茶馆终究不同。相声专场已经满座，无数盏木质吊灯被制成凉亭的形状，在人们的头顶垂下金丝绦，连每张红木椅也都铺了金色软垫，即使没人说话也自然蓄备着欢乐的氛围。我们围坐成一桌，摆好茶盏，往小碟子里添置上切成丁状的萨琪玛、栗子羹与豌豆黄，散漫得连二郎腿也跷起来。

相声演员穿着各色的素褂子挨个儿登台，起初是新人表演饶舌的评书，儿化音听不惯的宾客微皱着眉玩味，然而越到后来出场的越是厉害人物，光是戛然而止的神态就能把气氛炒成沸腾的锅炉。相声段子大多是传统的谐音闹剧，或是用不经意的小动作戳中笑穴，但这些并不比那些市井的荤段子更受用，毕竟只要提到“你媳妇儿”，宾客们百分之百会意味深长地勾起嘴角。

时不时有穿对襟衫的店小二走过来把茶斟满，启开印有脸谱花纹的杯盖，一注水，杯底干瘪的碧绿茶叶就立即浮到杯沿上，叶脉活过来似的在水中划拨。我全然不懂品茶之道，只觉得那茶香清淡无味，像是素净的菜汤，于是一口豪饮下去没了大半杯，这时台上人凑巧抖出包袱，我“笑”与“吞咽”的意图发生冲突，腮帮子没招架住，即刻被那茶水充得鼓胀起来，只得有些尴尬地呛咳好几声。

或许我练就过这样的本事，对着娱乐频道冷眼旁观，不时还给演员或台词挑刺，但此时我把它丢弃。发现在这种快活的场合，那些板起不屑的脸孔来佯装高贵的人绝对不合群，讨人厌。因为只要觉得这卷舌京腔好听，你就有百万个理由用这样的午后纵容自己。

[4]

南锣鼓巷作为老北京胡同的代表，却并没有像上海弄堂那样把真实的民间搁放在旅人面前，它像是有意要把所有都藏匿起来，用遍布整条长街的花哨店铺来贩卖情调，吸引迷恋小资情怀的年轻人，而那些被时间存留下来的四合院全都躲避在七弯八拐的枝杈里，摆出生人勿进的冷面孔，在门外贴起“谢绝参观”的告示牌。

我搭了辆电动黄包车往胡同深处赶去，开车的是个穿花布衣衫的女人，她不时松开车把点着路过的院落解释说什么叫“门当户对”，任小车在狭窄的直道上突突突飞奔。车行至拐角处，不知从哪个门槛上气势汹汹跃出个老人家，怒指着车大吼："又是你!"随后面孔凶恶地在尾音后跟了连串的骂人句子。开车的女人头也不回猛踩油门把他甩开几步远，"他谁啊?"我怯问道。"长年住这儿的疯子，一见有人停车就赶来把车砸了，吓人嘞。"她不以为然地轻轻扭动脖颈。

听她说，那些"非对外开放"的朱门后此时依旧居住了百来户人家。有时确是能看见有衣衫质朴的白发老妇迈进去，四合院的隐秘由此被掀开一角，可以窥见鲤鱼跃动的鱼缸，墙角一株石榴树还没有结果，而爬满紫红花骨朵儿的藤架在院中央好乘凉。他们就这么长期与世隔绝地生存，拼尽全力守护柴米油盐的安宁，那瞥向游人的眼神充斥着淡淡的嫌恶，却是纯粹的，犹如睡眠被惊扰的孩童。

从分支的胡同里出来，就听见胡同口的酒吧里传出清冽的女声，是位年轻的驻唱歌手，柔顺的短发遮住她半张清秀的面孔，就那么旁若无人地拨弄着黑木吉他，轻合着眼，声线懒散而有磁性。我在门外听她唱道，"我祈祷拥有一颗透明的心灵和会流泪的眼睛，给我再去相信的勇气，越过谎言去拥抱你。"仿佛微醉的模样，不经意间就让忧伤的情绪渗透了一条浮华的街。

街道两旁是无数家文艺店铺，它们在头顶处吊起一篮子泥土香扑鼻的植物，即使是卖非主流文化衫的店子也同样在门外摆满了盆栽的花儿。店里有卖骷髅头烟斗的少女，也有卖酸甜糖果的大叔。嬉皮士冷峻的侧脸被贴在店面的玻璃幕墙上，而那些将其制成复古明信片的，就会吸引更多的游人搬了木头椅子坐在店门外书写，听说写完能直接让店家投递给远方友人。

食品店是最惹眼的，冰镇红豆沙、章鱼丸子还有炸薯条，冷的热的引诱胃部犯罪。我只买了块香咖面包，广告语是"听说是北京最好吃的面包"，我无来由地信了，结果发觉面包的确松软绵密，表层的巧克力碎末扑簌簌漏在嘴角，咬一口，就觉得快要被它融化了。

然而旅游景区的物价总是不近人情的，有人用25元买了顶端嵌了根陶瓷雪糕的勺子，只因为它光泽诱人。又有人花30元买了巴掌大的嫩粉色假花盆栽，只为它的精致可爱。我闲逛了几家店后，发现钱包不知何时瘪了下去，为此疼惜地决定再不进店。

热度退散，黄昏拖曳着潋滟的尾，在天空留下鱼鳞滑过的波纹。姑娘们亲昵地挽着她们的北京男友，无止无休地浸泡在工艺品里，偶尔扬起某个毛绒物件比划些什么，声音里兜满无穷无尽的幸福感。于是身旁的男生瞬间把稍显无奈的表情转化成宠溺的笑，变作夕阳里疲惫的鸟儿，收拢翅膀搂住女友的肩。

而我转身离去。

[5]

出发前就在网上预订了蜂巢剧场的话剧票，是孟京辉的《两只狗的生活意见》，应该谈不上是真正意义上的经典话剧，被过分浓烈的喜剧色彩冲淡了思想主线，因而似乎经不起推敲。但在这之前我从没看过话剧，仅剩的相似经历就是在广州的中山纪念堂听黄河大合唱，那时年纪还太小，依稀记得剧场内的座位遥远如银河的彼端，眯了半天眼睛才明白是射灯下的小黑芝麻发出的声音，怎么想都只能构成相当淡漠的记忆。

话剧使用的是小剧场，因而连演员抽搐下嘴角的动作也能看清，好像只要稍微后仰就能平行地对上演员的眼睛。两位年轻男演员是瘦高与矮胖的组合，装扮成落拓样，敞开的宽肩西装打上系歪了的花领带，宽大的短裤悬在刚过膝的位置，似乎是为了完整展现足上的黑皮小靴，却因此变得不伦不类。

话剧没有庄严肃穆的礼节，记得演员会溜进被他们称作“沼泽地”的观众席，顽皮地在其间深一脚浅一脚穿行，迫使整排观众在狭小空间里艰难缩腿，这时瘦高个儿忽然阴阳怪气大叫一声，“哎呀，我摔倒啦!”倾斜肩膀就此跌坐下去，在人群中溅起惊呼的浪花。两位演员都是足够默契的组合，气氛炒到一定热度一人就开始在观众席里搜索目标，每次见他迈着吊儿郎当的步伐向目标走近，唇角一歪，那调侃的话就信手拈来，而另一人则反应极快地与他彼此应和。他们甚至会顺应着情节猝不及防地抢走观众的东西当道具，搜出钱包来自然不放过。

当然也没有人会生气，毕竟如此风流倜傥的演员走到跟前，谁会计较自己的包是否被搁在舞台上沾了星点灰尘呢。所以有人甚至会说："我看话剧的遗憾啊，就是没被当过笑料，没被抢过包。为了被调侃，我会考虑尝试一下中途离场，或者有意迟到一次。"

对于这部话剧，有人说它缺乏深层次内涵，也有人说剧本的桥段太老套，但从来没有人贬低两位主演哪怕一句。因为每次看到他们在光线投射处夸张表现，然后当聚光灯打向旁人，就悄声咳嗽或拼命擦汗的时候，我们会忽然泛起些难过的情绪，"你看这明明是喜剧吧，却还是会有被感动了的感觉。"他们就是这样无比卖力地挥摆自己，虽然喊到最后声音都沙哑，但他们所扮演的角色都能活起来，连同他们自己变成惹人爱的存在。

尤其是那个瘦高个儿，起初只单纯觉得滑稽，后来却是他目光深情抱一把吉他，用痞子气的魅力把观众席里所有单身姑娘迷得不行。演出结束后我在网上夸他，用的是好比"就像是街头男孩哼出的一支玩世不恭的小调，放松又不乏大气的质感"这样，是为了竭力避免像某些网友那样"帅哭了啊啊啊"地乱叫，而选择了看似更理性的词句。

后来他回复说："看了这个，我真要骄傲了［笑脸］。"这是从没想过会得到的回应，来自聚光灯下被人瞩目也被自己喜欢的演员，或许他的魅力就在于能在瞬间把所有人拉拢成亲近的朋友。收到消息后我狠狠仰躺在椅背上，摘帽子捂住脸，不可抑止地笑了很久。其实自从他用低沉诱惑的嗓音念起"城市是很大的，古都是文化的，大片儿是进口的……"后，这句没多少艺术含量的打油诗就在我的脑子里无限循环打了三天的拍子。

这我可没告诉过别人。

[6]

我开始不再讨厌北京，或许是因为这次旅行，又或许还可以往更早的方向延伸过去。那是有天夜里随父亲前往簋街与老友小聚，对方是三十出头的小任儿叔，真正能侃的北京人。

起初我并不吭声，只是低头剥着碗里的麻辣小龙虾，后来却不自觉地被话题牵走。虽然当时的自己似乎无比狼狈，手和嘴角都沾染了小龙虾腻乎乎的辣油，偷偷用纸巾抹也抹不干净，但依旧是专注而崇拜的，听小任儿叔讲他的少年时代是怎样逃课翻墙把坏事做尽，看他时而挥舞着胳膊，挑眉不羁地笑起来，不摆架子也不存在代沟，好像真的变成英俊洒脱的大男孩，无数热血的太阳在他身后相继冲破云层。而我自此迷恋上这种如同雅痞的气质，很爷们儿的，连贫嘴也是优点。

我给朋友留言，说北京人如何如何举止潇洒，口音动人，又是如何如何牵连着整个北京城都变得魅力无边。“我昨天还和我妈说呢我想嫁北京人，说话可好听了。”朋友回复道，语气激动又顽皮，“你这么一说我就想马上嫁人了。”

不愧是绝对默契的朋友，连这都能想到一块儿。

[7]

北京是疲懒而不张扬的城市，注定那萧条苍凉的骨感，连同百年酒的气息，都是要有风雪为衬才能渗得淋漓。而那些只在地标前合影一张，就说“也不怎么样嘛”的道理，就好像在你口渴的时候有人往你嘴里塞块牛仔骨，虽然美味却不合时宜。于是你说：“只要酸梅汤就好。”

只要酸梅汤就好。

# 知 夏

学农结束的这天，校车把我们缓缓载离那片田野，看着玻璃窗外渐变的浓郁绿色，觉得好像是在去往另一个世界。此时仍然是夏季，车里的空调若即若离地吐着冷风，而那些葱葱的叶丛灌木，轻巧开合的扇骨，还有湿漉漉的纤细手腕，都仿佛连同一整个夏天一起，已经离我们很远。

[1]

网友对学农的犀利注解是："去挑粪啊。"听起来挺像是骂人。于是连同假想过很多次的来到这里的场景，一起变得臭烘烘，破败屋子被日光炙烤得滚烫，房梁上悬下巨大蜘蛛，暴虐不安分的狼狗从未停止吠叫。诸如此类，泥土的荒凉铺天盖地，都不是太美好的想象。

其实不会有那么糟糕。

农校偎在青黛色群丘的怀，有很标准的宿舍楼让人可以免除对空调的担忧。宿舍楼的后方是山，视线越过宿舍阳台的铁栏杆，可以看到一小片深色长草的坡。金龟子与蝉就睡在这里面，骚动的蝉鸣海浪似的，能把听觉掀出绵延的层次感。

和班里的九个女生合住一间宿舍。有领导气质的，说话带北方腔的，沉默寡言的，都被突兀地打乱分散直至混为一室，从各自的碟子里被挑拣出来拼出一碗水果沙拉。由于来自不同的圈子，即便都是同学但也不会特别熟悉，见面时或多或少有些陌生。担忧气氛僵化又笑得尴尬，就都在搬动行李的动作中没有对象地聊起来，"没有人睡觉打呼噜的吧我有点失眠。"或是"我带了防晒霜需要的话直接来拿”这样的与其说是聊天，更像是在和自己交谈，看得出明显刻意在“保持通话”的意图，却终究让空气变得热暖。

可能运气实在太够义气，学农的前半段，我们都在频繁与雷阵雨相逢。每次刚往脸颊上擦好防晒霜，抬头就看见污浊的云团邪气地搂住了屋檐，总觉得被雨前的低湿气息堵住了胸口，无数慌张的蜻蜓擦肩而过。

这样直接获益的就是休息时间被无限量地拉长，充分预备好要来遭受苦难的身心忽然落空，只能闲散无比地盘腿坐在铺位上，想要做些什么，却又什么都做不了。发觉原来我们还可以享用这样的时光，不用原地不动地坐在教室里，不听不背不抄不写，它是怎么被允许的呢，真的太叫人不习惯。

这时谁把一盒私藏的阿萨姆奶茶拿出来吮吸，谁和谁凑到一起去听歌，谁又开始变戏法从包里翻出饼干和紫菜与大家分着吃，都不重要。不再说没有人接下半句的话，不再出现短暂的局促不安，发现那些好像从来没说过话的女生，也会在宿舍里旁若无人地跳舞唱歌，完全剔除生人眼中拒人千里的特质。

你看，其实并不存在好不好相处的顾虑。我们像拿酒瓶似的举着花露水，一边调侃某人松鼠样的睡姿，一边慢条斯理地把瓶中液体往手臂上抹匀。而洗冷水澡的女生在卫生间里肆无忌惮地大叫。拿脸盆洗头的听见后拎起一把滴水的头发问：“哪里闹鬼了？”另一个搓衣服的压低嗓音说道：“你的内心。”然后莫名有笑意浮出水面，不好笑的笑话，却使气氛融洽无可复加。

[2]

天空在我们即将切换度假模式的时候暴雨转晴。未等光线完全浮上云层，我们就被农校老师领到田间。然而眼前并没有看到庄稼葱茏生长的景色，只见大片半人高的木桩子，不知名的绿色植物，以及更茂盛的杂草。仿佛杂草才是这里的主角，姿态漂亮地摇曳在田垄两旁，还不乏近似三叶草的形状。

农校老师叫大家不要着急，这些杂草复生只需要一场雨。于是他干脆利落地挥起农具，流线型的动作轻巧规范，就像是体内有台机械在运转，一下铲除杂草，一下又开出一条供水的渠。

我们看得跃跃欲试，想要极力证明自己的强大，却发现甚至连一柄农具的力量都无法主宰。剪刀是钝钝的，哪怕使上了蛮力加快了速度，那丛生的杂草也只不过是折腰成萎靡不振的样子。锄头也是超乎想象的沉重，不是因为力气不够嵌不进泥土，就是好不容易嵌进泥土却拔不出来。平日里再冷静的人都在这一刻变身十足的笨蛋，招惹了一身的狼狈，却仍旧只看到歪扭的植物与水渠，仿佛刚被专门捣乱的孩子袭击。

半个时辰下来我们只剩下一张沮丧的脸。短袖衫被汗浸透，白色面料溅上土质的棕色油彩，更有面团似的泥巴包裹住洞洞鞋，与脚面亲密接触着，走每一步都湿滑得像是在溜冰。

什么形象都不管不顾了，抬起胳膊抹开盖住眼睛的黏腻刘海，又招呼起声响沉闷的锄头，或是巨大剪刀，咔嚓咔嚓。从天光大亮到暮色西沉，自然风物就在我们身边发生微妙的变化，一丛植物倒下，一线水流蔓延，一只侥幸活命的蛤蟆朝我们愤怒地瞪了眼又跳开去。还有偶然的风鼓动衣袖，送来皮肤上细小的战栗，这样的恩情，足以让我在撩开吹进嘴里的头发时心怀感激。

情绪在这样的气氛里逐渐明朗。不远处的男生扶着草帽的帽檐，踢踏着雨靴在田垄上行走，挽起裤脚的小腿被蚊虫叮得泛红。忽然他停下来，不知是听到有人叫他的名字，又或许只是单纯想要做这个“停”的动作。可是时间却在这粗犷的土地上发生了几秒的停顿。在他的身后，万丈千阳织成发光的网，将身影裹进去，只余下坚忍的轮廓，像是戴斗笠的锦衣卫刚结束厮杀，就那么不知疲倦地，面向夕阳。

[3]

农校的伙食很家常，却有严苛的进食纪律，规定由每个席的席长分菜，务必全场肃静，否则扣分。于是每餐饭都像是一场集体挑食。番茄炒蛋，红烧豆腐与水煮冬瓜是最抢手的，席长菜勺到处，无不是“再多给一点吧拜托”的暗示眼神。而也有些冷门的新品，如半生不熟的包菜，面目可憎的鱼头，或是“一坨红红的不知道是什么”。

“这翻白眼的鱼头谁吃啊，这么大块，哎好像……好像还看到血了诶。”耳边传来微弱抗议。席长不作声，公事公办地夹两片包菜，伸给这个，摇摇头，伸给那个，也狠命把头摇出抗拒的节奏。谁都参与了这场哑剧，无声把这个摇头的动作传递下去，让这两片包菜在原地兜转，最后还是被席长无奈扔进自己碗里。

与此对应的，野炊是难得吃饱的机会。

野炊的地点是在后山，能看见坑洼的泥地上凭空垒起的木柴生火的灶台。骤雨时节，坡面上的树木在凉棚的近旁疯狂落叶，湿热的蝉鸣夹在树叶的缝隙里，没日没夜地嗅着棚下的袅袅炊烟。

可惜这只是行家的洞天福地。那些懂几分烹饪的女生，早在学农前就依照食材清单设计出拿手菜，时不时拿我们外行人听不懂的料理语言说话，过节似的。而我在这一环节因为“只做过蛋炒饭”的资历被剔除在外，只能百无聊赖地听凭琐事呼唤。

“你先把这些盘子给洗了，还有这个锅。”

“记得把地面扫干净，粘在地上的就捡起来。”

“快把这些垃圾都倒了，垃圾要逐个分类哦。”

……

“好了到一边去吧，暂时没你的事了。”一句话让我如遇大赦，转去搓洗先前刷锅子时沾到的一手煤灰。而厨师们挽起袖口在一旁有条不紊地切菜，偶尔彼此老到地嘱咐几句，伴着案板上沉钝的震感。男生们刚争夺完剩余的报纸，又爬进柴房灰头土脸搜找合适的木柴。负责生火的身材娇小的女生，蹲在灶台前无畏地往里头塞材料，脸几乎凑上滚烫的火苗。

凉棚下的空气被烧得灼热，火焰的气味萦绕在鼻尖，人群开始陷入水深火热的忙碌，我却甩着手无措地在其中游荡，遇上同样闲逛的朋友，忙拉进自己的阵营。“我们一定要‘找’点事做，我真的很怕被拉去生火。”她坚定地与我统一信念。于是我们先是笨手笨脚剥洋葱，剥到内核几乎眼泪直流，只得被迫放弃。又把目标锁定一大盆包菜，连忙抱去无人使用的水池边，放慢动作由外而内，一层又一层。

面前是柴房宁静的屋檐，檐下树影婆娑。我们背对焦躁的人群，聊起几秒前的脱逃，忽然变慢的时间，又扯远些，聊起小说。仿佛已把整座城市的繁嚣弃之脑后，再没有什么样的生活能比粗茶淡饭来得更温情脉脉。这样想着，我划拨着水中的包菜叶子，闻到身后的浓烟中飘过隐约的炒菜香气，伴随揭开锅盖的动作，发出滋啦啦的声响。

“开饭喽——”

[4]

这里的夜晚降临时没有城市光，只有偶然经过的几盏路灯把我们的身形照成橘红色，我们就循着最耀目的光源走。那是野炊那座后山脚下的礼堂，由不漏雨的大棚架起，有舞台和上百把玲珑的小椅子，挨个坐下来，可以遥遥地望见荧屏上播放的电影。

天气有些潮湿，水汽驱走夏夜的闷热。偶尔有男生在棚外追打，拖鞋噼噼啪啪大踩雨后的积水。而女生娴静地待在座位上，刚洗过的头发柔顺地披散在背后，每和女伴低低私语，就又有几缕微凉地贴上脸颊。

电影是小有名气的美国励志片，但我的一半神智还是不自禁地游离去与朋友扯话题，“我觉得这里都没必要挂蚊帐啊，抹一身的六神花露水足够。”“而且如果再抹点在耳根的话，蚊子叫都不会听到。”她附和说。我嗯了一声，低头发现临行前难得忘记涂抹的脚踝什么时候被蚊虫叮了一圈，像条晕红的脚链似的。“唔，总之六神无敌！”

然而就在这时候，我们看见了萤火虫。

在这万籁俱寂的瞬间，忽然就没人再去注目荧屏上的帅脸，人群中不远不近传来交谈声窸窸窣窣，却又怕惊扰什么似的压低了动静。这些荧光的小生物，虽然只有三两只，却是从未见过的，从山的那头飞往我们的跟前。

我一直以为小说中的萤火虫，是以不易察觉的速度轻盈掠过，凭借成百上千的数目留下视野中的萤光缭乱。然而亲眼见到，才发现萤火虫只是在缓慢地飞行。它们一向不是那么热情洋溢的生物，它们的出场寂冷无声，适合孤独的森林树影，适合夜色中冰冷的湖。而此刻它们结伴从荧屏前路过，在男主角的肩线上镀出一条发光的黄丝带。

三两盏熄灭又亮起的小灯。

当然还有这样的夜晚。

那天恰好是5月20日，告白的节日，却被农校偷换概念请了位专家进行“爱的教育”的讲座。看不明晰她的模样，只记得那把甜得发腻的嗓音，像口香糖似的胶在耳旁，听得我几乎要睡过去。

“《臧羚下跪》和《斑羚飞渡》谁小学没学过啊!”朋友用胳膊肘捅我。

“不要每次举人类的例子，就都是‘身体残疾’和‘癌症晚期’好吗!”

……

就这样解闷地调侃，暂时放弃那些作为学生的规矩和约束，仿佛把所有厌恶的事物统统扔到山林里后，我们就能变成单纯的轻摇小扇的纳凉人。“今天是‘5·20’诶。”我伸手拉了拉朋友的衣袖。“你才知道啊。”她轻声敷衍着，伸手不经意地遮住膝上的一截画纸，护住那没说出口的告白——纸上耳朵尖尖的男孩，以半收拢的含羞草为发，就那么微低着头，不好意思地笑。

[5]

车快要到站，却是有一段燥热的时光在回忆中栖居下来。或许季节的存在本就像是需要你去亲自追寻的野味，是要在一场淋得透湿的大雨，一次被蝉鸣惊醒的睡眠，或是一阵烈日当空的奔跑后，才发觉。

“是夏天了。”

# 圣诞无踪

有那么几年，圣诞树上的彩灯在没有炉火的冬天还能燃得旺旺的，恰好能把被树杈勾住的圣诞袜子烘得诱人。我那想要逮住圣诞老人的眼睛没能抵挡住幸福的催眠曲，终于在远方修女们的和声里疲惫地沉沉睡去。

[1]

没有小孩是不爱圣诞节的吧。那个面慈心善的红衣老头儿乘着驯鹿拉的雪橇环游世界一圈后便能对孩子们的秘密无所不知，并愿意把为孩子们的所有无理取闹买单作为补偿。他甚至让平日里警告我连吃颗糖果也要通过批准的父母，转而在商场慷慨地一左一右牵着我，说要为我办一场圣诞派对，还任我挑拣那些挂在小圣诞树上的昂贵的铃铛和雪人。在这样的平安夜里，全世界都在唱同一首“Merry Christmas”，我和朋友们喷了彼此一头一脸的礼花，又把彩带像围巾似的绕在脖子上。我们是今夜最幸福的孩子，尖叫着忘记了谁在墙上画了个漂亮的圣诞花圈，谁又神秘兮兮地讲了圣诞节的故事，直到父母眉目弯弯地撒出了最后一包巧克力，告诉我们好孩子都该乖乖去睡觉啦。

“圣诞老人怎么知道我想要什么呀妈妈。”“没有烟囱圣诞老人进不来怎么办呢。”“要不我们不锁防盗门了吧我怕圣诞老人被门卡住了。”我忧心忡忡地搓着睡衣上哈姆太郎的脸，而母亲只是吻了吻我的额头，“圣诞快乐，亲爱的。”

[2]

圣诞袜子从树杈上溜了下来，可能是它太胖了。我迷迷糊糊地揉捏着圣诞袜被撑得鼓胀起的部分，有时候是一盒三十六色的彩铅，有时候是弹珠迷宫或电动瓢虫，还有时候粗心的圣诞老人没丈量好圣诞袜的长度宽度，只能把一小箱金莎巧克力搁在圣诞树下——他千里迢迢送来这个一定累得想要骂我。明年圣诞我真的只索要一小盒比萨味的百利滋，我发誓。

其实圣诞老人有时候会把礼物的主人弄混，我怎么会想要智力木呢，还有那个黑色小翅膀一颤一颤的电动瓢虫，分明是有赛车嗜好的男孩许下的愿啊。或许世界上会有一个倒霉的男孩在今天早上收到一条泡泡袖的连衣裙吧，这样想着，我手下杀气腾腾的瓢虫与落地空调都发出了欢天喜地的尖叫。可是即便是这样，又或者只是收到一只超市橱窗里的再平凡不过的小浣熊，我也从没放弃过“长大后每年要打个红包放进圣诞袜里”的念头，所有没有兑现的愿望都在一个热情的哈欠后统统清零。

[3]

和邻居家的男孩狠狠地吵过一架。本来是一人说某某今天怎么怎么，又一人笑说对啊对啊地往家走，声音和气得无以复加，却是谁先提起了圣诞老人的传闻，很可能是我。于是蓄谋已久的火药开始了真相大白前的战栗。男孩说世界上根本就没有圣诞老人，而我固执地说就是有的。“难道你没有收到过圣诞老人的礼物吗?”我骄傲地问。这是我从来不曾怀疑过的，有那么一刹那我觉得自己是圣诞老人派来救赎无知者的使臣，举着一块莫须有的令牌，以为圣诞树、圣诞袜、圣诞铃铛，还有为我保驾护航的圣诞驯鹿，它们都是我的骑士，以正义之名。

“圣诞礼物其实都是爸爸妈妈送的啊。”他偏过头去，“妈妈，我说得对不对?”他的母亲用尴尬而抱歉的笑容回应了我，不用点头我也能知晓她的不言而喻。

“不，有圣诞老人的。”我甚至还无力地补充了一句，“我亲眼见过，真的”。

但是所有散落在圣诞前夕的没头没尾的对白都已然找到了凭据。“今年圣诞节许的什么愿呢?”母亲坐在电视机前心无旁骛地问。“你猜猜看。”我愉快地在沙发上打滚。“我猜啊，一件衣服，一个娃娃，还是一盒巧克力？”“不是啦，是一只浣熊。”似乎一切都变得合乎情理，骑士们早已在我身后丢盔卸甲，父母“嘭”一声变成了圣诞老人，还有那叫做谎言的火药终于野蛮地把天空的一隅炸成了烟花。

他说，你别做梦了。

[4]

好像就是从秘密被揭穿以后开始的吧，不过也不全是，人总该长大。圣诞老人们不再处心积虑地编织甜美的骗局，也不再风雨无阻地捎来魔术般层出不穷的悬念。他们开始被世俗牵绊，取消了购物和派对，也再没有人愿意去呵护那棵用我天真的信仰灌溉出来的圣诞树。而我呢?

“都知道今天是平安夜吧?我知道，有些同学送了圣诞礼物给我，老师真的非常感动。可是呢，你们也应该知道，优秀的作业和成绩是给老师的最好的礼物。而我，也要把我精心准备的圣诞礼物送给全班每一个同学。请我们美丽的课代表把作业抄到黑板上，别忘了，明天还有两场考试。最后……”老师笑容可掬地对我们说，“祝大家圣诞快乐。”

圣诞快乐。圣诞要快乐。圣诞怎么快乐。

“不想看看圣诞老人给你送来了什么吗?”母亲把我从棉被中唤醒。

“我只想睡觉。”我含混地拿被子捂住脸。

“这次的礼物特别多哦。”

“我只想睡觉。”

“圣诞袜都塞不下了呢。”

“我只想睡觉。”

……

我几乎是愤怒了，体内像是有核反应堆在发生澎湃的聚变，以至于尾随在母亲“再不起床就迟到了”的声音后的引爆促使我“哗”地掀了被子。过激的开场白动作让我泄掉了所有冲动的力道，体内机能又恢复了正常运作。我一言不发地梳洗完毕冲出门去，哪怕迎面而来的北风吹红了眼睛，我也没有再回头。仅仅是掀被子时的那一眼已经足够。

怎么说呢，那样的一张餐桌啊，被食物的锡纸反光的部分成为波光粼粼的湖水，十几本在当当网购物车里搁浅了大半年的小说竹筏似的漂泊在湖上，湖心还立着一个丑丑的圣诞老人，提礼物袋的手寂寞地拉着手风琴，白色大胡子下的嘴唇在一开一合间发出咿咿呀呀的难听却又不失可爱的歌声——“Merry Christmas”。

风够大啊，把眼泪都吹干。

## 就这样给你捧场

[1]

我以为我是去过这样一个大剧院的。没有工作人员，也没有观众，只有裹在兜帽里的你在单调的暖黄色灯光下唱歌。我就坐在观众席的最后一排，隔着一片寂寞的空旷应和着你的声音，不激动也不疯狂，好像忘记了你是我的偶像，于是也看似合乎情理地忘记了荧光棒和鲜花。你并没有发现我，只是兀自地用温柔的嗓音唱着你的高山流水，直到一曲唱毕我忘情地鼓掌，那么久，连手都拍疼了。然后我就听到你在兜帽下轻轻地说："我知道。"

[2]

我可能是个不太疯狂的人，要是交给世代相传或聪明绝顶的巫师去占卜，就很可能会在满屋子故弄玄虚的水晶指甲扑克牌后，听到一个沉痛的答案，"不宜追星"，然后跟这句话许下"拉钩上吊一百年不许变"的不离不弃。

"山田凉介的明信片啊！小凉啊！""她竟然不喜欢郭小四，她竟然敢不喜欢我家小四！""不觉得男神真的很帅很帅很帅吗！"……身边总有这样的朋友，用随时随地都可以失控的嗓音，让我不得不怀疑"偶像"其实是一种烈性药酒的花名，是入口即化香醇可口只要一滴就见效的那种。她们可以用最放松的面部神经搅和或严肃或宁静的空气，无论是两米外出现了疑似年级主任的影子，还是暗恋了很久的男生正想要借块橡皮，她们都可以将他们视作被崇拜者们塞来的扩音器，笑出两枚殷勤过度的酒窝。

而我就像是个异类的思想者，手舞足蹈不能，尖叫也不能，还偏要调动起全身的顾虑，死死拽着一张冷静的面皮放不下，只能在一团乱麻的世界里托着忧郁的下颚，想着怎样才能朝“追”打个擦边球。“‘他演过的所有电影都看过不止一次并且迷恋他叼烟的动作’可以吗；‘大海捞针找出他最帅气的写真然后打印出来随身携带’可以吗；‘他的MV里的曲目我考试时都在哼哼’可以么；‘他的书我真的很想拿来背啊’可以吗……”我向朋友泼出一大碗忠心耿耿的排比句。

“越来越听不明白了诶，你的偶像到底是演员呢歌手呢还是写手呢?!”

“……我的偶像分布各行各业可以吗?”

“嗯，你‘可以’滚了。”

［3］

是否存在这样的情形，在另一个我们的肉眼所不能及的世界里，偶像们的身上燃烧着生生不息的光与火，轰轰烈烈地吸引着飞蛾们疯狂的迫近。可是它们不知道，它们所追求的热烈可能只是一块空洞镜面的反射，所有的“近”都是遥远的代名词。

它们撞击在镜面上发出嗡嗡的声音。

有的声音是狂热的，“我要去看演唱会！我要去看演唱会！我旷课被找家长找级长找校长我也要去看他的演唱会!”

有的声音是悲愤的，“我为了确保每天晚上都能梦见偶像，甚至连某某给我的情书都没时间去想了啊！可是在梦里我都和偶像结婚了，怎么在现实中连他的一张签名都没有呢!”

还有的声音是激动的，“如果我拿到了偶像的签名，且不说我是环游了外太空还是劫持了宇宙飞船，我都要先找家最近的照相馆把签名过塑，然后我才能放心大胆地对着签名亲下去呀!”

……

有那么多的声音，它们或狂热或悲愤或激动地诉说着自己的孤注一掷和不顾一切，好像天平这一端的迷恋会如尘埃般积起来，在长久的岁月后慢慢地能够与另一端专属偶像的王冠相持衡。然后上帝慈爱的脸浮在天平上空，他说“孩子，你受的苦够多了”，手一拂，一厢情愿的心跳便能自此得到回应。

那我呢，是不是可以在听说演唱会在家门口举行后，纹丝不动地说“不了，我还在复习功课呢”。又或者，是不是可以在得到了一张偶像的签名照后，拈花而笑说“哦，谢谢”，然后再没有任何惊涛骇浪的“然后”。或许我是做得到的吧，甚至还能再扎个红领巾走上升旗台做一个气定神闲的演讲。毕竟我是那样一个不疯狂的人，像是被丢进沸水也不肯融化的冰块，只会被人叹一声“奇怪呀”，而绝不是象征着光荣的英雄。

我便是被这样的作茧自缚纠缠得耿耿于怀。好比前不久我路过学校爱心嘉年华的摊位，见有人专卖韩国艺人的明信片。还是熟人的摊位，价格谈不上离谱，但我却开始自顾自地上演一场“我只是走过路过看一眼啊就看一眼而已啊”的戏码，沿着摊位的横切面走了几个来回，也依旧没能离开摊位三步远。直到我艰涩的犹豫不决终于抵不过我原地踏步的固执，漫不经心地在明信片中捏了两张付钱，还不忘用明信片的背面和摊主打个招呼。

我似乎是在“随性”和“潇洒”这两个标签下完成这一系列动作的，冷静得可以再赏个“如鱼得水”和“一气呵成”的褒义词给自己。但我不会忘记我当时的感受，我几乎是羞涩地将明信片藏进了口袋里，仿佛它们在我的手指上多逗留一秒都能使我烫伤，仿佛这是不好意思的，是羞于启齿乃至丢人现眼的。以至于在这之后有同学问我“你也喜欢某某某呀”的时候，我的辩白急促甚至可以说是慌乱地咬住了她的尾音，“不，是我朋友喜欢。”脸还在这时添油加醋地烧了起来。

分明是挺喜欢的韩国艺人，分明是翻遍了他所有的MV又和朋友们一起附和说“真的很帅很帅”的偶像，但就是被那么多顾虑顿住了脚步截住了话头，只能在网上冲几十公里外的朋友嚷嚷：“为什么你不来怂恿我呢，要是你在旁边一边尖叫一边挑挑拣拣，我也不会袖手旁观的，唉为什么没人怂恿我呢?”

“可能只是你并没有自己想象中的那么喜欢吧，给偶像捧场从来都是不需要怂恿的。”朋友安慰说。

或许是没那么喜欢吧。

[4]

“那么，你的偶像到底是谁?”朋友问得快要失去耐性。

“我想了又想还是觉得……就是你呀”我说。

其实我也不知道答案。把一直尖叫“肉麻死了啊”的朋友哄走后，我想那个被我候选为偶像的名单里，或许只剩下你了吧。那个在我梦中的大剧院里沉吟的你，那个不是大众情人的你，那个连真名也要藏着掖着又从没发过照片，只会躲在音频文件里唱歌的你。我该怎么称呼？你像是用苍白的手指握着一柄不能被年月侵蚀的折扇，只有阴柔却全无矫揉造作的声音从折扇后潺潺道来。听得出宁静与安然，或是凄凉与嘲弄，似乎只要放下杂念闭上眼睛，那些来自百年前的亭台轩榭与青山绿水的歌谣，就会化作水墨样泼洒开来，其间夹杂几段婉转的戏腔，又恰如空山中萧瑟的笛一般与世隔绝。

姑娘在渡口等船家等出伶仃白发，少年被黄沙埋葬空握一手海棠酒香。戏中人自有他们悲怆的演绎，而你不会出戏，似是以说书人的身份，却还是成为了泼墨中的角，这或许就是你的魅力吧。那么多人想要窥探你的样貌，流言如流萤四散想要迫你辩白。而你只是扇尖一颤，颤出惊心动魄的似乎要撕了扇面的假象，却依旧只是用如玫瑰尖上的血珠般刺破喜怒哀乐的声音，唱着喜怒哀乐的曲，不招摇也不声张。

有些人嚣张地拍案而起，贴出数张全然不同的伪劣图说“瞧一瞧看一看哪，真相大图就在此处啊”，然后不知情者纷纷拥过去围观。有人说“和我想象中的一模一样啊”，有人说“天哪幻灭啦幻灭啦”，还有人说“这图分明就是某某明星嘛不信你百度一下看”。而我摆出一张充斥着不信任的扑克脸，喃喃说但愿折扇长长久久不得收拢。我甚至不敢向谈不上共鸣的朋友们提起你，怕被她们不经意的“我觉得不怎么样啊，还是喜欢欧美音乐呢”夭折了多年的小心翼翼。又或者是这样，她们中有人听闻后热情地与我勾肩搭背，“是啊是啊我也超喜欢他的，什么时候才放出他的照片啊应该很帅吧。”这不是她应该关注的，她应该纯粹地迷恋他的声音，而不是在“帅”与“不帅”中有所逗留，从而衍生出专属飞蛾的仰慕。

她应该在深夜的寂寂中听他的声音无限循环，听到喧闹的神经都陷入沉睡，听到连伴奏都能哼出来也不会腻烦，偶尔遇见一首没听过的，还能孩子气地重拾吃甜食的兴奋。她应该在KTV不怕丢人地点他的歌来唱，哪怕女生细弱的声线无法接纳他在低音与高音间迂回的音域，也会镇定自若地说“这叫向偶像致敬”。直到自己的声音痛苦得像是要碎掉，才宽慰地打开原声说，“哎这个歌手的歌很好听的，来，你们也听听。”她应该做到这些，然后与我内心矛盾的私有欲感同身受。觉得别人的“不喜欢”让人厌恶，又觉得别人的“喜欢”不合格，变成小气鬼似的捍卫着自己的小小城池，咬着嘴唇跺着脚，只想说：

“你这样，不配喜欢他的呀。”

[5]

还是那个已经被我摁下“无限循环”的梦。不压抑也不明快的大剧院里，我的不激动与不疯狂没有经过飞蛾的对比，因而也失去了格格不入的特质。你在庞大的兜帽里沉寂，只有我拍疼了的手掌依旧空空落落地像是在祈求什么，是你的回应我等了很久。

“我知道你在那里给我捧场。”

## 老玩家

[1]

“最新通告：消费送大礼，只需要消费200金豆就可以获得一次抽奖机会！”

“最新通告：年底超级特惠，现在开通还有包年好礼任你拿哦！”

“最新通告：请充值请充值请充值！”

……

老玩家登录三年前的游戏账号，又冷眼点击了“关闭”，鼠标和键盘弄出了很大的声响，像是即将分手的恋人用尽最后的理智来对待彼此的陌生，不会再爱你了。

[2]

老玩家总爱向别人传授自己发明的一套“如何与父母同事的小孩搭讪”攻略，听说只要漫不经心地问那人一句话，那人纵使再冷淡木讷，听你这么一说，十有八九也会开启热情交流的模式。其实这攻略又傻又孩子气，但老玩家说得眉飞色舞：

“如果对方年龄比你小呢，你就问‘你玩A游戏吗’。如果对方年龄和你一般大呢，你就问，‘你玩过A游戏吗’。虽然这对男生不奏效，但是对于女生，经过我的数次实验，这可是通杀技。”老玩家不顾朋友前仰后合的大笑，继续道，“然后对方就会像石化了多年的人忽然被破除了魔咒一样，眼神发亮地接道：‘当然玩啦，最近的那个新任务你听说了吗，圣诞老人又被绑架了！’或者‘谁没玩过啊，不过好久没玩了，听说以前的捣蛋鬼RK都变成最有魅力的角色了吧。’然后一场不可避免幼稚但是够热烈的讨论就足以缓解‘我们都是木头人’的危机啦。”

“你真该去给A游戏做宣传，说实话从小学毕业后我就再没玩过了呢。哎你多大的人了呀难得还对这个这么热情……”朋友难以置信地笑道。

老玩家不是个对网络游戏在行的人，换句话说，老玩家是个对网络游戏特别不在行的人。当朋友邀请她去玩那些在青少年界流行的竞技类游戏，说该游戏如何如何角色漂亮，画面精致，装备绚丽，而且更重要的是“班里有很多很多男生在玩哦”。她只是无可奈何地说罢了罢了，像她这样既懒得动脑提升技术又懒得动手操控键盘的人，不被战友们泼妇骂街似的哄出来已经算是万幸了，所以只能委屈地被“我们的使命是给儿童梦想的翅膀”的A游戏收纳。

“怎么说呢，与小自己至少三岁的人一起天真烂漫着。”有些自嘲地说。

[3]

老玩家对于A游戏确是有着不浅的执念。天知道当年白手起家的A游戏公司为何会在半年的光景内，所向披靡地成为小学生们每日交谈中的高频词。那时候没有A游戏账号的人出门都不敢和人打招呼，老玩家本是被古代才子们的思想所牵绊迟迟“不与世俗同流合污”，后来依旧抵不住被一个时代淘汰的危机感，慌慌张张地领了游戏账号后，才得以再度拥抱气定神闲的好时光。

“潜水考试和飞行考试？那还不简单，下周信息课我帮你把它过了！”

“这个月的脚印在小广场的大蛋糕上啊，点几下就会出来的啦。”

“最讨厌RK了，对，就是那个捣蛋鬼！总是留下作案小纸条他烦不烦啊。”

……

老玩家尾随着早些注册的朋友们不放过任何一个下课十分钟，不止是她们，在那样一段充斥着流行元素的时光里，连硝烟和冷战都少有了，全班无论男女都像是步入了天真无邪的集体蜜月期，见面一句“不知道某某任务怎么做是吗，我可以教你哦”就足以获得对方的青睐。

那时老玩家的同桌是一个把A游戏玩到炉火纯青的境界的男生，平日里话不多，但凡提到和A游戏相关的字眼就像是拧了发条的玩偶，眉宇间有一种不可遏制的得瑟缓缓复苏，使他看上去要比上一秒的沉默可爱得多，以至于老玩家对于有关他的回忆就此停顿在A游戏方面止步不前了。

“他说他赚了五百万游戏币，也说过他买齐了所有房和车的款式。但还是最喜欢他说过的一句，‘下回再让我见到魔法马车里的那只黑猫，我就用我的五百个鞭炮灭了它。’说得多轻狂啊，但这也是在我记忆里他说过的最帅的一句话了，我当时的眼神简直可以说得上是崇拜。要知道，那时候我们还不知道那只黑猫就是王子诶。”

“那么除此之外呢?”

“好像没多少印象了……”老玩家尴尬地揉着头发。

[4]

老玩家不爱参与竞技，又嫌A游戏里与小怪物打扑克牌的升级赚钱法太过单调，因而比任何人都穷。只能在餐厅当服务生，开冰淇淋小店，又或者去湖边钓鱼这样几千块乃至几百块地攒起来。买新房子至少两万呢，将就着便宜的过吧。买新衣服至少两千呢，将就着免费的穿吧。至于给那娇贵的宠物买吃喝玩乐的小玩意儿，连十块一瓶的巧克力豆也精打细算着，恨不得只让它们吃免费制作的饺子。朋友们笑话她，说她折腾得自家宠物生病的次数比谁家的都多，于是她用所有买花哨食材的游戏币全买了万能药水。病了就吃药呗，她说，倒自有种穷光蛋的洒脱。

其实并不是没有充值VIP的说法，而且似乎是只需要十块钱左右，便可以上天入地，腾云驾雾，移形幻影，还有琳琅满目的衣饰和诱人的大礼包，足以让老玩家一般的穷人艳羡良久了。只不过老玩家的“良久”盼不来一夜之间账号上出现“恭喜你成为VIP用户”字样的好结局，久而久之，甚至连校门外的小卖部也欺负人，就这么招摇地把一大版充值卡贴在门面上，硬是把回校与离校两段路添油加醋成了苦行僧与酒色诱惑斗争的取经途。

“只是区区十块钱哪。”老玩家回想起来，总是奇怪当初为何狠不下这个心呢。“或许只是单纯地不想让铜臭沾染了游戏时的心情吧。”

[5]

三年后。

“A游戏竟然出动画片了诶。无论是电视电脑还是电影院，最近都在热映呢。”

“说不好代替喜羊羊都是指日可待的事情了，当年玩得那么火爆的时候怎么都没想到它是潜力股啊。”

“是啊是啊，后生可畏啊可畏啊。”

……

老玩家动摇了，三年前总觉得经历了这人生中第一次漫长的别离后就已经离成人不远，自然也赌气地不会再去玩“小时候”流行的A游戏。但一向有恋旧情结的老玩家不能这么无牵无挂地就此放下，毕竟她的朋友们就在这里，披星戴月地在前方不远处引路，然后顽皮地说：“笨啊，考个驾驶证都不会，还是我来教你吧。”她甚至以为所有拥有过的得到过的都不会离去。

可是呢?

当老玩家将此行定义为荣归故里，满载着省吃俭用的两百万游戏币，以及足以让新手们艳羡的漂亮衣服奔往她忍痛买下来的双层别墅。她以为她可以体验一次盼望了多年的挥霍的快乐。

可她只感受到了陌生。

“……对了，你知道A游戏变成什么样了吗？好吧我告诉你，‘请充值’，是的，就这三个字。想买漂亮的衣服吗？请充值；想买豪华的房子吗？请充值；想买任何一样东西吗？请充值。我拿着辛辛苦苦攒下来的打工工资，领着8%的银行利息，可我竟然花不出去，只是因为我没充值啊。没充值就收包袱走人啊还等什么。你说一个和我们感情这么深的游戏，怎么可以变得这么坏?”老玩家对朋友说道，她声音依旧轻快，但先前笑意却像是遭遇了西伯利亚的寒流，就这么干涩地冻僵在眼底。

然而不只是这样。当年令她抓狂的潜水考试被废除了，地图上的一个可直达坐标不留痕迹地代替的它的分量。做鼠标噼噼啪啪一阵乱点的任务所赚取的游戏币远比她当年玩小游戏一点一点存下来要轻松得多，于是没有人再喂宠物吃自己做的饺子，也没有人再珍惜银行里的大数目。而那些曾经躲藏在铺天盖地的恐怖危机下的温柔天真的小计谋，已经是“见到坏人就围剿，见到好人就索要”的逻辑能够应付的了。

“那曾经那些利落却又不失可爱的对白呢，也丢了吗？”老玩家哀伤地想要挽回些什么，然后她就在对白中看到了这样的词句，“药！药！切克闹！”，“吃饭睡觉打豆豆”，以及“爸比，你会唱小星星吗？不会啊。那我教你好了。”

老玩家想到了投诉，她记得在A游戏的报社里有一个打字机，好像是供玩家给游戏撰稿的吧，于是她通过这个途径写了一封仅仅一百字左右的投诉信，她知道自己情绪激动，但她能保证自己的措辞足够严谨而且简练。只是她的投诉在下一秒便被反弹了回来，“系统提示：使用了非法语言”。她完完全全地懵了，她从来不说脏话，甚至还毕恭毕敬地使用了敬语，可是客服连这样的机会也不能给她，好像玩家除了说脏话，就只剩下了阿谀奉承的语言。

“怎么可以这么坏？”

[6]

在A游戏的贴吧上看到了这样的帖子“想听老玩家和你们讲讲以前的事儿吗”。老玩家点开来，想看看这个和自己一样自称“老玩家”的人在玩什么花样。她看到那人只说了一句“我知道大家都喜欢看图片”，随后她便被动地迎接了扑面而来的名曰“炫耀”的炸弹。炫等级，炫金钱，炫服饰，炫房车……自我嘲弄的炫耀，狂妄自大的炫耀，虚伪做作的炫耀，滑稽丑陋的炫耀。

原来像她这样的老玩家，早就灭绝了啊。

老玩家忽然觉得有些疲惫，或许她本不该走这一趟的。她只要记得会在平安夜被绑架的圣诞老人，记得会在万圣节变成黑猫的王子，记得风流倜傥的捣蛋鬼，记得想用五百个鞭炮为全班女生复仇的男生，就够了。

已经足够美好。

# 私人雨

在凌晨混沌的声音中醒过来，以为受到了白乌鸦的召唤，却听见窗户外似乎有千军万马的蚕在羞涩地啃食桑叶——啊，是雨吧？什么时候下起来的？我激动得没了倦意，在黑暗里大睁着眼睛，好像除却这分分秒秒的自由，连雨也是我私人的了。

那就让它陪我久一点吧，再久一点。

## 一个人就是一个人

我怀疑雨是个阴谋家。在它看似单纯的澄明液体中，却是流动着某种甜蜜的诱因，引诱那些在身体内潜伏的消极，纷纷黏附于被它统治的每一寸空气，从而触动那些脆弱的泪腺，又变作人们口中叫做“哀愁”、“悲伤”与“孤寂”的东西。

一些如火种般热烈的人，他们需要一场能淹没城市的大雨来烘托自己的轻狂，这样他们就能在狼狈的境遇中帅气地向全世界呐喊年少的冲动。同时他们又需要一场凄凄惨惨的冷雨，用拒人千里的残酷冷却一颗空欢喜的内心。

我是没有浩浩荡荡地淋过雨的，没有那份肆无忌惮的潇洒，况且前半段的人生幸福得除了倒霉的一串儿“不及格”外，似乎没有什么能够迫使我把自己扔进雨里丢人。但就像有人会在“雨天”后注解“可以尽情地伤春悲秋”一样，伴着懒人细胞滋长特有的闲散，这从雨的元素中来的湿润的矫情却是真的。前因可能是同班男生静默在大雨倾盆的房檐下的一个单薄又无奈的背影，外加一个无心路过的我。“如果是开朗一点的人……”我会在整个撑伞动作进行的过程中不经意地过去拍拍他的肩膀说，‘还要在这儿等下去干啥，我捎你一程好啦。’简单又再自然不过。”甚至脉络清晰得能顺着情节和对白推理出一部剧本，但我所能做的，只是压低伞檐目不斜视地从他身旁快步擦身而过，羡慕着那个“开朗一点”的人，同时无声地骂着那个“不能开朗一点”的我。好像真的是我把什么机会礼让给了他人，而不是我在这五秒内自我麻醉地扮了独角。

还有过这样的记忆，好像是在一个下午上完课后，朋友抛下我与同班的另一个女生先去了食堂。这话说得有些意味不明，其实不外乎是朋友在“你是先回宿舍还是先去食堂”的疑问句后，和我选择了不相同的选项。但我却仿佛遭到了背叛，在通往宿舍楼的路上，一度想到某个还没有和朋友探讨的话题，以及这样的事情似乎发生了不止一次。然后有细弱的雨丝缠缠绵绵成了眼镜片上的一线水滴，随后又有更多的雨丝纷至沓来。我懒得从书包中取出伞，索性把校服外套当作斗篷披挂，任凭藏了三分凉意的风和雨与短袖衫外的皮肤亲密接触，会造作地以为自己像战败的骑士，又落拓又悲哀。其实这只是铁杆的女生间最普通又最复杂的争斗，与同样是朋友的人无形地争抢一个在朋友圈中更具人脉的，充斥着争夺双方不动声色的小计谋与被争夺方长久的犹豫不决，意图单纯得只是想让自己更重要一点。却在雨的推波助澜下让嫉妒和不甘发了酵，倒像冷战似的不肯收拾残局。

## 几个人不只是几个人

和朋友都很偏爱的一首歌，是金莎的《画中仙》。那一年夏天我们就站在宿舍破旧的阳台上，望着楼下寂静又荒凉的田地和孤单单的橘色路灯，塞上耳机将它不厌其烦地听，又呓语般轻轻哼唱。歌词写的是关于一个对避雨的少年产生爱慕和思恋的故事，“我怎么舍得看不见，那一张清秀完美的脸。雨点掉落下来，打湿整个屋檐，你淋湿站在我左边。你美得像幅泼墨画中的仙，我靠近递你一张手绢，你突然地笑了，道谢说得腼腆……”是少女情怀泛滥的小段子，俗套吧，但不妨碍我们为那一部分与当下相吻合的情感神魂颠倒。光是“清秀完美”和

“腼腆”就已经足以支撑我们在子时的阴风飒飒中御寒，还赔上两个人傻气的笑，说这是怎样一个天才又细腻的姑娘才能写出这样天才又细腻的词呀。

想不通为什么雨天的戏码是所有人都不愿意错过的呢，无论是小说还是电影都不能摆脱一场摧枯拉朽的雨戏给予人们的洗礼，主题曲和着水声拉长了一个世纪的强音，然后在一帆风顺的轨道上运行的事物忽然发生了转折，往或好或坏的极具跌宕的方向行驶。人往往能在这时捕捉到一种“透”的感觉，好像人之诞生本该归属于这从天而降的圣水，不是湿透，而是意透。好比一群平时里总把关系建立在“没发现某某穿紫色真的真的很好看吗?”和“真的诶好想看他回头!”之上的朋友们，在一些突发性的大雨面前总会有些突破性的抉择，是找找借口还是赴约，是矜持地原地不动还是凛然地踏水而行，甚至在愿意投靠哪个人的伞这事上也有考究，那些若即若离的亲疏就在这一刻原形毕露。

又依稀记得这样的事情，是在上午第一节课美术课上完后，和朋友们磨磨蹭蹭从美术楼上走下来，却赶上了夏日特有的连个招呼也不打的暴雨。我们手足无措地在走廊上面面相觑，因为是最后离开教室的，所以连末班车的持伞人都没能见到一个，又提着一个巨大的画板，在这样的时间点里它本便少得可怜的价值此时只剩下了累赘。有人说：“不如干脆翘课吧，等雨停了再走。”但想想其他同学说不好早已安全抵达本班的教室，何况雨水全然漠视我们的等候，连喘口气的歇息都是没有的，砸在地上能暴怒地溅湿膝盖，还有风迫切地想要泼人一脸冷水，声音可以称得上轰鸣。

“走吧。”不知是谁说，“雨还会更大，在迟到之前冲出去好了。”于是我们纷纷打点好行装，像多虑的战士临死前还要把头盔系得稳妥，然后我们就这样壮烈地向着那一段不能说长也谈不上短的目标奔去，扯过校服外套披在头上，还不忘把画板死死地搂在怀里。我仍然记得那天不及百米的路程我们是如何跑得像个慢动作，又或许是我自动给这如同穿过雷禁区的画面加了特效。世界无声地淹没了我们，听见朋友们“冲啊——”“杀呀——”“快点呀——”的呐喊，我在雨中一边跑一边由衷地放声大笑，仿佛那笑是摇晃过的可乐，夹着泡沫让我透不过气来。我们是要多狼狈有多狼狈地跌进安全区的，湿漉漉的刘海覆在眼睛上，滑腻腻的眼镜架滑到鼻梁上，一边洗衣服似的拧着外套，一边愉快地庆幸画稿终究是幸存了下来。这是连彼此仇恨的人也能冰释前嫌的大雨，何况是朋友。

有些人是偏爱私人雨的吧，一个人与缩了水的洒脱紧紧依偎，太过压抑的哀愁肆意放行。而有的人不是，有的人会在天空泛起湿润的须臾便奔向朋友，几个人和膨胀起的快乐相互拥挤，然后说，“这雨就是专门为我们而下的呀，和我们一起。”

## 寄给你的慢邮

[1]

我只想见你一面。

我总是在这样的白色中看见你。你站在白色的门后，若即若离的是你披散长发一身白色长裙的背影，身边是白茫茫的大雾。你蓦然回首，雾气模糊了你的五官，但我仍能影影绰绰地捕捉到你柔和的没有表情的面部轮廓。你用不知是垂怜还是被垂怜的目光朝我望过来，然后大门缓缓合闭。你在门后，我在门前。

我多想听到你对我说，“现在的我，很快乐。”

谁让你是几年后的我呢？

听说过慢邮，与快递相对立的样子，但却会因为它微妙的姗姗来迟而不让人讨厌。好比往大海里丢下一个漂流瓶，用未知的眼睛虔诚地说“我要上路”然后转身就忘，却在多少年后坐在沙滩上郁郁地打水漂的时候，看到当年那稚气未脱的瓶子漫漫长长地漂过来。没有异域少年的回条，也没有妩媚女郎的唇印，只是以宣告自始自终一场独角戏的姿态，疲惫地亲吻你的手心，然后哗哗地打湿了一脸的沧海桑田。

“是时候该寄一封慢邮给你了。”我对自己说。

[2]

我觉得闺蜜是不能少的。虽然言情小说告诉我们，那些最终得到了白马王子或黑马王子的女人，都把身边一群看似温柔无害实则蠢蠢欲动的闺蜜们给得罪光了。但是，很显然我只可能是那群被得罪光了的人之一。

闺蜜要一群，三五成群的群。闺蜜们总能做出一副肩膀抵着肩膀，手挽着手横行霸道，就算挡路也偏不松开的架势。眉来眼去的亲密让路人觉得被人当头泼了草莓糖浆，想大骂“你们不觉得肉麻我还觉得呢”，往衣领里缩缩，黏糊糊的浑身难受。谁让“闺”和“蜜”都是让人联想起粉红色的甜到腻人的字眼呢。

还要有除了“浑然天成”就再想不到其他修饰的默契，随便拍一张合影都让人觉得她们中的每个人都签下了神鬼契约，从此不言而喻地绑定在一起，有比爱情坚定得多的不会花心也不会变心。会缠着耳机线听同样的歌，怕惊扰似的轻轻哼唱。会把“我也是我也是”当口头禅一样地说，但感受真切而不是没主见的表现。会盖着被子看电影，然后因为男配角的死而一个抽抽搭搭一个忙不迭用纸巾揩泪。会在商场里装出大小姐的阔绰走马观花，交换眼神和窃窃私语的含义不外乎是“‘他’穿这件一定很好看”而甚至从来没有打算买。

你看光是想想都会撇撇嘴不屑说，不就是一群又娇气又矫情的小女生嘛。

其实我一向不是“草莓派”的人。走路的时候把手囚在衣裤口袋里囚成了习惯，夏天穿单衣和牛仔裤没有口袋，被迫把手解放出来甩甩就连路都不会走了，更别说挽别人。所以总是一个被闺蜜们挽着拽着拖着拉着四处奔波的角色。有过被无形间挂上专有头衔的不自在，倒也不觉得反感。只是当闺蜜的手凉凉地挨上来，又因为一路微弱颠簸而弄得小臂痒酥酥的时候，会不温不火地说：“你应该去挽男生，真的，男生缘一定很好。”

因为能够软化人心。

就像我仍然在拿“她们”作蓝本，向往这些我曾经得到又失去的甜腻得要掉牙齿的画面，惶惶不安地想有她们的模板在，如果注定此后就没有了交集，我对往后的闺蜜岂不是要百般挑剔。

[3]

“家具一定要是这样的吗，栗色餐桌栗色衣橱栗色床头柜，白色沙发白色吊灯白色大浴缸，或者还有灰色的黑色的，以及堆放在这些之上的色彩斑斓的一团团杂物？难道不会觉得沧桑吗，就好像是自己一呼一吸间的气体交换都能把身边的家具污染了一样？难道不会觉得苍老吗，就好像是再也提不起精神修修换换，于是急着要与家具们白头到老？难道就不会觉得严肃，觉得沉闷，觉得……吗？”

“这是年轻人才会有的念头啊，”母亲说。“你还想怎样。”

“面朝大海，春暖花开一直是我的梦啊……开玩笑的啦。”

不想要太大的房子，虽然小时候总爱口口声声地把未来搁在一个不切实际的位置。好比在问你，以后想做什么呀，你气定神闲地说想当教授；以及在草稿纸上画了几张家居平面图，便说以后要住大别墅，还把“大”字延出一个骄傲得傻气十足的尾音。甚至还在小孩子们玩手掌算命时，给自己算出了个“住别墅”，就兀自得瑟了好一阵子。且不说当年这“未来”的起步价也太让人头疼，即便阿拉丁的眷顾让我美梦成真，以我这半夜三更能被楼下一只叫春的猫恐吓得近乎失眠的胆量，又怎么不会被自己在阁楼和地下室间穿行的影子，和被拖鞋的踢踢踏踏弄得落荒而逃呢。房子小巧玲珑就好，若是再有个能通往天花板附近如鸟巢般的小阁楼的旋转台阶，自然更是别致。

至少要有一张柔软的床。人一躺下去，那些厚厚的棉织物连同床垫便会微微地下陷，就像困倦袭来时那种昏昏沉沉的坠落感，仿佛被海浪包裹还伴有催眠般的轻轻摇晃，比酒店里那棕栗色与白的格调的生硬和冷漠更增添了几分人情味。“我讨厌我住过的任何一间卧室。”我有时会抱怨。它们有的在我还没有发言权的时候，便被父母用大人的眼光装修成了色彩缤纷；有的被幼儿园的我贴满了名侦探柯南和凯蒂猫，却又因为失去偏爱而留下胶水与撕扯的遗迹；还有的除了身侧有一堵白墙外，其余方向都给我留了白，因而铸造了头顶房门脚踩阳台的壮观。我真是恨透了这些让我因为从玻璃幕墙外透进来呜呼哀哉似的感叹的风号，而不得不被惊扰得彻夜噩梦不断的房间。我甚至病态地向往那种胶囊般仿佛能在一张床上进行完一整套生老病死的蜗居，其中包括在哐当哐当的红皮火车上进行长途旅行，以及在吃了缩小丸后娇气地躺进婴儿摇篮。

要给这座房子定一个明媚的色调。浅湖蓝是首选，其次是麦田黄，以纯白为底色再混上碎花、格子、波点等样式，用于窗帘桌布墙纸等便能清清淡淡地给房子做铺陈，添几把椅背上有镂空纹图案的软坐垫椅子，再像往热汤上撒芝麻粒似的落上大把大把充实饱满的日光。我即便是脾气坏到了极点，迎面而来的是这样的暖色，攥紧的拳头与棱角分明的指节也会有所松懈吧。然后恶狠狠地往沙发上一仰，深呼吸一口新鲜空气，陷在绵绵密密的布料里便一分一秒地流逝了坏心情。所以沙发必然是要经得起蹂躏的，至少在上面踩踩也不能留下凹痕。小时候每遇上什么好的讯息，特别是在学校考出了好的成绩以后，放学后我便一路小跑狂奔进家中的客厅，一言不发地在真皮沙发上弹跳到从沙发背上翻下来为止。这时母亲总是心疼得惊叫，毕竟沙发上愈发悲壮的凹陷仿佛时刻都有个隐形的胖子在上面正坐，只能拿沙发布小心翼翼地遮掩，连连说来客人时还要坐沙发呢。其实客人也只是过年才来坐坐，而我却是在长沙发上面蹦蹦跶跶着过了一年又一年。

[4]

总是做这样的梦，梦里我飘浮在一片苍茫群山之上，并没有滑翔伞也没有大鸟扇动的翼，而我被不知名的外力承托着，无畏地向一汪黛蓝色湖泊俯冲，却在近在咫尺的地方伴随着一群从湖底涌上来的青鸟轻飘飘向远方浮升而去，指尖触碰到大红色灯塔未干的油漆。又或是梦见踩在漂浮的石子上，蹚过深不可测同时又动荡不平的湖水，摇摇欲坠的身体似乎随时都可能宣告败北。而我却执拗地举着一台玫红色照相机，喃喃地说湖对岸有漂亮的风景呢，眼睛越过湖对岸的山丘，看到远方那片蔚蓝色的岛屿又离自己近了一些。

梦里的感官都像是真实，看得到听得到嗅得到山山水水间那脆弱又悲壮的美，但风景却是不曾见过，只是依旧被梦里的自己打上熟悉的烙印，叫我几乎不舍得从梦中醒来。

我是多么地渴望赴外地旅行，这样的念头常让我心神涣散。我当然不是说那种马拉松式的跟团七日游，而是就那么没有目的地地一路缓缓而行。没有机票上的数字督促我暑假要结束啦，也没有“作业与家务”的重任压肩，只是想歇便歇了，想写便写了，说走了就走了，说留下就留下。比起游历观光，它更趋近于一场衣食无忧的流浪。但这些终究是离我还太遥远，等我将来囤够了资本，或许又早已不再年轻气盛。

“但我还是想。”我对闺蜜说，“我要用照相机拍下一整个秋天的既萧条又固执的金黄的胡杨；我要独自骑没有牧马人在前头拉着缰绳跑的马；我要戴着被钓鱼者遗忘的斗笠垂钓；我还要坐漫长到似乎能穿越一个季节的红皮火车，然后到一个荒无人烟的铁路站点后，沿着空旷的曲线绵长的山坡一路狂奔而下，风把头发鼓胀得像船帆。如果你也在，那么我还要对后面的你大喊‘我不会拉你一起冲因为你跑得没我快……’，多浪漫又不切实际的事情。”

“我喜欢你的最后一句。”闺蜜说。

“……只可惜在此之前，我还是个连稻草人和乌鸦都没见过的幻想者啊。”

[5]

我想我是该把这封慢邮寄出去了，寄给那个不知道在哪个地方，还没有与我见面并顺便把我取缔的你。我还没有找到你，而你却可能已经在那把名曰“当年”的灰烬中看见了我。那个热血地做着塞满了“不可能”的白日梦，又在听说了慢邮这一回事后，难以自已地想听听慢邮落进信箱时，那一声轻快而又顿重的咔嚓的我。

你问我哪里有慢邮寄呀。亲爱的，我也只是想想而已。

# 晚安，晚安

[1]

晚安，我在电话这头说道。

挂断朋友的电话后，我揉了揉酸疼的肩膀，熟稔地用指尖蘸水湿润一下干涩的眼眶。然后又面无表情地坐回电脑前。夜色游过我的身旁，让衣袖外的手指冰凉。键盘哒哒的小声音能够催眠我，一下一下疲惫地敲打在我的眼皮上。

全世界都在沉睡，而我醒着。

[2]

熬夜是很刻意的行为，味道就像煎一服中药，只有硬撑下去才能“熬”过一个艰难又苦涩的夜晚。所以小孩子不会熬夜，即使很想看完某部动画片，或者一群人闹得难舍难分，也要被迫回到各自的被窝里睡觉去。就像那首被用来催眠的歌谣，母亲曾用柔缓的调子唱道，“小宝宝，快快睡觉，乌鸦喜鹊树上睡了。小猫小狗，快快睡觉……”。或许是我在摇篮里受到过它的潜移默化吧，觉得如果没有和这个世界同时进入睡眠，就是顽劣甚至羞耻的。

可是总有这样的时候，乖巧地平躺闭眼却偏偏无法入眠，光是想着“明天要去春游哦”就能自动抵消所有睡意。其实学生时代的春游都长着同一副脸孔，在旅游大巴上和男同学说话，或是不合时宜地在座位上偷偷地吃零食，都比在死板的景区里打瞌睡要愉快得多。可是我在那个年纪从来不会这样想，早在睡前用膨化食品真空袋和糖果锡纸把书包堵满的时候，胸腔里的热血沸腾已然被助长到泛滥时节。

“睡不着……”我在左右滚动了三个小时后终于投降，用等待救赎的眼神，看母亲困倦地拉亮床头灯，再从小抽屉里找出一小瓶白色药片。“实在睡不着吃点安眠药就好了。”母亲平静地用指甲尖把小药片掐掉一大半，说：“小孩子不能吃完整整一片的，只吃二分之一或者四分之一就足够了。”我用温开水把小药片送服下去，想道，“原来安眠药是酸酸的味道啊”。甚至还有略带一分自豪的傻念头跑出来，其他同学都没有尝过安眠药的滋味，而我却尝过了。

我想要头脑清醒地感受安眠的强大魔法。我以为它会是像海啸那样，咆哮着打向我守卫的沙滩，与那些迟迟不肯休眠的神经缠斗，然后把我像战利品一样纳入它的漩涡。它会在我的潜意识里发生噼噼啪啪的化学反应，直到我困乏地昏睡过去。可能是我的神情严重偏离母亲的本意，她气坏了，开始不动声色地深呼吸，说道：“安眠药一般在半个小时后发挥作用，你什么都别想。好了，快把眼睛闭上，晚安。”而我被母亲这句严厉的命令语彻底地哄安稳了，尤其是末尾时愤怒的“晚安”二字让我又安分地匀起呼吸，没能等到滔天巨浪将我吞没，便陷入了甜美的安眠。

我就是这样误以为自己是吃过安眠药的，而且不止吃过一次。虽然在这些吃安眠药的经历中，母亲用指腹拣出来的四分之一有“无药效感且零副作用”的特性。甚至还能让我在被安眠药催眠了两个小时后又醒过来，想嚷嚷“四分之一的分量太少了不够用啊”，但又不敢吵醒熟睡的母亲。只能把焦灼压制在被窝里，汗淋淋地看着天空一点一点变明亮。

后来回想起伴着母亲的安眠药从天黑熬到天亮的事，好像就只有这么一次似乎很是有效的。但我仍然相信安眠药百分之百的无害，相信安眠药是酸酸的味道，相信安眠药的力量就像海浪一样强大，它怀抱着庞大的叫做梦魇的漩涡，还有与生俱来的能与失眠抗衡的魔法。

可是为什么那个棕色小瓶子上写的是，“维生素C片”呢？

[3]

那终究是被码上“小时候”标签的字样，连“失眠”这样惆怅的词汇，也能被一片维生素C困扰得很天真。少年们就在这样的天真里浸泡成更锋利的模样，或多或少以打破规矩为乐，抱着胳膊不屑地说，“你才是好孩子呢！”小时候的褒奖渐变成骂人的字眼。

我在初中时代就是因为这个，而变身抗宿管群体的代言人，以至于“宿管”的音节还没从牙缝里发出来，就立即有人宽慰地对我说：“行了行了，知道你最讨厌宿管啦。”只可惜世界上依旧有这种生物的存在，她们的言行举止都与“女人”相背离。她们身穿黑色制服潜入休眠中的学生宿舍，她们不穿高跟鞋所以走猫步没有动静，她们从不化妆所以可以用白煞煞的脸装神弄鬼。她们古板又刻薄，她们粗鲁又无坚不摧，她们有校规作为尚方宝剑，所以学生的投诉对她们来说都是小儿科，她们背负着女生们的恨意却依旧活得挺快乐。

但是她们就像游戏里飞扬跋扈的恶人，庞大却只是一副虚张声势的空壳子。我们压根儿并不怕她们，蹲在床板上忘乎所以地享用晚自习以后的短暂休息时光。足以可见“女生宿舍阴气重”的传闻不是空穴来风，我们总是在深夜里唱歌跳舞，跳得鬼魅丛生。

我们住的宿舍方向朝北，即使被冬季的寒风吹开虚掩的门，也没有人敢与摇摆不定的门抗争，好像是看不见的鬼在风中拧门把手。下铺的人的眉头被北风冻得锁起来，人也锁起来，裹一床棉被可怜兮兮地悄悄投奔睡在上铺的人。

我也是睡在上铺的，但觉得在这摇摇欲坠的木板上，团起两床棉被似乎有些太不自在，下铺那人也抱着这样的想法。于是当我们在一阵豁然开朗的劲风里，扯过蓝条纹被子蒙住头的时候，我们听见宿舍里嗡嗡的人声就像听见了蜂鸣。宿舍里老旧的空调有自动开冷气的技能，但却只限用于冬天，所以当它发脾气的时候，总能让这个孤单的上下铺更加孤单。而有先见之明的人们在隔壁床彼此挨挤，侧过脸用小虫般细弱的声线说悄悄话，还彼此温暖地轻轻笑起来。这时我只想对下铺那个蜷缩的人影说："都固执什么呀，还是上来吧。"

然而这只是冬天，空调在夏天里会发出有什么人从棺材里爬出来的声音，在空调机里吱吱呀呀地大动干戈。可惜吹出来的都是热浪，三分钟就能把床烧成东北炕。我们只能恨恨地从炕上滚下来，抱膝围坐在凉凉的地板上，讨论些没有答案也没有营养的话题。一人说："我觉得你和某某某很般配哦，都爱抢别人的东西吃，自己有吃的东西又捂得死死的不肯给别人。"另一人叫道："这是什么怪理由。那你和某某更般配哦，你们都爱说俏皮话。"然后先前说话的人变成愤怒的小白鼠，小声尖叫着用手指去掐她。

我们心安理得地享用着这些，坐在夏天的冰冷里，躺在冬天的温暖里。我们谈到某个被老师赶出教室的男生，就要愤慨地说老师怎么怎么蛮不讲理。我们唱歌，就要像我们开的演唱会一样唱得轰轰烈烈，可以从"谁再用琵琶弹奏一曲东风破"唱到"我们还能不能再见面，我在佛前苦苦求了几千年"。新的到旧的，年轻的到沧桑的，含蓄的到奔放的；还可以用接龙的玩法，搞起唱歌接龙来，慌不择路地连一些传统老歌也都能准确地哼出来。有人忘我地叫道："感谢粉丝们一直以来的支持和陪伴，我爱你们！"还有人在头脑风暴中不声不响地竟然独自呼呼睡着了。

经历了一阵闹腾之后，倦意袭来，一个个都在哈欠中宣布放弃，丢出一句"晚安"便仓促退场。只有我还在不依不饶地哼着余下的曲。在那样的静谧里，我甚至还能听到宿舍楼下的荒野里有女人在低泣。说是低泣，却还搀和着怪笑和啼哭的成分。可能是个孤苦伶仃的疯子，也可能是我的幻听。但我忽然就觉得害怕，于是装作不知道游戏结束一样，冲着这片荒谬的万籁俱寂大声说道："啊，我想到了，上一句可以接到'无量心，生福报，无极限'。"

可是，已经没有人回应了。

这就是记忆中我的初中时代，那时还太年少，还可以拿大把充沛的睡眠时间去交换自由。那些自由是看得见摸得着的，召之即来挥之即去的。它们就滞留在我们睡衣的衣袖里，娇声娇气的喷嚏里，还有压抑的眉宇很低的笑里，就这么亲切地别在我们身上。然而我们还不知道，它们还会变得更单薄，更脆弱，我们会变得无力，变得消沉，变得会在回到自己生硬而温情的上下铺后疲乏地睡过去，然后除了均匀地呼吸以外再没有力气做任何动作。

[4]

后来我用中途转学辞别了我两年的初中寄宿生活，住进一间出租屋，读初三的我没日没夜地赶作业。“你也是知道的，赶作业是那样不浪漫的一件事。”我夸张地对朋友说道，朋友无奈地耸耸肩。已经习惯用无所谓的态度去对待这些无力顽抗的东西。虽然还是会在深夜里，用微瞌的眼挣扎着，分别瞥了一下手表与作业后，忽然就没有先兆地暴躁起来，想要摔册子大叫，“我就偏不写了你能把我怎么样!”但想起到了第二天以后，老师还是有足够的理由能把我断然赶出教室的，于是又很没骨气地伏在练习册上变得安分起来。

有时会打开电脑，看到聊天群里大片大片的灰色头像，就会忽然觉得落寞。好像他们就在我的眼皮底下变成了化石，年轻与鲜活都被凝固在这样的灰色里。只有那么零星的几人，还在群里讨论些有的没的。

“明天升旗要穿礼仪服吗?”

“应该说是‘今天’。”

“哦，今天升旗要穿礼仪服吗?”

“喂，你们两个都傻掉啦。这周不是已经升过旗了吗。”

“好像是吔。”

……

他们说得像是真的傻掉了一样。

我说：“还真有人没睡啊?”

“是啊，还有很多作业没写完呢。”他们迷迷糊糊地说道。虽然只是打字，但我还是能从他们的句子里想象出他们迷糊的表情，“可惜人不多啊。”

“可惜人不多啊。”被人漫不经心地说出来，却是一条不为人知的咒语。一旦咒语的音节从唇边坠下来，一大群灰色头像就会受到召唤似的发生骨牌效应。他们前一秒还躲在化石里，后一秒便一齐浩浩荡荡地破土而出，呸呸地吐出嘴里的沙土，嚷嚷道：“我也是啊，作业还有一大堆。”“这么多作业，何时才是个尽头！”“你们怎么都冒出来了？”……

有人说其实大家都没有睡，只是偷懒不想说话。然后他说起群里的事，说某某有天补作业补到三点半左右，看到群里空无一人，没忍住就得瑟了一句，“早上好!”然后某某某忽然跳出来无标点地大骂，还说“……我好不容易才睡下去，刚睡着就被你一个‘早上好’给吵醒了，我只是忘了关手机而已啊，我想睡个觉啊，我容易吗我!”他说的把所有人都逗笑了。

这时不记得是谁说了句：“忽然觉得好温馨，就像家一样。”

在那时，由于我刚转学来到这所学校不久，我与他们还是陌生的，他们中的多数人对于我来说，还只是一串陌生的脸和名字。所以和“集体荣誉感”无关——我讨厌这个没有人情味的官方名词。而在那个冬夜里，我们都想象到了同一幅画面。

想象中我们坐在一栋巨大的老别墅的客厅里，所有人都在愉快地忙着自己的事情。有人端来姜饼小人和水果沙拉，有人在厨房里偷吃火鸡，有人仰在沙发的白色抱枕上看书，有人蜷缩在摇椅里浅眠。说得肉麻些，就像是一家人。并不是所有人都在说话，而是有的人在侃侃而谈，有的人只是在聆听，但总是热闹的。我们围在温暖的壁炉前，还把炉火烧得旺旺的。

“晚安。”有人望着炉火，说道。

[5]

“晚安。”嘴唇发出声音，嘟起嘴再咧开成一个傻笑的口型，很小地停顿后咧开多一点，喉咙里发生轻咳般的碰触，然后傻笑就会更加天真无邪。“晚安。”有这样可爱的发音，但为什么没有人陪我熬夜了呢。

那些和我说过“晚安”的，都像是乘小车经过我的旅人，只来得及挥手打声招呼，而又无声无息地奔赴远方，留下我孤身坐在路边，把这些须臾间的相逢反反复复思念。就像这时，母亲在主卧房困倦地睡去，更多的令人头疼的琐碎被她搁在天亮之后。朋友在电话那头裹紧了棉被，算一算还剩下几个懒觉可以睡呢。而同学们为作业为游戏为失眠在网络上奔波，问我在干什么，又劝我早点睡。我只说，“赶着写一篇杂志编辑部的约稿呢”。然后不再打扰任何人。

不过这些都只能发生在寒暑假，开学后我们都是同生共死的大忙人，但我没能允许自己在这样的假期里变懒。空下来的大脑连个哈欠都还没打，就被我塞满了囤积货，想要看的写的想的，统统在这个时候充当囤积货的一部分。

“如果没看完这十本小说就不能买新书!”

“要在约定时间前，完成几个杂志社和报纸编辑的全部约稿!”

“快把那篇小说构思完吧，要开学啦，开学以后就没时间啦!”

……

那些蛰伏在头脑里的被唤作“灵感”的生物，都是有脾气的家伙，太阳光不能引它们出来，一点锅碗瓢盆的嘈杂就能将它们吓跑。为了迎合它们，我甚至培养出和它们相吻合的生物钟，起早贪黑地盼着和它们约会。有时盼得不耐烦了，还会在听到有人拔高嗓门说话时堆出一脸怒气来。

但是夜晚的它们却纷纷剥去胆怯的壳，乖戾地在头脑里蹦极。我刚想打个哈欠，它用“瓶颈”的信号要挟我把哈欠吃掉。我刚想伸个懒腰，它又命令我垂下手来敲出一份提纲。起初我不服，在强行消灭了无数个哈欠和懒腰后，抱着键盘甜美地睡去。而它们耸着肩膀围观，直到我在几分钟后惊醒，发现自己的额头安逸地枕在键盘的回车键上后，它们才回报我一个狂野的讥讽——那成百上千页的回车符号让我险些“弃笔从戎”。

于是我不再反抗，甚至习惯和它们在三点半并肩作战。这时候好像全世界就只剩下了我，没有人催促说“你到底写完没有”，我不需要用抓狂的喊叫来回应，没有人端一杯温热的蜂蜜水说“蜂蜜润肺的，快喝”，我也不需要皱着眉头咽下那腻人的甜浆。只有冷漠的钟表还在房间的某堵墙上走字，而我僵硬地站起身来走到厨房去喝一杯水，顺便拧开水龙头湿润这张干燥的脸。

我用指尖蘸取水龙头里冰冷的液滴，在微瞌的双眼上摁两下，再掬一捧胡乱抹在因电脑辐射而发烫的脸颊上。我一气呵成地做完这一套动作，就像是赖床的人把闹钟直接扔进水桶里那样熟稔。然后我又清醒地坐回电脑前，想着既然已经这么晚，就不睡了吧。

不过这个念头支撑不了多久，太晚的话连灵感们也要打起呼噜。我只能像只小鬼似的踮着脚尖一跳一跳地回房间去，路过父母的房间时，母亲听到我的小动静，惊觉地伸手想要开灯，喃喃道“几点啦”。而我一想到钟表上显示的“三点半”就一阵不寒而栗，故作镇定地低声回答道：“别开灯，才一点半呢。”

还有这样的时候，我良心发现立誓要在十二点前睡下去，或者灵感忽然和我闹矛盾，就像一桩巨大的朽木似的，养分枯竭得一滴都汲取不出来。这时我就会在我亲爱的旧床垫上躺下，扯过被子捂住半张脸，激动得只想大叫“我高兴得都要哭啦!”其实并不是我只能睡旧床垫，我只是讨厌那张没有安全感的席梦思，而那张即将被丢弃的旧床垫让我一眼就爱上。它被母亲搁在一扇米色的小飘窗旁，再覆压一层又一层巨大的厚被褥和抱枕，我就享受地蜷在这些被褥里面，瞥着不远处无人的席梦思傻笑。

我觉得，只有这张旧床垫才是真正能让我安眠的温柔之乡，它不必是辽阔大气的原野，也不必是瑰丽迷人的花田，只是舒适如一小片包容浪与风的海域，烦恼和忧郁被轻轻送达它们该去的地方。而我躺在旧床垫上看天花板。可能是有光吧，天花板是波光粼粼的蓝色，就像那句是谁说过的，海是天倒过来的模样。

然后我就能想到很多，想到我一直想写的小说，想到它其实可以用某样事物作媒介，男女主角比邻而居生活在一个并不存在的小城里，那个小城不下雪但是很冷，他们是朋友但总被人说成是恋人。就是这样好像开了窍，我甚至忘记我已经有大半年都对小说没有头绪了。可就是在这样一个夜晚，突然灵感大发，我快乐地看着蓝色的天花板，想到了所有我迟迟没有想到的，从男女主角的名字到小说的每一句对白。

于是我忽然就披了件棉袄翻下床去，不敢开灯就只能从抽屉里摸出笔和纸，然后躲进洗手间开小灯把这些来之不易的灵感都写下来。那时还是深冬，我趴在冰冷的洗手台上觉得快要冻死了，我至少应该穿件保暖睡袍的，但我忘记了。那时还在刮北风，我可以把窗户关得紧一点，再打开洗手台下的电暖器的，但我也忘记了。只是唯独那时还是凌晨，时间是美丽的“3:30”，我却没有忘。

偏偏就没有忘记这个。或许在这一点上，又或者，是这一晚所发生的所有事情，都像是《西雅图不眠夜》里男主角温柔的声音在午间电台里，形容他的爱情时的那一句，“like magic”——就像魔法一样。

[6]

“晚安。”我对夜色轻声说，我爱的灵感，我爱的人们，我爱的世界。你们都太美好，太美好，美好得既不真实也不现实，以至于要有那么多叫做“开学”，叫做“生病”，叫做“成长”的元素告诉我不能再这么做。所以我就要与这无止无休的“熬夜”告别了，你看就像此刻我能在明媚的晨曦中醒来，世界新鲜得像是刚剥去外壳的鸡蛋。这只是我恢复正常作息的第一天。真好，我已经很久没有在说完“晚安”后睡去了。

我走下楼去，冲迎面走来的熟人挥手打招呼：“早上好。”

“天哪，你难道不知道现在已经是中午了吗!”

# 书与你，在哪个频道

“哎，你说为什么有那么多被很多人推荐的书，我看了却觉得一点意思都没有呢，我有那么笨吗?”朋友在网上问我。

“可能你们不在一个频道上吧。”我回复道。

“什么……频道?”

在我看来，就像每个电视节目都有它各自的频道一样，每本书也都有所属的频道。读者可以按照自己的需求，找到相应频道的书来欣赏。从我读书的亲身经历看来，按照自己博览群书的要求，广泛地在各个频道有目的地挑选对自己最有益、最有兴趣的书来阅读，遇到特别好的书还要细读、精读，甚至有时还要进行边读边记的深阅读，这些都对自己文学的进步大有好处。

可是，并不是每一位拿着书的人都是在名副其实地“阅读”。比如一个心情郁郁不乐的小少年，从忧伤频道中找出一本描写儿童悲伤情感的书来看，那么他就会因为接收到能产生共鸣的感情信息从而流下泪来。而倘若此刻是一位刚中了大奖的中年人翻开这同一本书，他自然会因为所读的书不合自己的胃口皱起眉头，像在看一堆乱码似的一目十行，那么他这就不能算作“阅读”，充其量只能算作“浏览”罢了。

因此，如果只是应付式地浏览，那还不如不看。

记忆里，好像从很小的时候起，我家就有个属于我的大书架，是带有年轮的醇厚感的木制品，外层镶有防尘的玻璃门，似乎要把书呵护成艺术家的藏品。书架有三层，被我踮着脚尖一本又一本地码上去，从下往上依次排列，也是从“最对我胃口”到“实在意兴阑珊”。这是件有意思的差事。多少次，我站上小板凳奋力地在书架上寻找，“什么样的书适合什么样的情绪和天气”，觉得这就像一门快乐的学问。

可也不是没遇到过选错了频道的书。为一场突发的考试，为一些荒唐的冲动。于是开始把书翻得哗哗地响，连同脑子里的声音也一起躁动不安地尖叫，“看不进去啊”，“还是看不下去”，“算了我不看了”，仿佛那书页上乌压压一片的都是条形码。纵使那故事再刀光剑影，尔虞我诈，环环相扣，我也不过是个跷着二郎腿旁观的看客，抱怨道，“这和我有什么关系呢”，弄得谁都不愉快。

我在平时虽然很想按照自己的兴趣，多看相应频道的书，但作为一个中学生，要上一整天的课，课后老师都抢着布置作业，在如此繁忙的学习中，要想挤出点时间来谈何容易。于是我慢慢变成了时间的吝啬鬼。无数个堆砌出来的下课十分钟，看书；右手拿筷左手扶书的吃饭二十分钟，看书；“午睡半个小时就够了”的观念省下的午觉三十分钟，看书；晚自习后宿舍熄灯前的三十分钟，看书。还有不再枚举的其他。硬生生压榨出一小时以上的好时光。

每逢周末去理发店洗头的时候，我也要显摆似的携上一本喜欢看的书，然后在吹风机呼呼的吵闹时头也不抬，屏蔽一切干扰，依旧顽固地与作者沉溺在同一片阳光下。以至于我作为那家洗发店长达八年的老客户，即便头发长长短短变个不停，也能被理发店里的师傅们一眼认出，用调侃的语气问我：“嘿，今天又带什么书来啦?”

牢记这样的小法则。遇到灿烂的阳光天气，带一本愉快的书出门，坐上秋千笑得摇摇晃晃。或碰巧是倒霉的阴雨天气，那就把自己锁在湿漉漉的房间里，看一本悲伤的书，然后小哭一场。这些时候，情绪恰到好处地扣紧了与作者的维系，再让被适宜温度助长细腻的情感，缓缓地把我推向作者内心那片澎湃的海。手指滑过粗糙的纸页，或许还能触碰到两个频道间疑似磁性的东西。

虽然在我阅读的大部分书中，书的作者与我并不是同龄人，有时连相仿也谈不上，但我读起来仍然兴趣盎然。就像我最喜欢的一位青年女作家，她与我至少有十五岁的年龄差，但她的书却泛滥着少女般的柔情，以至于完全吞没了我与她之间代沟的痕迹。她甚至会让我产生错觉，仿佛写这本书的人，只是一位如我一样十五六岁的敏感青涩的小姑娘，她就拽着我的胳膊坐在我的旁边，时而轻皱眉头时而又笑容欢快地喋喋不休，说她全世界最帅的老爸，说某个不善言辞的黑发男孩，同时倾倒她的委屈，她的冒失，还有她无穷无尽的幸福感。而我用大半时间惊喜地叫道："我也是这么想的啊！"所以我甚至从来没有想过要去参加她的新书发布签售会，我怕看到这位美丽知性的女子待我如普通读者般的亲切，因为在她的书里，我们早已是更亲密的朋友。

还有这样的记忆，放学后下午悠闲的五六点，我和朋友去学校图书馆消磨时间。有一本书我兜来转去找了很久，朋友也帮我一起天南海北地找。就为了找一本我感兴趣的频道的书，我们却分头找了近乎一个小时，找得肚子都饿了，然而到最后谁也没有找到。我有些沮丧，回头看朋友还蹲在地上朝着书柜不罢休地观望，她眯着眼睛几乎一本也没有放过，夕阳把她微曲的脊背染成橘色。我说，"走啦"，她却又固执地在继续吃力地找着，终于在书架最底层一本厚书的后面，把那本我想要找的书喜出望外地提溜了出来。她可怜兮兮地朝我伸手，"快拉我起来，我蹲得太久腿都麻了。"

初中毕业后的回忆总温暖得让笑容发酸。

"这样啊，那我就到我感兴趣的频道找书去咯。"听完我的解释，朋友在网的另一端敲击键盘，"不过，你在哪个频道呢？"

"我啊，我在想念频道。"

## 荆棘花道

我在一条荆棘花道上走了很久，是梦想在那花道的尽头。

——题记

小时候说过：“才不考清华呢，我的梦想是考北大呀。”我说得大言不惭，好像清华北大都只不过是菜谱上的两道牛扒饭，伸出食指点一点说：“淋番茄汁的牛扒酸味会比较重呢，那就要淋黑椒汁的吧。”所以我说出这句话的时候，并不是豪言壮语，而单纯是听不知道谁说的“北大宿舍里的每张上铺床下面都有书桌哦”以及“北大食堂的馄饨面是很好吃的吔。”我对这些话甚至连真假都懒得核实，就奔着一张桌子一碗面追逐梦想去了。

“只可惜有太多的人都想在那张桌子上吃面。”后来我这么为自己辩白。上了中学以后，我彻底地放弃了这个念头，因为它遥远得几乎让所有的人都心知肚明这不切实际。就这样，我的梦想从海市蜃楼跌为妥协的一句“只要是能读重点大学就行了”。就这样踏踏实实地走下去，别人上刀山下火海我跟着炼钢铁之躯，别人过独木桥我也挤上去凑个热闹。既然想当天才的白日梦做不成，那就干脆横下一条心来苦读吧。

于是我说出我要当一名优秀的理科生，意料之中的所有人听后都很欣慰。父亲说：“那就学理吧，女孩子当理科生，是个不错的选择。”老师说：“学理吧，升大学理科生的录取几率比文科生要高很多，而且就业领域更广。”人们几乎众口一词地认为，好像理科就是一条顺风顺水的小舟，只要你安稳地栖身在它的乌篷里悬梁刺股式的苦读，不被大浪打得掉进水里，你就能从今往后百分之百地一帆风顺。

可我后来为什么又觉得，快要熬不下去了呢？

这样的——

同样的老师，有的在课堂上说话轻轻柔柔，能引起聆听的欲望，有的还能时不时冒出些可爱的小幽默。但从他们口中吐出的每一个句子，都像是被支离破碎地拆成无线电波，再被我暂不短路的耳朵逐字翻译出来，缓慢又艰涩如异国语言。

这样的——

同样的课本，被阿拉伯符号组合成的式子是漂亮的流线型，随手提溜出几个都会让人觉得高深。但我就像是患上了一种叫做“理科符号失忆症”的怪病，“点与点啊、点与线啊、线与线啊，天啊——”我仰在椅背上把笔记本捏出皱痕来，这时听见母亲对父亲私语道：“女儿学理科的知识老是记不住该怎么办呢，广告宣传说某某口服液可以增强记忆力，你说要不要买点让她试试？”

还有这样的——

同样的考题，白纸黑字标注着“模拟卷”或“全区统考”的字眼，老师不屑地说再没有比这份卷子更简单的了，全都是考基础知识的。这个题目是作业原题，那个题目又是课本练习。但一张张理科考卷摆在我的面前，却觉得既艰深又陌生，试卷上所有看过的做过的讲过的，几乎都是我的盲区。想要在记忆里搜索出一道例题甚至一条公式，结局都会让我手足无措。

可是同学们都不是这样的——

他们能毫不犹豫地把老师没说完的下半句喊出来，他们能把成版的化学方程式背得如同九九乘法表，他们还能骄傲地做出谦虚模样，“说什么呀，我附加题的最后一步又算错数了，怎么可能是第一名呢。”而我中规中矩地坐在补习班里，在补习老师濒临不耐烦的再次讲解后，泫然欲泣地摇摇头，发出一个足以让老师绝望的音节，“啊？”

可是，那条顺风顺水的小舟呢，是不是连船票也忘记了发给我，巨浪击打在皮肤上辛辣而咸涩。久而久之连我自己都要说，“我根本就是没有理科的脑子啊。”这是补考名单告诉我的，这是父母从惊涛骇浪的失望变作波澜不惊的“习惯了”的表情告诉我的，也是老师在谈论每个人的进步和退步时对我再直白不过的忽略告诉我的。

我这样对父亲说过，“理科我会努力学好的，可是我真的没办法喜欢它们。”这些都不是我的全部。而那些作文被无数次当做范例的经历，那些被同学评价过“你真的很厉害”的学科，那些老师骄傲地用英文介绍说“她的英文写作很有天赋”的话，都被我远远地丢下了，它们才是。它们甚至能拼凑出来一幅新的藏宝地图，在这幅地图上标注的是一条新的路。我回头望了望理科生的路，它笔直又平滑，但它危机四伏。我又看了看地图，灰色天空，鸟雀消失踪迹，荆棘刺眼地倒伏在道路旁，而行人像是迁徙似的，蹒跚地在这条路上挣扎。他们的眼睛望着雾沉沉的未知尽头，我觉得那里会有一座城堡。

我说，我要学文科。从来没有这么义无反顾地决定过什么，父亲问我能不能再忍一忍，而我只是固执地摇头。后来我对朋友说：“我是真的觉得开心呢，你看这些文科科目，它们都是有很大的想象空间的，无论是画面还是故事。至于理科，看到无穷大的符号，你真的会把它想象成半件泳装吗？”

这就像是天赋一样从来不需要勉强。我再也不需要花费太多的精力，去纠缠理科公式枯燥的前因后果，转而被一种近似于迷恋的情绪萦绕着，就在荆棘花道上坚定地走下去。我和朋友说过，古代诗人中我崇拜陶渊明，是因为他浓烈的归隐思；地道的外语发音可以让任何人拥有咖啡般的优雅；地图册上的针叶森林和荒凉大漠是我旅行的必经地；每一个王爵都是悲怆的凯旋诗。

不想用“爱”来表达啊，更不想用“热爱”，听起来那么俗气，可我还能怎样去形容？形容那些不再“煎熬”的四十分钟，老师讲林觉民讲到声音哽咽，又或者，潇洒勾出一张理想大陆自然带都像是在谈论自己的江山，然后指着一片辽阔的草原说：“这里是我家。”我支着头仰慕地听山听水，再在课本上这一行那一点地忙碌，阳光会在这时候猫着腰钻进我的臂弯，告诉我外面晴空万里。就连焦躁不安的考试倒计时也能被我安置在一块巨石上，巨石在小区的人工湖旁，我就抱一沓复习资料坐在上面从日出到日落，把经济全球化背成让健身的老人们都要回过头的大声，还觉得这样很帅。

是真的觉得很开心呢。那就这样走在这条荆棘花道上。我提着宝剑如同骑士一般地洒脱，荆棘割破我的衣袖，我以为是撒娇的玫瑰刺；柔软的淤泥困住我的鞋跟，我以为是青草中的浅水洼；雾沉沉的那不是乌烟而是仙气，而我觉得快乐。

那座城堡就是我的梦想。

# 久落尘的胶片

# 一如三年前的香气

当我散步路过小学校门的时候，我不曾想过可以进去。我驻足在电动门外向校园内窥探，试图让视线穿越建筑物的阻隔，看得更远些。

然而我似乎听见有个声音在唤我的名字。我试探性地侧过头去，看见一个高挑的保安从门卫岗亭中笑嘻嘻地走出来，肯定地说道："同学，我认得你，是不是刚出了一本书呀？"我一时无措竟不知如何作答，倒是忽然想起他的面貌确是有几分熟悉，不禁惊喜道："我也记得你啊，以前每天中午我都要拿放行卡在你这儿过目的。"我们寒暄了几句，他邀请我进校园里看看，感慨道好像我离开学校并没有多久，而我却说已经三年了。

三年，如伸个懒腰一般简单而慵懒地度了过去。

我小心翼翼地迈进了校门，带着如同初次踏入某个陌生区域般的心情，惶恐同时又隐隐急切地期待着什么。学生们都放假了，此刻的校园像是沉睡中的动物，温润的呼吸一起一伏。我静悄悄地一步步向前探去，不时扭动脖颈，看地面，大树，建筑，蓝天，再往复，地面，大树……轻轻地怕是惊扰了什么，感觉倘若我咳嗽几声，那冬眠动物便会轰然惊醒，顿时下了课的戴红领巾的小孩子们欢呼雀跃地蜂拥从楼上跑下，女孩子的羊角辫在她们耳后一甩一甩的，就像当年天真无邪的我们一般。我深呼吸，抛开大脑中那些嘈杂的幻觉，路过几位科学家的半身雕像，向操场走去。

操场被清晨的阳光蓬松成暖融融的样子，低年级游戏区域的彩色滑梯依旧总是保持着干净，那里曾是我们自由活动的最佳场所。记得那时因为一些小家子气的缘由与同伴常常拌嘴，激动时甚至互相扯过头发，却又在消气之后面对面坐在跷跷板上冲着对方傻笑。滑梯的一侧是学校的围墙，透过黑漆漆的栅栏可以看到，又有一排栅栏在它之外给学校扩充了领土，封锁出一个看不出有任何作用的空地来，我撇撇嘴，想必是操场上不时飞出的篮球、足球、实心球，惊扰了路过的居民吧。

放眼望去，红色的橡胶跑道把操场围成标准的椭圆形。记得有谁说过，毕业时一定要做的事情，其中有一样就是在操场上要跑上几圈，你会发现你不再讨厌它了。于是我把袖子象征性地挽起，像当年的我一样迈开大步迎着风疯跑，好像随着步伐节奏的加快，灵魂便会随风高高飘扬起来。绕着操场跑了两圈，我大呼“轻松”。对比起中学那气势磅礴的四百米跑道，这二百米操场简直小得可怜。然而三年前，当我筋疲力尽地冲完第一圈，第二圈的漫漫路程便是在我“救命啊，我不行了”的叫嚷中度过的了，哪怕事实证明我细弱的“咆哮”除了自己根本没有人听见。我尽情地沉湎于这些怀旧情绪中，甚至站在操场黄色的坐标点上，转换着各种角度仰望升旗台上的国旗和校旗，肃穆地行了很长一段时间的“注目礼”。或许是我的表现太不寻常，以至于清洗游泳池的伯伯从旁边经过，用异样的眼神把我从头到脚打量了几番。

太阳升得高了，并且有不断升温的危险架势。我绕出操场走进林荫小道，空气中塞满了青草气息，我倚着水泥砌的乒乓球台小憩，却不料一声沉闷的声响从我身侧传来。我惊讶地回过头去，发现是一个不小的芒果从树上掉了下来，直接落在室外的乒乓球桌上砸了个稀烂。想起我们当年曾以摇晃果树抖落芒果为乐被清洁工阿姨训斥了不知多少次，偶尔一个青色的芒果滚落在操场上，我们也会兴致勃勃地一人踢一脚，把那些没有熟还不能吃的小玩物传递到不知哪个角落里蒙尘。

绕过小天使雕像喷泉池，那里的小鲤鱼在我们过儿童节时是可以用瓶子装回家的。环过天蓝色瓷片镶底的游泳池，那里的池水连冬天都保持澄明。缓步迈上熟悉的教学楼台阶，那些文化课的教室，淡蓝色的桌椅排列成标准规格的井字队形，我曾在这里反复实践过“做完眼保健操后世界是蓝色的”这个结论，然而上了中学后又被“做完眼保健操后世界是黄色的”推翻。温润的蓝色桌面，像是海面上的玻璃，而蓝色的校服伏在上面，扩增成视野中浩大的蔚蓝天地。那些艺术课的教室，柜子上陈列着蝙蝠标本、鱼骨模型或是名人画像，学生作品。墙面上粘贴着用大面积卡纸制造的绿色大树，黑色音符或蓝色海草，像窗帘一般挡住了刺眼的阳光，只留下它们应有的主色调。我以前从来没有兴致细微地观察过这些，如今看来倒像个彩色的幼儿园。我有些看不惯这些明艳的色彩，不知是不是一颗心在中学里单调的白色建筑中已经开始老化。

离开教学区，我犹豫了片刻还是向学生食堂走去。自从因为食堂不堪重负，三年级以上的学生统一改革到教室吃饭后，我便几乎再没踏进过这个饭香浓郁的地方。迎面而来的是小学食堂特有的气息，好比中学食堂一直存留着军训馒头难以下咽的味道，而小学食堂便是由海螺状河粉、肉酱面、玉米肉饼等掺杂起来的，其中还掺杂着番茄炒蛋的浓香。我一直认定小学的番茄炒蛋是最美味的一种。食堂的阿姨们坐在红色塑料椅上闲谈，她们热情地和我寒暄，对探望母校的学子表现出欣慰的感慨。而我从椅子间的过道上走过去，贪婪地嗅着食堂的气息。我还记得曾经和隔壁班的朋友隔着两三排位置进行眼神交流，她咬着一大把炒面，用手做捋胡子的滑稽模样。我还记得我曾因为讨厌食堂的许多菜式而几乎开始厌食，却因为怕被学校管制不文明行为的小刺猬侦察队拍下照片而不敢把午饭丢进垃圾篓里，于是下午放学后才把满满的午饭带回家去。然而我只记得我对某些早餐品种的贪恋，甚至感伤“我再也尝不到它们了”，那些曾经让我厌恶至极的菜式此刻和食堂气息混杂在一起，却是让我怀旧地在此沉迷。

那是我曾经追寻过，缅怀过的童年的味道，一如三年前的每一寸香气。

## 离别是沙漏无缺

我乘车去赴一个与一年前分别的初中同学重聚的约会。我读完初二以后中途转学到外校，已经有一年没见了，这次是我赶在同学们初中毕业分手之前与老同学见面。乘车驶过熟悉的路标，徽派校门前的白色校服恍如一年前的每一个清晨。女孩子们并排站在那里远远地冲着我大力地挥手，笑着大喊："你还真穿大长裤大外套来啦！"我想朋友就是这样吧，一年不见我们隐藏起所有的伤感，说着没心没肺的话跑过来给彼此一个大大的拥抱，"想死你了……"

我们坐在空荡荡的教室里，吵闹，叙旧，说些凌乱不成章法的八卦。似乎是无所事事，却被满满的幸福感充斥着，或许能够聚在一起挥霍青春的每分每秒本身就是在朝着梦想奔跑。在那个梦想里，只有一座大房子，几个彼此依赖的朋友，哪怕只是宁静地听着笔在纸上涂鸦的沙沙声，也是生命安逸的休憩和亲昵的满足。没有人提到此时初中已经毕业，没有人提到即将的互相离别，在这一瞬间我们彼此默契地选择了忘却，不是逃避，只是知足和信赖。我们像是一群沉湎于夏日阳光的猫，窝在舒适的角落里只贪求一个慵懒的午后。我们以最大的热情去迎接我们的邂逅，发自内心地用明媚的笑脸去接纳那些矫情的离别。因为我们相信，在多年以后我们仍然能有机会这样或安静或喧哗地坐在一起，没有什么能够改变它的温暖本质，连时间也不能。

还是像当年一样去商讨一些傻事，"谁陪我去找玉米学长要签名？"或是每人抱着一只小黄鸭玩偶满教室乱跑，在黑板上大笔一挥"某某某到此一游"。我们嚷嚷着走出教室，站在走廊上，张开双臂感受扑面而来的带着雨润气息的风。一切如当年，老同学们陪着我背着大书包肩并肩绕着学校转了一圈又一圈，看着日光凝聚在食堂的上空，而学生们正朝着那光源跑去。学校没变，而我们也不曾间隔什么。那凭空横斜在我们之间的一年被我们弥补得像是不曾出现过，而迷失的熟悉感一点一点又寻找了回来，它们像候鸟一般，在无数个黎明的光幕中浩浩荡荡飞过头顶，飞回我们的记忆。

午饭时刻我们相约去当地的繁华区聚餐，在餐馆门前等候座位的时间丝毫不觉漫长。我们三三两两在餐馆旁的购物区说说笑笑，不去顾及服务员阴沉的脸色，摘了服装模特的假发扣在彼此的头上。肆无忌惮的张狂的青春，在冰冷的商业区形成糖果色的风景。“走啦不要站在栏杆边上我恐高!”我们站在二楼的高度说着疯话。“来，我们再看一遍‘小时代’!”我们站在电影排场显示屏前振奋地嚷着。只想让时间停驻在这一刻；我们举着奶茶杯子手挽手四处晃悠，时不时瞥一眼海报或是手机屏幕上泛光的图片，发出夸张的窒息一般的尖叫。就像是上帝完美的安排，浑然天成的默契让我忽然觉得“原来我身边还是有闺蜜的”，那是怎样一种长年窝在一起也不为过的亲昵感。梦想留下海市蜃楼般的影子，用这一切的美好蛊惑着我们用未来更漫长的日子去寻找去追求。

终是要离别了，我们挤着坐在窄小的轿车里，过一个站少一个人。当穿着白色校服的背影一个一个钻进人海和车流中，缓缓地淡出我们的初中时代，我们还是没能在挥手时笑骂起来，车厢的空间愈发宽敞，而填补它的只剩下怅然若失的沉默了。回家后我拆开同学们送给我的一个个礼物信封，彩色信纸上细细密密写满了祝福，“我会站在我们分开的原地，画个圈儿，种上花儿，再摆上一圈儿罐头，支持着你。——罐头”

离别像是巨大的沙漏，安静地立在我们脆弱的维系中。分别开来的人，坐在沙漏上方的位置，她的思念随着时间细碎地漏下去。而得以与剩余的朋友相依相伴的人，他们抱着幸存的回忆坐在沙漏的下方被思念淹没成磅礴的幸福感。直到有一天，他们相遇，沙漏颠覆过来，曾经坐在上方的人被幸福感浇灌，得以用更明媚的热情去迎接下一次遇见和离别。

但我们不怕离别，只因沙漏无缺。

# 二分之一的告别

回到教室的时候所有人都在忙碌地写着初中毕业同学录。

似乎空气都是黯淡的，没有惊扰地听着刷刷的纸笔摩擦声。那些震耳欲聋的喧嚣，它们平白无故地消失在一个真空环境下，或许是在巨大的叫做回忆的玻璃罩里。时间迟缓流动，也不知道这沉重和失落是从何而来。

曾经想象过无数次初中毕业典礼的情景，哄哄闹闹地大笑着，把作业本扔得满天飞。一群人举着照相机，聚精会神地对着镜头微笑，在单一的手势中咔嚓咔嚓留下年轻的合影。或是在阳台上尽情地缅怀，倾倒完所有窝藏在心的傻话废话。最后揉揉眼睛约定说什么时候去某某KTV聚会吧。

然而想象落空的感觉是很可怕的。每个人似乎都异常地平静，不言不语地在桌前正襟危坐。“哎写张‘同学录’好吗?”“从这里开始，一个人一个人地挨个儿传下去签名。”分发‘同学录’的同学微笑着看过整张座位表，而座位上的同学不动声色地把那些花哨的彩纸压在胳膊肘下，或是偶尔抱怨一句，“这是第十一张了啊!”就这样，老师温和地笑着坐在讲台上俯视我们，而我们头也不抬地奋笔疾书，中规中矩的氛围，倒是像极了每周一次的考试。就这样急匆匆地书写着，把所有感情和关键词浓缩在空白的留言板上，以“祝你……”的格式写得一本正经。话是说不完的，于是我们宁愿用最大的沉默来简述，留下大半依旧空白的版面。

“同学骤变老友，都想有前程锦绣。从前未算老友，也突然想握下手。谁在悼念快将接近成年。谁告诫我课室不要睡眠。在临别就似明星给我签名，对我表演。还未学习怎么纪念从前，便发觉要懂得拥抱明天。嘱咐都当诺言，以后不知会点，大个当然会善变……”TWINS的《我们的纪念册》作为班歌一直在循环播放，视频相册上一张张笑脸被镜头缓慢地渡过去，只有那语调活泼却旋律忧伤的歌还在回响着。

好像几天前我们都还姿态各异地坐在这间教室里，趴在桌上半睡半醒或是目光炯炯地抄着黑板上的板书。我们的墙报还是火影忍者坚毅的画像，粗体的“Fighting”被乱七八糟的花名团团淹没，模范作文和口语考试通知肩并肩粘贴在一起。那时候，我们还在死气沉沉地解附加题，听着不知哪个方位传来的试管碎裂声幸灾乐祸，在语文老师提高音量面露愠色的时候大笑不止，或是时而慌张时而自得地写满了一张又一张的试卷……正如此时此刻我们安静地借一纸回忆祝福着彼此。然而在一切结束后，一群人一哄而散，头也不回地走出了教室，甚至不曾想到要回头道别。

毕业典礼结束后，很多人毫不掩饰自己的失望，似乎这场毕业典礼与预想的不一样了，是我们已经能够淡漠地走出过去，还是因为中考成绩公布以后对不少人精神的意外打击，让我们无法用笑脸面对别人的伤心，抑或是更多的理由？也许我们都在想，毕业典礼之后还有一个最后的散学典礼，这不是真正的离别，我们还能再见面的对吧？然而这场倒数离别的聚会，我们为什么不能珍惜？

总是在中考前夕没心没肺地说有的是时间，同时又抱怨悬挂在黑板旁的中考倒计时的牌子看着让人头疼，现在也是一样。写到这里，我顿了顿笔，之前说了这么一大通废话，空空洞洞地又是表达了什么？成绩单在毕业典礼的前一天下达了，不知道是不是教育局招生办有意给我们开的玩笑。或许它恰到好处地满足了我们的惶恐和急切，却也提早地把我们分散开来。未来将是各奔东西的离别，甚至连挽回的憧憬都没有。在你对着别人笑的时候，也会有一个人在背对着你哭。热情被磨灭，淡漠成一张张面无表情的脸，“老天万岁！我们还在一起”与“你们都留在了原地，我祝福你们”同出并进，直到我们草率地荒度了难得的几次会面，才会懂得凝望远去的时间懊悔。

我怔怔地盯着毕业纪念册发呆，我只愿在接下来的最后一次相聚里，我们还能毫无顾忌地大笑或是放肆地任眼泪流下来。这只是二分之一的告别，离彻底说再见的日子，还有一半。

# 玩丢了

“我们来玩‘老鼠偷油’的游戏吧。”九岁那一年，莫莫大大咧咧地笑着招呼我们，然后四个女生有说有笑地走向石狮子广场那破败的一角。阳光就这样被我们带走了，泼墨般洒在石狮子卷曲的鬓毛上。那曾经是我们一天中最自在的时光。

“老鼠偷油”是我们孩童时代最热衷的游戏，其流行程度可以和“老狼老狼几点钟”相比拟。无需任何道具，只要寻得一处标志物，便可以摆开“老鼠”和“猫”两方阵营。老鼠和猫，说是游戏中两个不可缺失的角色，可它的公平性却是值得考究的。我们都是愿意当老鼠的，老鼠有它的窝，还有无数同伴，而猫是孤立的强者，却背负着同时阻止众老鼠偷油的艰巨任务。往往是老鼠们有的在窝门外探出个脑袋，又在猫转移视线后迅速缩回，用来诱敌，而有的以最快的速度趁着猫分神的时候，在标志性的石狮子脑袋上抹上几把。游戏的过程就这样变幻离奇，一般是几只老鼠同时在窝外晃悠，猫则被戏弄得晕头转向。

莫莫是个比我们的年龄都略小一些的女孩，蓬乱而天然卷曲的短发被紧绷绷地扎成羊角辫，脸庞偏黑，连眼睛大的优点都被肤色忽略了，虽然整天一副色彩艳丽的打扮，但是看起来总有几分不伦不类。每当她笑起来时，我们总觉得她是永远和淑女沾不上边了，带着几分疯疯癫癫的泼辣味道，于是她的朋友也是少之又少。有时她主动邀请我们一起玩。我们即便是心里不乐意，但石狮子广场恰好在她家二楼阳台的正下方，于是倘若拒绝起来，也是怎么都说不过去的。

有次下午放学后，我和两个朋友相约来到莫莫的楼下。一开始倒也和睦，但时间久了，我们便发现了彼此的弱点。莫莫的体育细胞似乎很是稀缺，逃跑起来远不如我们几个机敏，于是每次轮到我当猫，我便铁着心放任其他老鼠不顾，只盯着莫莫这个胜算最大的追过来，最后光荣地揪住莫莫的袖子，大呼一声“逮住了”！莫莫只是沮丧地抹抹额上的汗水，换成猫的角色又开始了漫漫无期的追捕。我们都明白，若非幸运地遇上莫莫这种“体弱”的老鼠，要想成功捉捕几乎是不可能的事情。

莫莫也没有怨言，她对这个游戏的积极程度却是超乎寻常，“我们来玩‘老鼠偷油’吧。”当我们走到她家楼下喊她的名字时，她总会在在二楼的阳台上朝我们挥手，然后急匆匆地跑下楼，以最大的热情加入我们。所以我们都隐约觉得，游戏的时光里天气总是明媚的，灰色的石狮子广场在我们的笑声中被阳光照得发热亮堂。然而当猫的感觉总归是不如老鼠愉快的，一个人打响整场战斗，从头跑到尾，连个中场休息的时间都得不到，完全是一个倒霉的苦差。于是我和两个要好的朋友先悄悄商量好，等到在游戏开始，用“手心手背”决定角色的时候，我们就约定好出手心和出手背的顺序，这样三个人统一顺序，莫莫的出掌方向与我们相异便是肯定的了。

莫莫完全没有察觉我们的“暗算”，她毫无怨言地接受这个现实，以一只可怜兮兮的猫的身份，围着我们跑上整个傍晚。每到这时，我们总会默契地在窝里窝外与她斗智斗勇，“不能守在窝门口，这是游戏规定!”，“不许站在油桶旁边，这也是游戏规定!”“我偷油偷得够吃上几个月了，你来抓我啊——”，我们交替配合着两出一进，不时在窝里摇头晃脑发出讥笑的声音，而莫莫大口大口地喘着气，看着一会儿这个跑到了油桶上，一会儿那个又心满意足地回到了窝里，她空出一只手扶着腰，渐渐地完全丧失了战斗力。一切就这样循环着，每当下午四点，莫莫兴奋地从家里跑出来，两个小时后又懊丧而倦怠地一步步挪回家去，她的热情被一点一点地消磨殆尽，眼神也渐渐黯淡了下去。有一天又是在游戏中，她在被我们追逐得精疲力尽的情况下踉跄栽倒在地，这一次她趴在地上久久没有起身抬头，也一反常态地毫不理会我们赶紧奔上前去的安慰，也不搭理我们呼唤她的名字，她蹒跚地起身愤然甩开我们的手，腿一瘸一瘸地低声哭泣着朝家走去。我们都看到她捂着脸的手不停地颤抖，眼神里流露出极度的失望和忧伤，似乎也看到了她的心在剧烈地战栗。我们几个小孩联手对她常常施展的足以够狠的小计谋，已经被她彻底地识破了。

从那次以后，莫莫再也没有从楼上下来邀请过我们。她依旧喜欢经常出现在她家的阳台上，一个人独自玩耍，有时还高兴地蹦蹦跶跶。但每当看到我们吵吵嚷嚷从她家楼下经过，她只是偶尔轻蔑地瞟上我们几眼，就如同从来不相识一般，脸上漠无表情，有时也能听到她母亲叫她回屋的呼喊声。从此我们玩耍的圈子里真的是觉得少了点什么，心里时而空荡荡的。是少了她的那一份笑声，多了一段不和谐的插曲。

阳光不知怎的也躲了起来，石狮子广场飘浮着灰色的尘埃，空洞地把我们的争执声一下一下地回荡开来。我们再也唤不起游戏的热情，只是偶然散步来到那个死气沉沉的石狮子广场，期待着从头顶上方传来的“我们来玩‘老鼠偷油’吧”的邀请声。但是我们谁都不知道，莫莫以后还会邀请我们吗?

我只知道阳光是被我们玩丢的，我们之间有什么微妙的东西，也是。

# 多等一分钟

*在这个大城市的街道上都是掐着表走路的人，他们行色匆匆地穿行在交通斑马线与霓虹灯影之间，不会为了什么而等待或停留。我们可能不知不觉中，就成为了他们。*

*我不想成为他们。*

*——题记*

“两点五分！”正在家里慢悠悠地洗着脸的我，忽然瞥见了墙上大钟提示的时间，于是我惊呼一声，像是拧了发条的弹簧玩具人似的，提着书包便冲到了楼层电梯的门口。离学校上课的时间还有十分钟，而我家住在十二楼，更何况从我家楼下走到学校还要走五分钟的路。

我忐忑地盯着电梯运行显示屏上的数字。眼见那数字一路顺风地从“1”变化成了“11”，我知道电梯门只差一瞬间就要开了，我的身子不由自主地倾向电梯门边，准备一步跃进电梯。然而电梯却鬼使神差般地在十一楼稍许停留了片刻，便全然不顾我的急切等待，讥讽地骤然掉头向底层急速地下落。这时我才想起，我忘记了摁电梯按钮。

电梯在底层不再动弹了，我怎么摁眼前的电梯按键，电梯都无动于衷，我知道这肯定是有人在底层摁住了停止键，在等什么人进电梯。我低头看看手表，那秒针急促的跃动不断地敲打着我的心。再抬头看电梯楼层运行指示，那数字安静得像是某个午觉未醒的懒人，依旧没有要动的意思。另一台电梯正在维修。我被困在十二楼开始在电梯门外来来回回踱步。

上课倒计时在大脑中像个定时炸弹一般滴滴答答响个不休。“这电梯怎么还不动!”焦急间我不禁喊出了声，“怎么办?!”

“多等一分钟呗。”一个苍老的声音接过我的话，这时我才注意到是我身后一位老爷爷的声音，没有什么事情在催促着他，所以他似乎不紧不慢，提着购物袋子，气定神闲地不时打量着不远处走廊外的天空。

“要赶上下午第一节课已经来不及了!”我一边自言自语，一边急中生智，向右侧的方向迈出几个快步之后，一手推开楼梯间的安全门，从那个步行的楼梯口走了下去。没有灯光的楼道一片昏暗，我小心翼翼扶着楼梯的扶手一级一级往下探，窄小的楼梯上尽是发霉的冷飕飕的气息和我急促的呼吸回荡左右。

才下到大约是九楼，便只觉前路漫漫无尽头。我推开通往十楼走廊的铁门，呼一口新鲜空气，举目一瞥，却愕然地发现电梯早已经抵达了十二楼，数字从“12”开始平静地向下递减着。

我颓然泄了气，我想那个“多等一分钟”的爷爷此刻正平和地站在电梯里，如果电梯门是透明的，他是否会看见我狼狈的模样笑出声来呢？而我只能垂头丧气地走下楼去或是等待下一趟电梯了，毕竟是我，与这一分钟的捷径失之交臂。

几天后的周末傍晚，我和一年未见面的初中同学约定一起去看电影。我占据着繁华区的地形，踩着约定好的时间站在了电影院门前。

有水滴落在我的头顶，紧接着门前的地面上也砸出了星星点点水滴的痕影，街上的行人们纷纷躲到路边商家的门檐下。大雨毫无征兆地从天幕上落下，以铺天盖地的架势形成无数流动的水线。

半个小时过去，仍没见到朋友的影子，我有些焦虑，不时翻看手机是否有“雨太大，我来不了啦，我们改天再约吧”之类的短信。世界化身为巨大的瀑布，我站在光源处辨析着所有微弱的事物。

我看到一把伞急匆匆地晃了过来，同学跌跌撞撞冲到我的身旁，头发结了一层水雾。她欣喜地跑过来，“哎呀路上堵车这么厉害。我还以为你不会再等我了!”

“我只是一直在想，多等一分钟，每当我想离开这里的时候，在犹豫不决中又多等了你一分钟。”我平静地说。

如果不是有耐心，能够多待这么一会儿，我们就要错失一次久别相聚的机缘了。

街道上行人匆忙，一副大脑中的定时炸弹滴答滴答随时便要炸开的模样，而我们在等待的时光里逐渐演变得处世不惊。

“你这多等一分钟可真巧合啊。”朋友大笑道。

我默许地点点头，我不想再为一分钟的损失而懊悔，我不想成为掐着表走路的人。

## 不祥的鹦鹉羽

“如果有一天，你爱的人突然变胖了，毁容了，完全看不出是同样一个人了，你还会爱他吗?”

“当然会。”

——题记

我拨动照相机的按钮，放大，再放大，然后像是看到了什么不干净的东西，我手一颤点击了“删除”。

从刚才的镜头上可以清晰看见，彩色数码相机的画面上，有三片褐黄色的羽毛从鹦鹉的鼻翼上生长出来，张牙舞爪般地覆在它的额上。羽毛的缝隙间形成深深浅浅的沟壑，一副头发几天没洗的油腻样子。这使它看起来丑陋极了，像是被脏兮兮的异形胎附身了似的。

我不由自主地退后几步，和笼子里这只怪模怪样的虎皮鹦鹉保持了一段距离。它已经老了，玲珑的浅粉色鼻子伴随着三年的养尊处优，日渐显得干裂而起皱痕，米黄色渐变的羽翎也在一度又一度的换羽季节后，退去了活泼鲜明的色泽，宛如一天天老去的人，服装由浅变深，由生动变得深沉。它的眼神早已不复当年的灵动天真。想起当年它和它的同伴从花鸟市场一路颠簸而来的时候，两只年轻的生灵长相厮守着，互相梳理头部的羽毛，或是为了争夺一粒碎谷子而舒展着翅膀在笼中飞檐走壁打情骂俏。然而青春不再，它们彼此沉默地并肩站立着，摆出时而凶狠时而颓废的脸色来，染上沧桑的气息。

我不禁略微有些自责，想想自己对它们的确是关心不足，若不是突然想给房间拍几张照片，我是不会在临近中考的百忙中顾及鹦鹉的。然而看到它如今的模样，我已经不想挽留它了，因为它让我想起“魔化”这个词，或是禽类的一种疾病。如果迷信地想那更是一种不祥的征兆，好比魔鬼的爪子扣住了朝夕相伴的鹦鹉的头骨，从而引发一连串离奇惨案。我不能让它待在我的身边，甚至那种由心底的空虚而生的恐惧促使我想要尽早躲避它，逃离它，就像在看到普通事物浮想联翩时的惶恐感，一只被人丢弃的布娃娃横在路上，家里无缘无故飞进了一只小孩子玩的飞盘……这些都能使我的想象敏感地活跃起来。很多恐怖故事就都是这样开头的吧。

于是我狠下心来，在第二天的清晨，我给两位久居的小小房客安放好食盆和饮用水，准备把它们放置在楼道的垃圾桶旁边，好被清洁工收养过去。然而我无意瞥了它一眼，却意外地发现，那三片凭空而来的羽毛消失了，鹦鹉额上的嫩黄色绒毛蓬松得像一朵棉絮，它和它的同伴正亲昵地为彼此梳理着，干净的模样让我几乎质疑起自己的视力来。一切都在和睦的轨道上变幻着，不曾有过的灾难前兆消失得不留痕迹。事实证明那只是我不正当的想象作祟，而那三片羽毛，或许是它在戏水时淋湿了的吧。

“还是留下它们吧，舍不得，在我家待了三年了还是有感情的。”我这样解释道，说罢才觉悟到自己的虚伪。当一个赏心悦目的事物失去了它赏心悦目的本质时，我果断地选择了抛弃与逃离。我爱的终究是鸟雀轻灵的外表，而不是对于一个生命发自肺腑的疼惜。

“如果有一天，你爱的人突然变胖了，毁容了，完全看不出是同样一个人了，你还会爱他吗？”“当然会。”大脑忽然跃出在不知哪本小说上看到的对白，简短的答案无不是对爱情的忠贞和赤诚。然而不止是爱情，万千事物中的抉择无不彰显人的本心。我在这个问题上犹豫了。因为我们总能在少女情怀的催化下说出海誓山盟般动听的话语，也会在同等的事物上做出违背自己的承诺或信念的事情。

就好比在看到那三片不祥的鹦鹉羽毛之前，我险些要说出“当然会”的谎言了。

## 给你自由

“给你自由——”

初冬的一个清晨，一声童稚而清亮的吆喝破空而来，伴随着鸟雀拍动翅膀的响动，惊得在楼下空旷处晨练的人仰头驻足张望。只见二楼一户人家种满花草的窗台上，一只白色的玄凤鸟从葱茏的盆栽植物中跳了出来，淡黄色的羽冠向上斜飞，脸颊上一朵标志性的橘红色块斑像是粉妆胭脂似的。它一边飞一边摇摇摆摆地左顾右盼着，一副犹豫不决的模样。

窗台上探出一个约莫六七岁的小女孩的脑袋，她恋恋不舍地朝鸟儿挥手呼喊：“快飞吧，给你自由！”站在她身后的母亲抚摸着她的头，忙不迭声地夸奖她“真的长大了”。鸟儿似是听得懂小女孩的话语，拍拍翅膀忽地展翅腾空。小女孩的手拍得啪啪响，而一会儿鸟儿又掉头俯冲直下，掠过人们的头顶，围着楼底的低矮树丛绕了几圈，暗色的长尾羽在众人的瞳孔中飘逸，曲线绵长。

人们欣慰地笑笑，不作言语，又自顾自地举起羽毛球拍或是推着婴儿车子准备走开去。然而随着小女孩一声欢喜的惊呼，人们无不讶然地看见鸟儿在徘徊了几圈后，又依恋地停在了它曾居住过的楼层露天阳台栏杆上，它响亮地欢叫着，快乐地挥舞着翅膀，一副自家人又回到家的欢快的架势。

小女孩不禁哭了起来，她扯扯母亲的袖子，“你看你看！我家的鸟不想飞走呢，我们还是把它留下来好不好？”

“说好了的话怎么能反悔呢？是你答应要给它自由的啊，你看它是多么地感激你呀。”小女孩的母亲用惯用的柔声口气劝导着，声调中却隐含着严厉。

“可是……可是它真的不想走呢……”小女孩揉揉泛红的眼圈。鸟儿忽然停止了欢叫，偏着脑袋眼巴巴地盯着她，不再为大千世界而惊奇，像是死心塌地要回到笼中一般。这种在人工饲养下成长的家养鸟，不曾受过大森林严酷环境的磨炼，它们依赖于每日定时送来的细腻的谷粒和时时得到的清洁的舒适环境，倘若将它们放飞自然，它们会因无法适应独立的生活很快便会因饥饿而死去。眼下这只玄凤鸟倒是有些聪明，它渴望自由，但是它不愿意自寻绝路。

女孩的母亲却不以为然，她不断用“自由”等话语安慰哭泣的孩子，然而孩子似乎听不进这些，泪汪汪地一直重复，“它不想走！我也不想让它走！我想要把它留下来……”

小女孩的哭声骤然增大，进而撒泼一般地开始大喊大叫起来。那位母亲渐渐烦躁起来，语气陡然一变，厉声对女儿说道：“你外公外婆要回老家去了，我和你爸爸上班这么忙，哪有空闲养这只金贵的鸟儿！外公外婆他们平时就知道宠着你，他们这一走，每日喂养和早晚清扫两次笼内卫生的任务，还不是全落在妈妈身上，我受得了吗!”说罢，母亲怒目扫视了窗外的鸟儿一眼，不由分说地毅然关上了阳台门，刷拉一声拉紧了门帘，小女孩伤心的呜咽顿时截断在空气中。

玄凤鸟忽然凄厉地大叫起来，在窗台上焦急地踱步，变换着腔调几近声嘶力竭地鸣叫，时不时用尖利的喙敲击玻璃窗，不愿离开半步。

长满花草的阳台，碎花窗帘拉扯得更紧，再也没有掀开。鸟儿隔绝在冰冷的窗外，身后是无垠的天空，再没有什么能够束缚它，牵绊它。或许，它是得到真正的“自由”了吧。

人群渐渐散去，我也失去了观望的兴致，忽然悟出，“给你自由”，只是一句虚伪的口号，不是自由的选择也不是选择自由的机会，它的隐藏含义只是“抛弃”而已。

# 讨厌的狗

我又见到了那只讨厌的狗。

它足步稳软地在人行道上漫步，半人高的圆润身形，灰白相错的柔软皮毛，看模样似乎是雪橇犬的品种。它餍足地咂着嘴，不时用恶霸一般的眼神吓跑躲在树丛中的猫。

想起上一次见到它时，是在我居住的楼宇一楼的大堂内。那时我正朝电梯间走去，而一个约莫五岁的小姑娘在我眼前的正前方，正等候在电梯门前，电梯门缓缓打开，占据了电梯间好大位置的那只大狗轰然跃了出来，虽没有任何吓人的意思，却着实把那个和它一般高矮的孩子吓得不轻，随着一声被惊吓的尖叫，继而蹲在地上嚎啕大哭。我急忙跑过去安慰，而那只狗年轻的女主人却毫无歉意，只是对那哭泣的孩子投来淡淡的一瞥，随后宠溺地抚了抚狗的脑袋，踢踏着八厘米的高跟鞋趾高气扬地走出门去，留下了惊愕万分的我们。

毋庸置疑，它的女主人很漂亮，成天以烟熏眼妆和精致的唇彩示人，用黑色的吊带背心牛仔短裤招摇过市，无论何时都是一副都市女郎的潮流打扮。然而从那以后，我一见到她牵着爱犬无所事事地四处溜达便满心鄙夷，若是偶然遇见她独身一人也仍躲得远远的，似乎觉得她身上仍会存留烈犬的气息，而令人心有余悸。

不知是否可以用“冤家路窄”来形容，此刻我走在窄小的人行道上却又不巧与它打了个照面。我于是不动声色地横过那条介于两条人行道之间的小马路，尽量避着它。

“哎？你也出来散步啊？”不远处来了一位年轻的女子热情地朝狗的主人打招

呼，狗的女主人也惊喜地迎上去，“哎呀，好久不见。”双方似乎非常熟络，连在一旁翻弄草丛的它也欢快地跑了过来。那女子一见这只狗，便像久违的旧友一般，激动地叫着它的名字，伸出手任由它舔来舔去。然而它似乎比它的女主人更为热情和兴奋，它忽地直立起来，两只前爪搭在那人的肩上，呼哧呼哧地哈着气。我看见那女子的脸色瞬间白了下去，虽强带笑颜继续和它的女主人不自然地寒暄，表情却是掩饰不住的后怕和惊恐。

此后我有很长一段时间没有再见到它，听邻居说它符合小区最近张贴出来的禁养烈狗告示，而它庞大的身躯和雄浑的叫声已然引起了部分居民愤怒的投诉。她的女主人和我住在同一栋楼，倒是经常见到，然而跟在她身边的却是一只娇小美丽的白色蝴蝶犬。我猜测它或许在禁养通知下达后便转送给了女主人的亲戚，或许已经到了乡下，连影子都不见了。

直到一次我到顶楼的人家做客时，听见一阵古怪的呜呜声从窗外传来，打听到原来是顶楼天台上的一只大狗发出来的。我好奇地走上天台，却看见了许久不见的它。此刻的它被一条铁链锁在栏杆边上，身边放置着盛放狗粮的盆子，却似乎很久没动过。这种囚禁一般的生活完全磨灭了它的锐气，它只是恹恹地侧卧在天台的边缘，半眯着眼睛注视着天台下方蚂蚁大小的路人和繁密的花花草草，喉咙里不时发出呜呜的疑似哭泣的声音。

“那家的主人不怎么管它了，这么大只狗不能出门遛遛迟早要憋出病来。多么漂亮的品种，真是可惜啊……”回到家里时，父母也正在谈论着小区内禁止豢养烈狗的事情。我静默在楼顶上那只雪橇犬长一声短一声的呜咽里，想起它曾经狂放不羁超群洒脱的身姿，却再也提不起讨厌的情绪，甚至隐隐萌生起同情和怜惜。

它已经不是那只讨厌的狗了，我甚至怀疑自己当时是否真的讨厌过它。

## 收起好消息

“你这次期中考试成绩是不是很好啊?”我从花坛边走过，还没来得及和花坛边那个打太极的人影打招呼，劈头盖脸就砸来了这么一个犀利的疑问句。

不用猜，肯定是小莎妈妈了。

“考得还行吧，就那样。”我企图绕开这个话题，然而小莎妈妈继续极有兴致地穷追不舍。她夸张地扬着眉毛，音调热情地调高了八度，“我家小莎这次数学考试感觉不太好，没想到又是全班第一啊!”

我无可奈何地耸耸肩，“好，好……我还要赶车呢，下次再聊啊。”我随口应付道，转身便欲逃离这个“怪人”，然而她的话匣子收不住，依然不依不饶地感叹着，“她班主任说，像她这样稳定年级前五十，考上重点高中完全没有问题!”

我一路“嗯嗯啊啊”地走了开去，满脑子都是“全班第一”、“年级前五十”等等词汇。我断定小莎的妈妈一定是个语言艺术家，短短几句话广播的尽是些爆炸性新闻，而她那些欲扬先抑和开门见山的手法不知是从哪儿悟出来的。我深吸了一口气，小莎妈妈总给人一种不舒服的感觉。

不出所料，还不到一天，小莎的“光辉事迹”已经被整栋楼的人传颂了。

小莎自小就是个天才。当我小学时把自己闭塞在屋内，痛苦地自学数学方程时，小莎依旧在玩“过家家”。当我们开始为错失九十分而悲愤的时候，小莎已经能坦坦荡荡地把“我考得好差——九十九分”当做口头禅。那时我们只是当她还小，对于一个低年级的小女孩来说，高分并不是一件难事，然而一年年过去，她却是把第一第二的位置做到了炉火纯青的地步。

听过小莎妈妈这番话的父母们无不感到异常窘迫，邻居家的孩子们似乎都无论如何也不能与小莎抗衡。论性格，比起那些踏着滑板，在广场上飞沙走石四处闯祸的“野小子”，小莎与生俱来的文静气质使她拥有了难能可贵的安静和乖巧。论学习，她足以让所有同龄人咬牙切齿。“你家那个考得怎么样啊?”虽然小莎生性低调，但小莎妈妈却总能把最可靠消息在花坛边一一道来，以“你家孩子的成绩”打头，以“我家小莎的成绩”收尾，渲染得几乎合情合理。于是父母们都把小莎妈妈定为不可接触的人，常常在走路时尽量有意与她避开。毕竟从她嘴里说出的惊天动地的好消息，总能巧妙地动摇他们对自家孩子那一点微薄的自信心。

小时候，小莎是我们很好的玩伴。她从不争强好胜，在那些充斥着打打杀杀的游戏里，哪怕被分到了反派角色她也忍气吞声。相比大部分好强好斗的同龄孩子，她显得极为另类，却也用她从不主动引起争端的性格免去了不少“战争”。然后繁重的学业让这栋楼的孩子失去了交集，小莎也一样。如今的她完全摆脱了童年逆来顺受的影子，她曾经不被我们所发觉的光芒让她彻底成为了父母们口中那个“别人家的孩子”。我们听到了父母们用责骂的语气说：“你考成这样叫我怎么有脸去开家长会，你看看人家小莎，多么……”我们听到了父母们用困惑的语气说：“你们从小玩到大的，怎么差别越来越大？唉，不知道她是怎么学的，真是个天才了……”但我们不讨厌小莎，她是我们童年的一个缩影，我们只是不自觉地讨厌那个“别人家的孩子”。于是舆论的河流横贯在孩子们之间，无形却已经放任“考试”这个名声败坏的家伙趁虚而入，以它为分界，评定了我们的尊卑。小莎在庞大的好消息的包装下被定格成标准好学生的模板，完美地走向陌生。

“好久没看到小莎妈妈了……”不知是谁开启了这个话题，我忽然想起，确实有一段日子没见到她。那个在花坛边喊着成绩打太极的小莎妈妈不见了，取而代之的是人们的猜测和议论。听说小莎一次失手，与那个理想中的“某某重点高中”失之交臂，从考试结束后便一直郁郁寡欢。犹记得上一次碰面，小莎妈妈还曾把“考上某某重点高中完全没问题”挂在嘴边。“可惜了，这么优秀的孩子。”人们惋惜的神情似乎有些言不由衷。曾经的好消息被堆积在一起，拼凑成一个作为笑柄的坏消息，它的号召程度几乎翻了倍，以爆炸性的头条新闻的身份被整栋楼的人津津乐道。

“好消息说着说着就没了。”我想。此刻我怀揣着一个巨大的喜讯，不能说，因为我要像如今的小莎妈妈一样，把好消息收起来。

## 排队还是不排队

我绝望地站在队伍末尾，前方是上百人发型迥异的脑袋，他们歪歪扭扭地连接成斗折蛇行的长队，放眼望去像是一条皮相极其难看的巨蟒，瘫软在人群中被嘲笑，被指指点点。此刻“巨蟒”的血盆大口紧咬着一辆白色专线旅游大巴，车厢上赫然印着几个大红字：“西安火车站——华清池——兵马俑。”

这是西安最热门的旅游路线之一，即使没有凭据，那长路漫漫无尽头的仰天长叹也已是这“热门”一词的最佳诠释，虽然我没弄明白这是褒义词还是贬义词。人群混乱，人声嘈杂，小学生时而哭闹，时而大叫“大不了我就不去了”。年轻人不耐烦地用小广告当扇子摇晃着，大墨镜下的眼睛全神贯注地盯着微信或是微博的图标。中年人气定神闲地安慰孩子，同时用湿纸巾在额上擦了又擦。甚至这其间还有不少老年人皱着眉头嘟囔着：“哎呀这是要等到猴年马月去咯。”若不是火车站被满地的流浪汉挤得像个脏兮兮的农贸市场，这壮观的场面简直称得上是一次盛大的集体家庭聚会了。

忽然有一沙哑而粗野的喊声在耳边炸响：“你这至少要排上几个小时！快来包车吧，我这里不要排队!”我侧过脸去，看见一个丑陋的胖女人扯着嗓子在嚷嚷。她的脸庞像是被人硬生生塞进了两个大柿子，红肿得吓人，身上的牡丹薄衫肥大而肮脏，被烈日下的汗水浸透了也不见她打个遮阳伞。她缠着前来排队的旅客，像个高音喇叭一般四处广播，“不就是先去华清池再去兵马俑吗？花很少的钱就能包车往返，省得你排长队啦!”在这样焦躁的氛围中，这样的话语无疑像饥荒时悬挂在面前的一个大蛋糕一般具有诱惑力。“你们自己看着办吧。排队，还是不排队？

然而任凭她像个甩不掉的影子一般紧追着游客的身影跑，也没能说动几个人。我在人群中密切注视着她的行踪，只见她盯上了一位带小孩的年轻母亲，在那儿滔滔不绝地劝个没停。似乎听见旁边有人顺口质疑了几句，那胖女人眼睛一瞪神情忽然激动了起来，“我家也是上有大下有小的，我都五十来岁的人了，赚亏心钱有什么好处！做人总得对得起良心，积积德也是好的！”

“大姐你别着急啊，现在骗子太多，我们是不敢随便相信人。”年轻母亲见她情绪激动，忙对她解释道。

“世上总是有好人的嘛！怎么能不相信人呢？你这思想真是会教坏孩子咯，我怎么会坑你呢?!”她义愤填膺地说道，一副苦大仇深的冤屈模样。

“好啦好啦，说好了就是去华清池和兵马俑啊，你可不能强拉着我们去买什么东西。”凑过来的几个拖儿带女的年轻母亲，拉着孩子半信半疑地也一起跟着她走远了，然而隔了几层人墙的距离我仍能隐约听见她“不要认定所有人都是骗子”的辩驳声。

我是否确实疑心太重了呢？这样想着，我隐约生出少许愧疚，然而还是凭直觉给她下了个定义：“油嘴滑舌。”

过了一些时间后，我自己仍像辆堵在黄金时段踽踽缓行的汽车，在刺耳的喇叭声中偶尔挪上几步。正当我迟疑先前是否真应该相信那胖女人的时候，忽然听见身后传来一阵喧哗，回过头去，我又看到了那几位年轻母亲，她们絮絮叨叨地又回到了队伍里来，谈论着自己被骗的经历，眉眼中无不是庆幸的神采。

“幸好她还算勉强放我们下车了。”她们交换着侥幸脱逃般的眼神向旁边的游客们生动讲述道，“她先是哇啦哇啦说了一堆‘做好心人干良心事’的鬼话，然后顺其自然地掏出一张积分卡，说什么‘华清池不是盛产蓝田玉吗？我先领你们去蓝田玉工厂看看，就看看，免费的’。我们还没反应过来呢，她就猛地提高了车速。若不是我们掏出手机要报警，我们这一车人就真栽到那个听都没听说过的鬼地方了……”

“果真是油嘴滑舌。”我暗暗给自己灌输了一番“油滑之人不可信”的言论后，全心全意投入到那几乎是保持一分钟走一步的匀速直线运动的队伍中去了。仍有众多宣传着“包车不用排队”的老女人在我们身边来来往往，然而我再也不会有任何微小的动摇了，“她们都是骗子且世界上骗子真多”成为了我最后的结论，这是无奈但却是毋庸置疑的事实。

经历一个多小时的苦苦等候，我如愿以偿地成为了“巨蟒之首”。当我坐在旅行大巴舒适的座位上，吹着空调欣赏车窗外巨蟒庞大的身形时，我瞥见了火车站墙壁上一则义正言辞的告示，“上车购票，无往返票”，而在告示附近，一群保安奋力地在人群中疏导游客，他们挥着胳膊大喊着：“后面排队!”

## 把脚印留在没有脚印的地方

又是一个乖戾的雨天，我匆匆走在早晨上学的路上。

春天的雨水不知是不是委屈了太久，以排山倒海之势从天而降，砸在雨伞上发出一阵阵的爆破声。然而我无心伤春悲秋，伴着上学赶路的脚步，脑子里仍在揣摩着一篇准备今天当堂完成的作文题，疯狂地让脑细胞前仆后继。作文题只是干净利落的一个“手”字，家人的手，艺人的手，社会底层的人的手……也许很多同学昨天晚上早就敲定好了写作提纲，可我却总觉得少了点什么，频频不满意地摇头，迟迟理不清思路。

我一边思考，一边匆匆奔走在“准时到校”与“迟到”之间，眼见着雨水在脚下汇聚成渐渐升高的水流，朝着低洼的路面奔腾而去，神色不禁忧愁起来。

学校的大门沉默地竖立在低洼路面的中央。滂沱大雨下了整整一夜之后，明明只相隔几米，此刻却如同汪洋中的孤岛一般。大门旁边的一处建筑工地，昨晚放学从掘土机旁路过时，那堆小山般高的新掘出的污泥黄土，如今已荡然无存，视线里四处只是一片溅着硕大的水花，漂浮着白色垃圾的浑浊的水流。

虽然距离学校大门已经近在咫尺，但一拨又一拨的同学在几乎没入膝盖的呛鼻的臭水滩面前一筹莫展。有同学在雨伞下捏着鼻子惊呼：“这水淹到膝盖啦，怎么能迈得过去！”此起彼伏的人声，暴躁而焦虑地兀自抱怨着，毕竟谁都不情愿从那看不出深浅的脏泥水中贸然淌过，也不情愿绕着一个大圈子走距离学校两里路远的另一个后门。不断有人在一片汪洋前望而却步，随之扭头就往另一条熟悉的近路走，却又在发现那条路也被雨水深深淹没后，又掉头折返重又加入了这抱怨的人群。

许多同学痴痴地观望，等待，不知所措，离上课铃响还有五分钟。

不容得再多想，我忽然俯身挽起裤管，脱下鞋袜拎在手里，毅然光着脚小心地迈向泥水，心中一边祈祷水中不会倒霉地踩到碎玻璃，一边试探性地向“对岸”涉去。只觉得脚下没入膝盖的水很沉很重，沁凉刺骨。我使劲发力，奋力大跨步地向前迈去，终于迈过了这道需要勇气才能越过的坎。回望“对岸”，倾盆大雨下仍有迟疑观望的同学。而我噌噌几步跑进校门，找了一个就近的水龙头冲洗粘满污垢的双脚，麻利地穿上鞋袜，飞快地登上三楼的教室，一脚踏在教室门槛上，险些与正准备走进教室的老师撞了个正着。随着丁零一串电铃声，上课了。可是，教室里除了我，还没有来几个同学。

第二节课下课，陆续回到课堂的同学面面相觑，像是经历了一场灾难后的重逢。许多在情急之下穿着鞋袜硬生生地从污水中淌过来的同学，在教室门外的走廊上颓丧地挽起脏兮兮的裤管，从鞋子里倒出脏水来，腥臭味在空气中蔓延。毫发未损的我，鞋子是干的，也没有迟到。我暗自庆幸自己“突发事件袭来”时的机智果断，得意之际，我恍惚明白了什么。

第二天，我那篇关于“手”的作文凭借“手可以遮住太阳”的主题和小说式的写法得到了老师意外的好评，不知，是不是应该感谢一下那个乖戾的雨天。

行路途中遇到无路可走的困境时，要勇于把脚印留在没有脚印的地方。

## 别把游戏当真了

“去便利店买块双面胶回来。”母亲随口说道。

“不行，我绝对不能在天黑之后经过‘亡灵空巷’的。”我坚决地答道。

“胡说什么，哪儿来的亡灵。”

“这是一个游戏。把生活中一个平凡的必经之路想象得惊险刺激，你不觉得这会让生活更加多姿多彩吗?”

“那好，你现在就经过那个什么空巷去买双面胶。不过是一个游戏而已。”母亲在‘游戏’上特意加重了语气。

我把头探出窗外，阴暗的巷子里嗅不到人间烟火的气息，阴森的破败屋舍像巨兽的血盆大口，等待着需要接受惩罚的可怜人。“不……”我打了个寒战。

“你别继续瞎胡扯了。”母亲不顾我的抗议，不容置疑地说道，“快点去!”

我走在白天安静祥和的巷子里，风的呜咽伴随着树的哀号，猩红的腊肉在不知谁家的竹架子上摇摆。白天想象的画面尽数跃然眼前：留着灰黑色指甲的婆婆在向人推销化妆粉，怪老头从顶楼上扔下一把菜刀，一个妇人抱着一团东西哭泣着……我上气不接下气地狂奔着，骨骼被剁碎的声音似乎在哪个窗帘后欢快地响着。一只野猫迎面蹿来，从我的鞋面上跳了过去。我想我一定是后悔了。此时的巷子没有晨跑或乘凉的老人，没有打哈欠的蝴蝶犬，更没有行色匆匆的学生。巷子以它根本不曾存在的狰狞面孔展现在我的面前，哪怕它原本可以是恬静而柔和的。

这一趟我似妖魔附体，被惊吓得着实不轻。

当我面如白纸，踉踉跄跄地跌进屋里时，母亲显然早就预想到了这一切。

“把脑筋浪费在这种无聊的想象上完全是你的自作自受。”母亲毫不客气地责备道。

毕竟如果过分地投入，游戏便会生长成含毒的植物，攀附你的心灵，汲取你的情绪波动，然后左右你的生活。

“别把游戏当真了。”母亲接着说。

流行爱慕 物象

# 旧街巷的木马

# 这些年的校服

这些年来，我以一身不伦不类的校服自由地穿行于各色场所，滑稽却也落得自由自在。它们像是把年少的时光定义在苍白的布面上，呆板的书生气却是被他人羡慕的“年轻”。

我初次穿上这套校服，是在人来人往的初一新生报到会上，学长和学姐们以最标准的学子形象在会场内外忙忙碌碌。单调的白色上衣松松垮垮得像是一件大褂，深蓝而近黑的裤子在脚踝处收拢起来，上宽下窄如加长的胡萝卜一般，我们在暗地里纷纷给予了“这么难看”的评价。然而当深蓝中装点些许黄色色块的外套进入我们的视野后，我们都傻眼了，甚至为自己即将到来的三年初中生活产生了悲悯的情怀，以至于我当场刻薄地评价道：“这里之所以蜜蜂多，就是因为我们都得穿得跟蜜蜂似的呼朋引伴。”这便是我对这毫无精气神可言的东西的第一印象。

然而即使不情不愿，我们还得乖乖地依照学校规定把服装统一了下来，从校服夏冬装的搭配到刘海与眉毛的距离，如同走进了一个加工厂，考量着苛刻的模板，再进行了一番刻板的裁剪后得以千人一面地上市。我们抱着对校服最理想化的向往而来，幻想校服是动漫中的白衬衫，米色薄毛衣，格子裙。虽然明知不可能，我们却还是被残酷的现实打压得挫败感顿生。剪短发，修指甲，再保持一身肥大而土气的运动装。那些布料质量平凡的衣服，在经历了椅面螺丝钉的摩挲与不曾间断的洗涤后呈现出灰白的老态，皱褶横生，这一处衣角掉了丝线，那一处裤面起了毛球。上衣衣领宛如一个渐变过程的演示，蓝色一天天淡去，褪化成甜美的紫色或粉色，看起来像是一个十足的笑话。

我们都曾愤慨地抱怨过，厌恶过，但校服仍然懒洋洋地覆在身上，宽大的面料把奔跑的我们充成胖子，在明晃晃的日光下呼呼生风。我们躲藏在相似度极高的外壳下，挣扎过疲惫而麻木的一天又一天。自习课上困倦了，把头埋在柔软的衣料里小憩；长跑过后热腾了，空出一只袖子抹去额上的汗渍；降雨天气焦急了，把外套盖在头上当斗笠；寒流不期而至了，在外衣里塞进一件又一件的毛衣……它的款式不潮流，它的面料不细腻，然而正是它的不华丽和不金贵，使得它缩小了攀比时人与人的差距，成为了光鲜层面上的公平。

学校限制了我们外表的自由，却偿还了我们行动的自在。我们不必担心未干的墨水沾染衣袖，不必担心油渍不慎滴落衣襟，不必担心椅子划破裤子，不必担心暴雨把衣服毁掉。我们甚至可以穿着校服当睡衣，舒舒服服一觉睡到天亮，只为了起床时能偷懒多睡几分钟。一年中大半的时间都是穿着校服在校园里晃来晃去，而那些来自大商场的美丽衣服似乎只有走亲访友时才能偶然地从衣柜的尘埃中抬起头，在与友人聚会时留下惊鸿一瞥，然后在回家后“快把它换下来，千万别弄脏了！”的叫嚷声中转瞬即逝。于是我宁可窝在校服朴素而柔软的外衣里，顶着乱糟糟的头发疯狂地为考试奔命，或是湮没在人群中伸个懒腰大叫“今天天气真好”，也不需顾及别人的眼光了。

或许很多年后，校服被服服帖帖地压在衣柜的低端。那时的我已经忘记曾经对它的憎恶或是热爱，但它仍会拓宽成一个遥远的人形，那是我中学时的影子，懒洋洋地藏在校服巨大的隐蔽下，然后奔向我，告诉我关于校服与花季少年时的故事。

# 夜访芙蓉园

相机中的画面聚焦在黄昏的楼宇上，云丝迁徙陪伴水波潋滟，目送那一轮燃烧的日晕渐行渐远。

西安的大唐芙蓉园被定格在镜头里，逆光的雕花小亭是影子，而亭上近阳的浩大天幕则呈现出金碧辉煌的富态来。芙蓉园一明一暗的差异，其实也不只是存在于黄昏。

我走进芙蓉园的时候，还没来得及告别垂暮的太阳，夜色已经如开花般催发了满园灯笼。停驻在邻近紫云楼的朱漆木门前，晦暗的长廊被朱红色的仿古灯笼点燃，在风中恍恍惚惚映射出无数暧昧不明的影子。我不曾想过在芙蓉园这类象征着鼎盛与繁华的建筑中也能找到如此清幽的地方，顿觉一阵眼前一亮的欢喜。只见灯光混沌，凉风抚人，甚至凝神于此，便能嗅到集柔美和犀利于一身的蛊惑气息，像是某个古装戏的拍摄现场，好比画皮或是倩女幽魂。毕竟在这傍倚湖山，如凭空现形般突兀的红色长廊中，仿佛只有从中走出一个提着小灯左顾右盼的清俊书生，再偶遇一个妖娆飘逸的白衣女子才不枉我的一番想象了。

这时传闻中最为盛大的水幕电影还未开场，人群密密麻麻地堆砌在华光绚烂的观影席上放肆地吵闹喧哗着。成年人攥着门票和地图匆匆忙忙地抢占座位，小孩子拿着荧光的玩物追逐欢呼。闪光灯和“一二三，茄子!”撮合在一起，刺激着游人的视觉和听觉，其间再夹杂广播中声情并茂的朗诵“我爱我祖国的大好河山”和颁奖典礼上惯有的振奋人心的伴奏，简直是一台露天的春晚。

由于演出以芙蓉园全景作为投影屏，湖畔的照明灯已全然熄灭，除了观众席万丈光芒拔地起以外，湖对岸的楼阁和树木皆成了鬼气森森的巨大森林。我躲开人群，兀自庆幸着朝那森林深处走去。沿着灰色石板路面，环湖走过杨柳曳动的林荫小径，愈是往里走便愈是寂静，人烟寥寥，冷光交织，不觉间有些森然。忽有一红木衔接的平行桥阻断了去路，横卧在暗色的湖面上，雕栏纤细，有些摇摇欲坠的架势，看上去脆弱极了。我小心翼翼地踏上去，像是踏上一架断了一根绳子的电梯，然而事实本不如我脑海中的悲惨世界那般戏剧化，红木吱呀一声脆响后便稳妥了下来。我扶栏低头看那沉寂的湖水，失去日光的通透，它便似墨水般醇美黏稠，是一种莫测的美感。细弱的水声紧贴着桥底，伸出鞋尖儿试探，便能看到一点圆润的涟漪。这么近。我想，若是没有雕栏的守护，说不好我一个恍惚便不知不觉走进湖里了。

红木桥的一侧每隔几米便有一块透明玻璃，不知这是否设计师幽默的恶作剧，虽不易被发觉，却足以使来人获得瞬间的提心吊胆。在朦胧的薄雾里，在井然有序的桥面上，那一块闪烁的玻璃便成了视觉中最具冲击的空缺，剔透地倒映了深深湖水，甚至连粼粼波光也被它取纳，仿佛是一处不被工作人员察觉的断裂口，一个人命关天的隐患。倘若真是如此，那也不知发生多少芙蓉园失踪案了，我正这样想着，不远处忽然传来高跟鞋沉闷的踩踏声响，我一惊，抬头发觉是一位臃肿的中年妇女从桥的另一端走来，她步履匆忙，显然是不曾注意过这些玻璃的。我突发奇想，装作漫不经心地朝那块玻璃走去，用足尖轻点玻璃表面，似是沾到了些许水滴，又弯腰把鞋面擦拭了一番。那妇女走近，见我这番举动，绕开那块玻璃，眼神似乎心有余悸。然而我笑了笑，朝着玻璃轻轻一跃……妇女“哇”地一声惊呼，脸色煞白。而我在玻璃上站定，望了望妇女惊恐的脸，随后大笑着朝桥对岸跑去，像是一个自娱自乐的疯子。

我愉悦地感受着芙蓉园远离光明的一部分的微妙，穿行在灯笼下的长廊之间，仿佛远离尘世，在另一个世界上自在地周游，这是何等惬意。然而湖对岸忽有强光乍现，伴随着腾升的人工雾气，被彩色射灯涂抹纷呈出彩虹般的光泽。那是表演开场的预兆，紧接着是动画片中模仿小孩子说话的嗲嗲的嗓音。“大家好，我是龙龙。”大众化的开场白以及不伦不类的“掌声再热烈点好吗”，随后是动画片俗套的叙述，“怎么会这样呢？和谐明珠不见了！如果没有了和谐明珠，这里的一切都会改变的！这究竟是谁干的呢？这究竟是谁干的?!”我无趣地兀自翻了个白眼，只等它那句“只有去找我的好朋友齐天大圣孙悟空了”才切入正题。我加快脚步向长廊深处跑去，想快些逃离这大煞风景的声音，然而惊天动地的声响始终在耳际轰响不绝，笼罩在整个芙蓉园上空，把所有人的注意力都强行吸引过去。随着情节的递进，齐天大圣的说话声，二郎神的说话声，观音菩萨的说话声，龙龙的说话声以及兵器的交织声，腾云驾雾声等烦人的噪音，热热闹闹地吵成一团，可惜我是回不到这种童稚的激动了。

我平静地躺在长椅上，静候演出结束，直等到一朵烟花在天际留下最后的惊艳。我伸了个懒腰，欲继续我一个人的旅行，然而满园的灯光在顷刻间亮堂起来，各色楼宇被串联的小灯泡披上华丽的外衣，长廊外路灯明晃晃地把芙蓉园映得透亮，满目浮华盛世的壮观夜景。我看到黑暗被驱逐，薄雾被打碎，森森然的气息被大团圆的音乐整蛊成谐星色彩。此刻若是再谈起那些匪夷所思的恐惧，简直惹人发笑了。有调养生息的大爷在长廊上听着那过时不知多久的“我不想我不想不想长大”入睡，道路旁的播音喇叭传来女主播的寻物启事，重复些什么“有游客在紫云楼遗失一台iPad”，这说法让我产生了瞬间穿越的错觉，我深吸一口气，深重的反感几乎掩饰不住了。

我不知道这些为我所憎恶的手段是不是对芙蓉园的一种美化，也不知道这些是否足以毁了这古典盛景的美名。我只是至今仍在遗憾，遗憾在那个恍若隔世的绝美佳境里，为什么要表演齐天大圣的动画片？

# 被撕碎的油画

“这是什么地方?”我指着父亲电脑中的一组照片问。照片上是油画般柔和的山水风光，浓雾遮掩的藏青色群山环绕纯澈的湖水，黝黑的牦牛在湖上的水生植物中相依相偎，堤岸的青草流淌出桃红与灵金的花色，好似所有在其间定居的生物都能活得优哉游哉。“明年我想去。”我随口对父亲说道。

父亲沉默地看着我，许久后无可奈何地说：“云南，普达措。我们前年才去过的，你怎么忘记啦?”

我想了片刻——是的，我忘了。

那一年，我在被一位去过西藏的同学硬生生灌输了一番“高原反应如何如何痛苦”的感觉后，毅然决定把旅行计划定制为云南这个与高原反应若即若离的地方。虽说含氧量比西藏多了不少，但对于内陆地区的人来说，三四千米的海拔仍然让人望而生畏。我跃跃欲试地从昆明步步攀升到香格里拉，并没有感觉到一呼一吸有什么异样，相反远离尘嚣的静谧让陌生的香格里拉显得特别踏实。天空澄明得像是半透明的蓝色气泡，看起来再慈祥不过了。

我们乘车兜风，沿途经过了纳帕海大草原。湖泊平滑得让人似乎想在湖面上溜冰，浅草载着黑色牛群和小猪在湖的边缘颤抖着，像是飘浮的细绒毛毯，软软地便要沉下去。我忽然无来由的一阵自在，感觉自己像是被放逐了一般，即将傍倚这远离尘世的湖山度过终生。置身于这类偏远的地方，总让人产生对万物之灵的敬畏与虔诚，但这种虔诚比城市无形的章法更是显得无所顾忌，好像即使扯开嗓子放肆地仰天高喊，或是追逐着一匹骏马没命地狂奔，也不会被路人看成疯子。我和父母在这里拍了不少照片，其中有不少是像附近那些初来乍到的外国游客一样，同时伸开手臂屈起双腿高高地跳跃，让镜头捕捉腾空做雀跃状的动感瞬间。就最后的照片成品来看，摁动快门的时间掌握得很到位，以蓝天白云为背景，悬浮在空中的我做腾云驾雾状，笑容豪迈，白色碎花般的云絮披肩绵软地荡漾在风中，酱红色的牛仔帽盖在我蓬乱的头发上，如愿以偿地挡住了“一刀切”的齐刘海，我特别满意。

当晚我安稳地睡了一觉，没有半点身在高原的感觉，若不是父母在我完全醒透之前一直在商议旅行计划，我会以为睁眼便能看到家里那台白净的壁挂空调。我们起得很早，半睡半醒间便昏昏沉沉地启程去了普达措。当地的出租司机热心地提醒我们上山前先吸氧，而我们只是买了两瓶氧气随身携带。我听说父亲当年去西藏旅游的时候，似乎也没有什么“高原反应”，倒是这里的当地人提到这词都有些神经兮兮的。

坐在安逸的观光巴士上，我迷迷糊糊地念着“我只是困了”自我催眠，母亲一直在督促我听听导游的解说，而我喃喃自语头也不抬。感觉口腔有些酸涩，忽然头疼得厉害，况且直达景区的空调大巴一直在绕圈子——这很有可能是我的错觉。几分钟后，我晃悠悠地从车上挪下来，像是没睡醒，什么都是模模糊糊的。我看见暖融融的绿，大朵大朵的绿色铺天盖地让我有些眩晕。我还看见漆黑的牛群和褐红的马群，它们不屑地背对着游客们的相机，白色的牛尾巴像是巨人的狼毫笔，有节奏地左摇右摆，我能想象到它们回过头来时趾高气扬的神情。但它们只来得及在我的脑海中留下最浅层的片段，像快进的电影一样晃过去，再以最快的速度被遗忘。

我什么都不愿去眷顾了，它们都不存在于我的记忆，我不敢再抬头看风景，因为我怀疑我一旦分神便会不由分说地呕吐起来。当天我高烧不退，坐在湖畔的木头长椅上，一直奄奄一息地抱着氧气瓶像是抱着救命稻草。附近一个外国旅行团像昨天的我们一样伸开手臂高高跳跃，大笑着交流些我不能完全听懂的异域语言。而我只能半睁着眼，沉默地望着他们忏悔了。

我无奈地只好躺在医院巨大的氧气罐旁，迷迷糊糊地度过了香格里拉这难熬的夜晚，然后在次日清晨匆匆登上大巴，逃亡般仓皇地奔往海拔较低的成都市。“去普达措之前应该先吸氧，等到发生高原反应的时候再拿出氧气瓶已经来不及了。”医生们惋惜地问我们，为什么连这个基本常识都不知道呢？其实这句话早在我们去普达措之前出租司机便已经提醒过我们，只是被我们忽略了。

多年后的我仍然无法忘却普达措在我的旅行中留下的惊鸿一瞥，残缺而悲壮的美，像是一幅被撕碎的油画。罪魁祸首是谁我不知道，但我知道如果追究起来，我也一定逃脱不了干系。

# 长城叹

我放下北京炸酱面蓝花大瓷碗，喝了几口矿泉水，再把帽子往头上一扣，便大步朝长城迈进了，昂扬的神情好似战士信心满满地奔向战场，而不是走向一个已经推向商业化的风景区。

“爬长城那天，你们就坐缆车上下吧。”想起母亲当初是这样提议的，然而我不屑地笑笑，“我肯定是要走路上下的，坐缆车登长城就趣味全无了。”“是啊，你一直都是想要当好汉的。”父亲理解地附和道。我好像是得到了恩准，即刻便为此行的轻装上阵预备行囊，甚至在一番深思熟虑后，往饱满的旅行箱里又塞进了一套短衣短裤的夏装校服。

我与同行的朋友跃跃欲试地站在长城的入口处，放眼望去重山峻岭中若隐若现的土黄色砖块堆砌出龙腾的模样，正如被泰戈尔所赞颂的“因残破而展示了生命的力量，因蜿蜒而影射着古老国度”。

“我们只要爬到那里就到顶了？”我指着不远处那个在青山中遮遮掩掩的烽火台，“这么短?!”而朋友指指烽火台之后的山脉，“你看那里好像还有人在走呢。”那是另一个烽火台，遥远地藏在漫山遍野的苍翠中，依稀可以看见烽火台前足以让密集恐惧症者发狂的黑色不明物体，像是一群躁动不安的蚂蚁。我还没看出那是什么，便被朋友催促着匆匆奔赴我们的目的地。

我们走上那传说中“山有多陡，路就有多陡”的坡路，但似乎也不需要辅助长城两侧的栏杆，因为隐形的台阶埋藏在我们足下，那是方正的砖块，在经年累月的踩踏后发生了凹陷，变成无数破落的碗状物。这恰好给了鞋子一个防滑的着陆点，真应该感谢一下高峰段的人流量和大力宣扬长城风光的旅行团。

我迎着日光偏过头去，想看清从高处下山的道路，然而无意间被城墙上的花纹引去了注意力。那些年代久远的城墙砖块似乎没有一块是完好的，不是岁月留下的缺口，而是或大或小的刻字，有千篇一律的“某某某到此一游”，也有“某某我爱你”与“我恨某某一辈子”同出并进。一层字迹被雨水打磨销蚀，很快便又有新的字迹凹凸有致地覆盖上去，我猜测是不是曾有旅行团在这里举办过“长城写祝福”的大型活动，好比在许多神庙门前见过的“百年老树写祝福红丝带，愿有情人终成眷属”之类。

“有些刻得还挺漂亮的，是用专业手工刀刻的吧?”朋友抚摸着城墙笑道。我也端详着砖块一路欣赏过来，不知道刻字者的初衷是为了给单调的原始长城增添看点，还是在斗胆与这闻名遐迩的古迹一抢风头。

时值盛夏，已经临近中午十二点的光景，烽火台还未遇上一个，日光便已然暴虐地消耗了人体许多水分。我们被强光消磨了锐气，疲乏地急于找个地方歇脚，好不容易铆足力气奔进不远处的一个烽火台，却被烽火台内的大场面一下子怔住了。只见像我们一样的后来者朝着通风口的位置推来挤去，任凭抢占了最佳领土的人赖在风中“或凭或立不一状”地示威。空气中混有汗臭、带怪味的食物等令人窒息的气味，垃圾从仅有的垃圾桶里膨胀出来，偶尔一不留神便会落在女士优雅的高跟鞋上，于是互相拥挤之余又添了不少无辜的尖叫声。我屏息凝神地蹦跳了出去，以免新买的帆布鞋被污染连自己都心疼。当我们从烽火台中逃脱出来，贪婪地仰天大吸三口新鲜空气后，不由自主地觉得自己像是受到了莫大的激励一般，“既然休息比走路还要痛苦，那我们还是不要休息了。”

我们一鼓作气地走到缆车站口，终于盼到能暂时走下长城，坐在城墙外搭建的小卖部凉棚里吃根北京老冰棍了。我们餍足地含着老冰棍，一面哈冷气一面对登上最高烽火台的前景作了一番展望，却没考虑到“缆车上，步行下”的人比我们这些打算全程步行的多了几倍。于是当我们养精蓄锐地登上长城坡路后，我们再次失望了。这种失望伴随着我们爬长城的全程，然而无论是砖块的破坏还是通风口的破坏，我们都没有此刻漫漫无期的绝望感。眼前攒动的人头形成黑压压一片的壮观场面，我忽然想起我先前站在入口处远眺的时候所见到的“蚂蚁”，或许那便是蝼蚁一般渺小无知的人类了。

我们随着人流走走停停，像是塞车的高速公路，既危险又异味刺鼻。有的人和两三个摩登女郎左拥右抱地玩自拍；有的人趴在城墙的通风处折腰90°感受山风；有的人拖拽着哇哇大哭着死也不肯走下去了的大胖儿子……这些都是严重阻碍交通的存在。我们怀着对他们的一腔抱怨终于登顶了，“会当凌绝顶”的豪迈变异成疲惫，“一览众山小”的景观根本无法进入视野。这里只有人的头顶，这里只有人山。

我们煞费苦心从人群中拨出了一块空地，便马不停蹄地拿出手机像万千玩自拍的傻瓜一样“咔嚓”了一张，这是父母交给我们的任务——在顶峰合影。可怜的两位“好汉”，用脸部大特写占据了大半镜头，却还是被身后的无数后脑勺抢镜了。

我试图感受站在顶峰藐视天地的情怀，却只能欣赏到成堆的形状各异的人类头颅。我遗憾地直唉声叹气，这可不是我想要的，我又不是变态生物学博士，看脑袋做什么。“受不了了，我来看长城多广阔，才不是看人墙多壮观！”我无奈地和朋友商议道，“我们还是……坐缆车下去吧。”

朋友点点头，遗憾之余回想起多年前曾来长城一游的场景。“那时我是才读小学四五年级的时候，我们就一起来爬过长城的，不过不是现在的八达岭，而是没什么名气的虎山长城。虎山长城当时没多少人去，到了下山时都几乎不见人影了，你记得吗？我们因为在烽火台上遇到不少蜜蜂，尖叫了一路。”

“对啊，那次在长城上被一群蜜蜂吓得狂跑。虽然我累得一路嚷嚷着‘哪里有缆车？我要坐缆车！’但还是步行了下来。那次特别累，但也特别高兴。”我激动地附和道。

此刻我终于坐到了返程的缆车上，可以看见顶峰的那个烽火台被工作人员用砖块堵住了，听说是为了防止登顶人数过量导致烽火台坍塌。我想，或许只有当城墙坍塌的时候，人们才会有呵护它的觉悟，就像如今被泪水洗刷过无数次的圆明园。

# 动画片等于幼儿园

我们在同学群聊天时，谈及蓝猫淘气三千问的联系电话，三秒钟后竟然有人利索地报出了一连串的精确数字。听说他当年真的打通了这个电话，却因为话费昂贵得离奇而被母亲责骂。但即使蓝猫淘气如此这般地让人伤透了心，我们还是把这个来自童年的号码背得比父母的手机还要熟——这些都是我们幼儿园时代的故事。

小时候，动画片是和生物钟一样规律的存在。起床后播放大头儿子的欢呼和围裙妈妈的尖叫；课堂上播放蓝猫淘气的恐龙世界系列；吃饭时播放黑猫警长振奋人心的主题曲；睡觉前播放Hello Kitty嗲嗲的港台腔。虽然我从不在电视机前坐等精英卡通频道的节目单，但播放足以装满一个小纸箱的光碟已经成为了我童年不可缺少的一部分。

我曾经把动画片的剧情当做剧本来演绎，为此做过不少傻事。我模仿过汤姆猫和杰瑞鼠抱着窗帘跳舞，环抱着窗帘系带的部分走华尔兹的舞步。如今想起来这一猫一鼠的情趣不容小觑。窗帘的穗边像是软蕾丝，而窗帘纤细的腰肢和晚礼服裙子一般的宽下摆，只要想象力够丰富，闭上眼睛窗帘就成了女郎。而与之相比，大脸猫和蓝皮鼠就没有这么高雅的情调，我依稀记得大脸猫曾经喝过满满一浴缸红酒——不排除记错的可能，而当我坐在浴缸边拿着玩具小瓢，准备用自来水顶替红酒一饮而尽时，陶醉的神态却吓坏了全家的大人。

我曾经对动画片万般挑剔，我不喜欢涉及战斗的剧情，于是我错过了《犬夜叉》《龙珠》等一系列大红大紫的动漫。前些天我从当年看过的动画片中挑拣了几集有些印象的来重温，逐渐唤起我对这些动画片的一些记忆。我曾经偏爱的动画片似乎都是单纯而阳光的，剧情中的哲理与真善美一目了然，《鼹鼠的故事》便是其中一个典范。好比鼹鼠挖到了一台像小婴儿一样哭个不停的电话，于是它给电话垫枕头盖被子使得电话停止哭泣，或是鼹鼠为了让动物朋友们不被狐狸抓走，便用颜料给动物涂上颜色使得狐狸吓破了胆。虽然画质较为平面且简陋，但这些故事都是教育上的经典。还有《Hello Kitty》中的一集，说城市的大钟之所以有时会停止运动，是因为有一只不会飞的小鸟停在了指针上，大钟是担心移动指针会使小鸟从钟楼上摔下来，才会长时间保持纹丝不动。我觉得这些都是美丽的童话故事，甚至胜于迪士尼的灰姑娘和白雪公主，因为即使没有城堡和王子，主角们的幸福也能继续下去。唯独有一点让我无法忍受的，便是凯蒂猫姐妹娇滴滴甜腻腻的声音，“哇哦！理查贝尔王子！好帅哦!”她们把“帅”字拖了个缠风卷柳的余音，简直是偶像剧中花痴女的翻版。

而有些同样被我追捧的动画片却给我的童年留下来可笑的阴影，我曾经固执地认为那个古老的《黑猫警长》是少儿不宜的片子。那是儿童版的警匪片，黑猫警长英姿飒爽地舞弄手枪，阴暗光线中老鼠“一只耳”邪恶的背影若隐若现，吃猫鼠咬死了白猫队长，食猴鹰迎着电闪雷鸣狂笑。我印象最深的是其中关于螳螂杀夫案的一集：螳螂妻子新婚当天吃掉了自己的丈夫，被黑猫警长等人发现了螳螂丈夫残缺的尸体，空荡荡的红色T恤，残破不堪的镰刀，以及两个白色的不知是牙齿还是眼珠的东西。“新婚妻子谋杀亲夫，尸体肢解丢弃在地”，当年的我便是这么理解的，我甚至天真得还不知道母螳螂吃掉公螳螂是为了哺育后代的科学常识。但我也同样不知道，为什么奥特曼一定会杀死怪兽而不是驯化它？为什么阿童木身边的坏机器人一定要在一番搏斗后被正义地杀害？我总是不明白为什么动画片中坏人的结局总是比好人惨烈千百倍，甚至是阴阳两相隔的距离，这真是一种有趣的报复心态。

儿童文学作家秦文君在书中提到过，父母不希望孩子过早地接触“惩罚”和“杀戮”，他们希望童话书里的大灰狼当吓坏了小白兔以后，在动物们的驱逐下逃跑，而不希望孩子看到大灰狼被动物们联手推进河里淹死后拍手叫好。这和动画片是一个道理，虽然孩子在那个年龄段看似不记事，但动画片中的故事往往会比幼儿园同学们的名字和回忆更让人难忘，我喜欢鼹鼠把动物们唱歌唱出来的音符熬成一桶一桶的彩色糖浆，而不是阿童木被坏人拆成一堆痛苦的废铁。我们不是什么都不记得，不是什么都不知道。

对我来说，动画片等于幼儿园，甚至大于幼儿园。因为我仍能和朋友们谈论起童年的动画片中几个让我记忆犹新的片段，至于我在幼儿园的三年时光，我只能在相册里寻找残存的碎片了。儿童节前后，有网友别出心裁地讽刺了当代的动画片，图片显示如果把每个时代的动画片人物画在一张纸上，那么我们那个时代的动画片人物将会堆砌成五颜六色的一锅粥，而当代的画纸只剩下孤零零的灰太狼和红太狼与一群软绵绵的小羊相依为命了。我希望这不是动画片宣告濒临灭绝的证据。

# 旧课本

旧课本被我从乌糟糟的杂物箱里找出来了。它的封面还是老样子，被哆啦A梦的吉祥鸟牌包书纸呵护着，因而即使包书纸已经被指甲掐上了无数小褶痕，也得以保全它内里的白白嫩嫩。“我是因为复习才想起它来的吧？”我想，“但好像也不全是这样。”

旧课本，如果我用视觉欣赏它，那么它会是一本古旧的影集，每一个用毫米来衡量的细枝末节都是一段往昔的边角料，凌乱的旁白是它的落款。我看见同桌的女生用闪光笔签下的圆润字体以及前桌的男生以组长身份签下的“已背”。那时候我和同桌会因为抽查背书的是男生而在背诵上下功夫，早早背熟的课文为了防止背诵的时候磕磕巴巴，又和尚念经般地喃喃了十分钟。有时分明约好了我和同桌同时背诵，却又因为同桌背诵的时候情不自禁的“扑哧”一笑，而不厚道地摆摆手对我说：“你先背，你先背。”而我却因为受了同桌笑声的刺激，一边背诵一边像被点了笑穴似的抖个不停。一直到背诵结束，我和同桌压抑许久的无休止的大笑，竟然吓坏了前桌的男生。我们曾用彩笔扫荡了课本上的每一幅插图，汤姆·索亚的肖像被我们涂鸦成了戴着高礼帽的八字胡绅士；因为印刷故障而显得表情惊惧的外国小孩被我们填上了“你不觉得我和幽灵是同类吗”的对白；向孔乙己讨茴香豆的光头小胖子被我们挂上了小姑娘扎着羊角辫的假发；卖火柴的小女孩被我们老化成手捧骨灰盒的老女人等等。我们像是用微型原子弹投射了课本的每一页图画，然后在老师检查课本签名的时候想方设法将证据毁于一旦。

旧课本，如果我用听觉聆听它，那么它会是一场独角的音乐剧，每一句对白都是在长时间的压抑后酝酿已久的音调，课本的原作者是编剧的署名。我听见奥楚蔑洛夫与赫留金关于小猎狗咬人的对话，听见“让暴风雨来得更猛烈些吧”。我听见我的声音在锁了门的卧室里徘徊出似有若无的回音。那时候总觉得朗诵是一堂课最诱人的部分，它不会把课文拆分成无数大篇幅小段落，它不会逼迫我们说出字词赏析和主要内容，它只是课文最原始的形态，像古战场遗址一样纯粹，却又听得见战火纷飞。我是偏爱自由朗读的，把夸张的面部表情埋藏在书页的夹缝中，肆无忌惮地模仿课文应有的腔调也不必担心被他人听见。而老师的指令往往是齐读，这时候再绘声绘色的剧情也会被死气沉沉的合声搅拌成加速版的木鱼合奏。我也曾尝试过在齐读的时候兀自抑扬顿挫，然而迂回婉转的语速还是让我慢了半拍。于是我只得回家后把自己锁在卧室里，放开喉咙发音，隐秘得像是师长在杂物间里大唱凤凰传奇。

旧课本，如果我用嗅觉回味它，那么它会是一块多层的夹心蛋糕，第一层是巧克力的冰冷，第二层是奶油的甜蜜，第三层是糕体的松软。我嗅到旧课本没有笔记的部分遍布了幸免于难的油墨，传说油墨味道等同于毒气，辛辣刺鼻得叫人退避。然而那时候的我和同桌是从来不顾及这些的，我们喜欢新报纸刺鼻的气味，喜欢旧信封陈年的气味，但更喜欢新课本浓郁的气味，甚至到了一种贪恋的地步。每当新课本下发到每一个人手上，我们都会在写名字和翻阅之前把书翻到任意一页，然后同时把脸埋进两张纸页之间，像溺水者呼吸到氧气一样野蛮地汲取。嗅嗅，再翻，再嗅，直到把整本书的味道都存留在五官之中。

旧课本，如果我用触觉感知它，那么它会是一块奢华的壁面，这里感觉到的是绵软的天鹅绒幕帘，那里感觉到的是轻而薄的丝绸缎子。我抚摸旧课本里的残垣断壁，有的地方留下了僵硬的折痕，在纸页的左右下角，只是它所标记的内容并不是老师要求的课时重点或是必背文段，而是一些好比“清荣峻茂，良多趣味”被涂改成“清容俊貌，良多趣味”或是“莫说相公痴，更有痴似相公者”等容易让人浮想联翩的古文，总之不是什么正经的事情。还有的地方被严重撕裂了，只有小半张纸还藕断丝连地粘在一起，那是某堂因为瞌睡而在浑浑噩噩中留下的“上课睡觉”的证据。那时我在半睡半醒间翻页，一时用力过猛把纸张“刺啦”一声撕去了一半，睡意是没有了，却引得四面八方的同学投来诧异的目光——他们险些以为我是在挑衅老师。

旧课本被我藏进了乌糟糟的杂物箱里，就像是藏宝箱被埋没在地底。对于我来说，哪怕没有藏宝图，我也能凭借视觉、听觉、嗅觉和触觉来找到宝藏。就像现在，我已经找到了它。

# 再抒情的短歌

## 身在此处，心在彼端

就算没有灵魂出窍这回事，我想思想出窍还是有的。就像昆虫的趋光性一样，当人沉溺于现实的满足感中，他会激动地说着“简直超乎我的想象”然后将自己从理想中完全抽离。而当人把从理想到现实的过渡称之为“跌落”，他就会用力地伸展胳膊手脚往理想里钻——那我呢？

在我的想象中，中学的文学社活动，应该是由高年级才华横溢的社长，领着一帮心悦诚服的想要变得才华横溢的学弟学妹们，凭借自己成熟的思想，在芸芸众生里唯我独尊；或者，是像有一位名人在小说中所描述的那样，一群自诩才子佳人的愚昧家伙，无时无刻不在试图将文学社分割成三足鼎立的局面。当然后者我是不大信的。

不过在现实中，毕竟没有那么多风流倜傥的潇洒和剑拔弩张的激奋，它显然要平淡得多。中考过后我成了高一新生，兴趣所至自然报名参加了学校文学社。活动开张看见一张张新面孔的那一刻，课室里弥漫着陈年旧事泛黄的熟悉气味，感觉眼前的气氛犹如小学时候的语文公开课或者作文兴趣班一般。一群吵吵嚷嚷的初中学弟学妹，争相拥入教室，在前面的位子上规规矩矩地排排坐，充满孩子气的一张张笑脸被黑板上端的灯光映得红扑扑的，一双双好奇的眼睛都睁得滴溜溜的澄亮澄亮。他们刚刚取下红领巾的脸上还没有真正意义上的轻狂不屑，不会感到被拘束的烦闷，也来不及学会把自己的内心伪装。他们对环境的响应永远那样热烈，那神情俨然老师说了什么就是什么的，雀跃和欢腾的神态动作里从来不会掺杂多余的念头，独立思考还不是他们急需要做的功课。

这样多好啊，已经很好了。

可是，参加文学社的与我一样高年级的学生，走进文学社教室把四周扫视了一圈之后，就毅然走向后排选了个位子孤寂就座，似乎想有意远离前排“小朋友”的喧嚣。陆续而来的几位高年级学长脸上同样写着淡漠的表情，让人感觉到他们会站在一个足够俯视的坡度上，冷眼看着眼前与自己不合拍的嬉闹，似笑非笑的，不知道他们此时在想些什么。我明白即便他们冷哼一声，其实并不代表他们占据了绝对天赋，而是年龄不太公平地助了他们一臂之力。清晰记得我在读小学三年级的时候，曾拿着自己写的第一篇小说，恭恭敬敬递到六年级的一位好玩伴手上，天真地渴求得到学姐当面的赞赏，然而学姐只是随意浏览了几行，就从喉咙眼里轻声露出一句“幼稚”，这滋味好比遇到有人冷不丁地往我头上浇了一盆凉水，使我恍然不知所措。只是我忍受了这意外的奚落痛定思痛之后，仍然压根不明白我的这篇经过深思熟虑巧妙构思的美文，究竟幼稚在哪里？当然那时学姐也只是个不懂事的孩子，我也是。其实当时在文学上，我已经在同龄人中算是出类拔萃的了，不是吗，对于一个在其他同龄人还在学着写流水账的日记时，我已经能写出几百字的小说来。但是还是会受到高年级学姐的轻蔑，哪怕之后的自己已经比那位学姐还要优秀，也不会忘记当时在那样一个情景下，有人曾经对我的嗤之以鼻。

“幼稚”。

所以我总觉得年龄会让一些人格格不入，一处将纯真熬成火一般的热情烧得空气沸腾，一处用漠然将自己凝成冰块冻结成看似完美无缺的面无表情——冰火两重天。我不知道该如何化解，是融化冰块还是灭火呢。我只是在慢悠悠从文学社所在的七楼教室往下挪的时候，想起两年前我还在读初中一年级时，在校住宿的人生一段极难忘的时光，那个完全由我操盘的文学社，虽然是地下的，不公开也不为外人所知的，文学社员也仅仅只是自己的四个同宿舍的女孩，但我仍然觉得那才是最理想化的文学社团雏形。既然大家同爱上了同一部小说，那就借男女主角的名字写藏头诗；既然爱上同一阙曲调，那就竭尽全身的古典细胞为之赋一首词；有的人古语信手拈来，有的人挥笔便有汉字成千上万，有的人凭的是文科好的理科生特有的深刻专业，有的人文风清新堪媲美青春文学的领班人。那时我们其中的任何一个都能忙中偷闲用食指拇指捏起一册上万字的小说，署名是自己。那时我们其中的任何一个也都是范文暴发户，把班级刊物的版面霸占得片甲不留。只可惜，人总是要毕业的，扎扎实实地热闹了初中寄宿的两年之后，我们最终还是这样散了。惆怅地想，理想这玩意儿一旦触及过一次，就会被印刷成不朽的蓝本，再怎么仿效也终究是漏洞百出。

我是从高高的理想上摔下来的，握得紧紧的天梯被大气碾压得粉碎，而我如今毫发无损地坐在踏入高一后新组成的文学社里，身在此处，心在彼端。

# 解　冻

## ——文学社社刊卷首语

还在很多年前，我就已经在想文学社是什么样了。自然不是韩寒所写的，一群偏激的异类把手稿当草纸玩弄，又“诗人看不起小说家，小说家又恨透了诗人”地起内讧斗得鸡犬不宁。也不会是言情小说所模式化的，“那个激扬文字又斯文得几乎做作的文学社帅学长肯定是男配角！”这当然不可能。

它只会是这样的。我们狂奔进七楼的文学社时，头昏脑涨得只记得如何喘气，却在跌进社团活动室后平息下来，它温和得让你不敢去发泄你的疲惫，还能关掉你的聒噪。就像图书馆或者博物馆那样，有与生俱来的端庄气质。可或许这就是让我有所顾虑的，甚至当所有人都在踊跃地喊“我还想到了一个名字”的时候，又或者视频播放的“唐之韵”让所有人的眼神都被吸附在屏幕上，听到生动时还会不自觉地投入地笑起来的时候，我会想，他们是怎么做到这样静如止水的，怎么做到的。

在这里，我们都是莽撞的新人，对付社团宣传画和社刊计划书都只觉得手足无措。不说是否有学长和学姐留下来，前方连路标和指示牌都没有，只有一台时不时消音或蓝屏的坏掉的多媒体。而文学社太温和，太温和，以至于它还有一段指节的距离才能触及“儒雅”，欠缺的是书法家挥动狼毫时的潇洒。它就像一块巨大的冰化石，封藏的是一根火柴，而我们要给冰块解冻，把小火柴解救出来。我们都相信它还余温尚存，当它重新燃烧的时候，它还能点燃我们眼睛里一种叫做“热情”的东西。

“要在嘉年华上摆摊位吗？”“专栏名我是真的想不出来啊！”“美编是什么东西？”……社长应对着浩浩荡荡的疑问比所有人都要忙，她如同职场精英般，沉稳地游走在那些联络通道间，联络外校文学社，联络文学社的前辈们，也联络那些似乎是潜伏在我们身边的高人。或许这时候我还伏在桌面上不负责任地补眠，而她热情地为疑问奔波，然后胸有成竹地对我说：

“我想的是这样你觉得呢……”

“我觉得我们文学社……”

“我觉得我们应该……”

……

我觉得这是个好征兆，就像当时社长站在讲台前，拿着一张建议书说她的想法，和她想到却没说出来的宏图。她说：“我们都会尽力。”那根被巨大冰块冻住的火柴，它终究会冲破冰冷忘我地燃烧出自己。而此刻我们的脸几乎要贴在冰块上了，我们呼唤它，“喂，快醒来，快醒来呀。”

# 老校与新校

老校与新校，它们像是锋芒的两个极端，一盾一矛，一个悠闲自得地守着一片疆土屹立不倒，一个蓄势待发力求给予对手重创。

但在我看来，它们的地位却是平等的。

[1]

老校已有百年的历史了，栖身于闹市中的老城区。它是交通便利之地，却被或宽或窄的小巷子环绕，聒噪的人声与车喇叭声吵成一片。随着这个城市对老城区的改造遍地开花，老校的高墙外也被挖掘得路面凹凸，施工车辆把沙石洒得满街都是。百年名校在烟尘滚滚之中倒是有些出尘仙人的意味了。

老校校园建筑保持了传统的书院风格，红墙黄瓦绿脊，连廊壁画比比皆是，甚至连湖心亭和一些不知用意的寺庙状建筑都如古书上所描述的一般。若不是那偌大的操场有煞风景的嫌疑，我恍惚便觉得自己所处的并不是现代了。老校保留了大量非教学所需的文化遗址，那些杂草丛生的石桥和石桌，以及进行古物陈列的小型博物馆，似乎在这里邀请旅行团组织个一日游也不足为奇，有些浓墨重彩的味道。

新校座落于城市东北郊的经济开发区内，是当地政府为发展教育耗资数亿修建的新型现代化建筑。它孤立地静卧在远离市中心的荒凉角落，与零星的待建楼盘和荒凉的小丘陵并肩依偎在一起，像是巨大棋盘上的棋子，被政府一枚一枚地安顿下来，等待着一个新生力量势不可挡的时机。

新校是徽派建筑，以灰白两色为主，再添上仿古的笔法，因而绘建出雕刻龙腾之态的大门，镶有灰色鱼鳞状碎瓦的屋檐。干净的白墙放眼望去竟无瑕疵，雕梁画栋其间掩映着碧色的池塘，透明的飞瀑，绯色的花丛，从高空俯瞰便是一片纯澈的景观，恰似一幅明丽的水墨丹青。

[2]

老校是全走读制度。它别出心裁地开放了东南西北四个校门以供来自四面八方的学子出入。我们的睡眠时间由路途的远近决定，家离学校远的人在多条地铁线路上转来换去，在拥挤的人流中喝着牛奶磨蹭着清晨的宝贵时光，而住在学校附近的人则慢悠悠地洗漱，慢悠悠地吃早餐，再慢悠悠地晃进教室，却也来得比任何人都早。虽说老师要求早到的同学珍惜这多余的时间捧书而读，但似乎不曾有人遵从过。我们只是双目无神地吃着打包的炒面，任作业本朝着几个科代表的方向飞来飞去；或是用校服外套盖住脑袋，伏在桌上补眠。任凭值班老师抬高音量以示失望愤怒也无动于衷，毕竟只有在这班主任还未到校的空当上，我们才能为自己争取些许稍微得以休息的时间。

老校凭借百年积累下来的好声望，用高分数线筛选出强中之强，老师们励志地说，“我们在同一起跑线上”，然而这里的人若不是抢跑成性，便是受过优质教育的仲永了。老校对体育等副科从不顾虑，围着图书馆慢跑两圈像是做样子，因为文化课的分差远比体育大得多，老校口气大了，不在乎这点绊脚石。老校的宗旨是学业为重，其余的都是浮夸的装饰，这些不能让学生操心。于是在我看来，新校学子的“三怕”——怕长跑，怕值日，怕异想天开，这些都不存在，唯有不进则退的压力成为疲惫的根源。

老校如同一个养尊处优的富豪，它把前辈人的经验传承，把自己的财富守护，也稳定着自己的在同类中学中霸主的地位。老校有时会急功近利，做出一些超出寻常之道的管理之举，用驱赶的速度鞭策着自己的学子以最快的速度向上，没有边际地满足它的野心。比他人快上一个学年是儿戏，提前三年甚至更多才是它们衡量优等生的标准。于是难免地基不实，在一些极具关键的基础知识统考中，也曾经败给自己认为何足挂齿的对手，一度挫伤它居高临下的傲气。

新校是全寄宿制度。虽然在总体布局上，教学楼别具匠心地组成了一个钥匙的形态，但我却不知道这钥匙足不足以打开这个笼门。新校的作息时间是标准的定势化管理，这个说法据说在招生时便吓退了一大帮学生。听校长介绍，学校之所以建设如此繁密的风雨走廊，是为了让学生以更快的速度到达指定地点，减少路途上的消耗。当时我还半开玩笑地问："莫非这里优异的体育成绩就是三点一线跑出来的吗?"然而这个玩笑我再没提过，因为在接下来的日子里我几乎肯定了自己的想法。

当我们瞥了瞥清晨晦暗的天空，赖在被窝里缓神的时候，近十个宿管便开始不间断地用尖利刺耳的哨声一声接一声地催促我们，整栋宿舍楼此起彼伏地伴随着"快点啊！要迟到了！要关门了！"的吼声，我们一面在心底咒骂埋怨，一面跃出蚊帐，在五分钟之内背着书包冲出宿舍门去，走之前还得把宿舍卫生快速清理得达到宿管那苛刻至极的标准。新校对卫生的追求是最让我们抓狂的，倘若"地板有头发丝"、"洗手池有青苔"、"蚊帐未垂直"，我们都会受到相应的批评及惩罚。有时候我们抱怨学校的占地面积过于广阔，以至于我们在宿舍楼，教学楼，体育馆，艺术楼，图书馆，食堂，操场这个漫长的路线中养成了七点一线的奔走速度，听着那些急促的铃声，总会有被千军万马追杀的紧迫感。

新校如同一个莽莽撞撞的幼童，它不断探索，试探着一步一步靠近它的目标。它没有深厚的资历，只能借助尝试和犯错来寻求光明的路径。新校时而急于求成，想要一举成名的野心扩张起来再大的校园也承载不下。新校曾经一度被一些看似创新的外地传播进来的荒唐教学模式蛊惑，生搬硬套地仿效出一些在管理上疯狂得令老师和学生都叫苦不迭的举措来，然而当冲动过后，它仍会恢复原状，冷静地回首经验与教训，把挫折当成一场新生事物成长难以避免的经历。新校在经历一场教学改革探索以后依然朝气勃勃，阳光灿烂。

[3]

老校强大的竞争力下造就的是一群性情沉稳的学生。他们以强者的身份踏进这里只是为了用“人外有人”挫败自己一番，然后在老师的激将法下杀出一条血路。他们大多戴着深度近视眼镜，看起来斯斯文文，字迹无论男女都还算清秀，连说起话来也是礼貌而和气的，好比见到新同学，“同学，请问你可以在花名册上签下你的名字吗?”他们时而谦逊地说：“我成绩很差的呢，他才是学霸。”时而狂妄地说：“我们今年可是要夺第一的。”

他们也会像这个年龄段的所有学生一样，耍小花招捉弄老师，用红颜料把白粉笔涂成红粉笔，在老师的电脑上把“我的电脑”改成“我的脑”，把老师的板书涂鸦成一些奇怪的东西……他们总是用顽皮的表象来迷惑敌人的眼睛，而从在试卷写上名字的那一瞬开始，他们便变身成为杀气腾腾的战神，只听闻哗啦啦的试卷翻页声和令人窒息的秒针倒计时了。在这样的氛围下，他们总难免把一个人的性格和成绩相提并论，由一物联想到另一物，再来一句，“任性，自私……成绩又不好。”在每一个出成绩的日子里，他们都像是经历了战火的洗劫一般，“幸存者”不知足，带着哭腔说：“考成这样我不活了!”而“遇难者”则躲在阴暗的小角落里窃窃私语，“他不过是把高中的内容提早学了一遍而已。”他们总会在一个异于常人的举动后添个“而已”，他们会故作夸张，嫉妒心极强，然而考试的阴影淡去后，他们又恢复了温和而亲切的模样。

老校的他们总能在拼成绩的血战中呈现鹤立鸡群之态，等待着在众人摔下独木桥后大度地笑笑说：“你只是不够强大。”这是他们最大的荣耀，把一身纤弱的书卷气凝聚成让人不忍逼视的流光。

新校压抑的管制下囚禁的是一群格调明快的学生。他们不曾在基础和进度上占任何优势，只是在走过无数坎坷后望望高处的状元感叹遥不可及。他们的锐气被成绩单上的等级分界打压，却满不在乎地说，“一场考试算什么”。他们没有一人失手百人前进的疯狂竞争，只是缓缓地向前挪着步子，在快乐的基础上，平淡地索取这一点小小的褒奖。

他们的生活因住宿而浪漫。有时候，他们在考试前夕临时抱佛脚，三个人搬了椅子躲在浴室里点着夜灯翻书，因空间狭小放不下椅子的那一位只能盘腿坐在地板上；有时候，他们在无趣的自习课上把耳机塞进袖笼，支着头整理复习资料，拿古风歌曲当伴奏；有时候，他们在困意袭来时在桌面摞起一沓书，把校服软绵绵地盖在书堆上，让脑袋得以搁在其上舒适地支撑起来；有时候，他们在听说有月全食后，半夜静悄悄地溜出宿舍，坐在走廊里眼巴巴地等待了许久许久……他们围成一桌在食堂大玩“真心话大冒险”，他们在明晃晃的月光下祈祷雷雨天气，他们在听说宿舍连环盗窃事件后锁起门窗人心惶惶。他们的亲近，只因为他们是在一起生活的密友，熟知彼此的小嗜好，甚至一些不被人容忍的怪癖。但他们在漫长的时光里彼此磨合，消磨了细碎的棱角，最后凝聚成为一个圆润的球状，任凭岁月无情，再也不会忍心分割。

新校的他们总不能拿出最优异的成绩，成天疯疯癫癫地好似永远学不会优雅得体的礼仪，但在他们身上同时牵连着浑然天成的默契，萦绕着自由自在的草莽气息。

我不能说我偏爱其中的哪一所，它们都是我爱的地方。或许若干年后，当我摇晃着满头白发，用苍老的声线说起当年时，无论是老校还是新校，都只是市区地图上的两个黯淡的坐标点。

食指轻轻在地图上滑过，顿了顿，“我成功的起源……喏，这儿，这儿。”

# 说　梦

我总能很清晰地记得昨晚的梦，不，一两年前的也行。

很多人认为梦是不切实际的代名词。同样一件夸张的事情，一个人说："做这件事情是我的梦。"另一个人说："做这件事情是我的理想。"那么大多数人便会觉得后者是实在的，是值得所有人视其为"为理想而奋斗"的辉煌榜样的，而前者浮夸，做梦也不知道掂一掂自己几斤几两。

哪来那么多东拉西扯的偏见。

当人们大叫一声从梦中惊醒，扶着额头揉揉眼睛准备疲乏地奔赴一天的工作，这时倘若有人问他们"你今天怎么了?"他们必定会名正言顺地解释说："做噩梦了，没睡好。"而我总觉得这其间有借口的成分，倘若一个梦让我回忆起来都觉得既痛苦又可耻，那么抛开一切关于梦的杂念，安然地刷牙洗脸后我便什么都忘记了。反之，一个像电影一般刺激的梦，哪怕是警匪片，动作片或是恐怖片，我也会随手拿张纸来记下几个关键词，然后即使时隔多年也忘不了它。

小时候，我总是做这样一个梦，梦见我买回了可以堆满一间卧室的玩具，仿真得可以让人产生食欲的冰淇淋挂饰，或是成百上千只拇指大小动作神态各异的黑猫警长模型。那时候的我近乎贪婪地迷恋着这些小物件，所以在梦醒后总会怅然若失地抓一把空气，望着空空的手掌发呆。我觉得梦是一个可以窥视我们内心的物种，它躲在我们思维最敏锐的地方，知道我们想什么，需要什么，然后在冗长的睡眠中悄悄告诉我们。我乐观地想，虽然美梦方醒的时候会空虚会失落，但在梦里小小地甜蜜一把却也给生活涂抹了不少亮色，这一点在我升入初中后得到了尤为鲜明的印证，我再没做过买很多很多玩具，吃很多很多零食的梦了。而朋友开始时不时冒出一句，“昨晚梦见我坐在某某某的自行车后座上，环着他的腰，好青春校园的感觉。”“某某某在梦里和我穿的是情侣装诶!”我沉默了，我前些天还梦见暗恋的男生拽着我的胳膊边跑边说“走啦，我们吃饭去”呢，不知道在梦里有没有喜极而泣。

我从来不相信解梦的说法，因为解梦是空洞的，它暗示我们可能会突发一笔横财，又或者在情感方面会遇到挫折，这和寺庙里的抽签没什么差别，只是更显得有凭有据而已。我只相信梦，它偶尔能预知未来，譬如梦见班里一个几乎没说过话的男生无论如何就是不准我交数学作业，第二天那个男生破天荒和我说了一句话。或者梦见信息教室停电了，结果第二天老师通知我们信息课取消。但这毕竟是少数，与其指望自己获得先知的异能，不如相信梦能捕捉我们一点思想的触动和最细腻的情感。小学的时候，我经常梦见自己发疯一般地寻找一个转学了的朋友，而每当我历尽重重险阻，终于看见她向我走来的时候，我都会迷茫地醒来，我终究什么都来不及说。我还梦见我在逛商场的时候与曾经的死党偶遇，我千言万语不知从何说起，而她只是说了句“我忙着呢”就头也不回地和其他同学一起吃大餐去了，我在餐厅的玻璃幕墙外站了很久，但他们谁都没有看见我。不得不说这些都是伤心的梦，但梦挑明了我盼相见又不愿相见的纠结，我怕她们已经根本不想再见到我，我怕我已经不再重要。

梦是无辜的，当人们以它为托辞，解释自己之所以精神不佳的缘由的时候，我都想这么为它辩解。梦的好与坏，单纯取决于怎么看待它。而我已经彻底把它当成了我们身边的平行世界，由我们的思想拟造，为我们捎来福音。谁能说梦是无声的，谁能说梦是无神的？它的画面像电影的柔光镜一样迷人，它的逻辑和构架像电影一样完整，它活在我们的笔下，蜕变成别人口中的赞美，“你这情节怎么想出来的？简直是神来之笔。”这些都是梦托付给我的。

童喜喜的童话中编造过一个叫做“梦赏”的名词，玻璃球状，专门把美梦留存下来，然后把“奖励你一万个梦赏”作为赠与他人的礼物。当时我就向往能把我所有的梦都制造成梦赏，这样我就可以无数次地重温那些甜蜜，那些伤心，那些刺激。我执拗地相信，总有一天我会在大街上走着走着就会遇见与梦中人相同的衣服或者相同的脸。那将是一个无形的隐喻，多么神秘而浪漫的事情。

梦是黑夜赐予我们的一场冒险，我们在其中感知思想最脆弱的一部分。那是毛茸茸的思念，因易碎而妖娆美丽，不然怎么有那么多人在遇见一位故人的时候，声线柔软地说："就像梦一样呢。"

# 旧 友

朋友这个字眼，念着念着就陈旧了。那些上一秒还啃着面包在连廊上一圈一圈散步的影子，下一秒便躲进了手中脆弱的电话，传来嘟嘟的忙音。那些似乎永远属于阳光和青青草原的青春，被时光隔离起来，弥漫着落日般仓皇无奈的味道。

她们陈旧了，她们就忘了。

——题记

七堇对我来说，是个极其矛盾的个体。

我第一次见到她，是在新生报到大会上。七堇坐在我的旁边，热情地和我攀谈，从“我是教工子女”到“那个一直在叫叫嚷嚷的是某某老师的儿子”。我想她是自来熟吧，而我躲在“生人勿近”的矜持外衣里，有一搭没一搭地附和着。她描述说：“你当时就是一副爱理不理的样子。”那时我以好朋友的身份待在她身边，随着她遍布年级的交际圈子，渐渐与新班级融洽了起来。

我觉得自己是个小人物，安静而随和地跟随她的步伐，不被人注意地黯淡在她的光芒下，快被淹没了。

时光便是这般慢镜头式地推进着，夕阳下我和她朝着迎面而来的同学挥手，逐渐演变成我和新的朋友站在走廊上仰视明晃晃的月光，而她与一群人欢笑打闹着。我们都有了新的更适合自己的小圈子，成为显而易见的两个对立的阵营。从“最好的朋友”到“朋友”，以减函数的势头缓缓下滑。

七堇以她甜美的面容和独特的交际能力日渐成为了年级的风云人物。她与她的小圈子一起，和男生毫无顾忌地追打，亲密地交谈，或是在食堂围成一桌子……这些都是不被我们理解的，带着几分娇俏与反叛的味道。不似是我们这个圈子的人，含蓄而警醒的，把心之所想都凝在不动声色的一张脸皮之下，把一句戏言或是一个温暖的举动都当做深埋于心的青春纪念，小心翼翼地珍藏起来。许是出于羡慕和差异吧，两个圈子间在暗地里总归是或多或少有些较劲的，隔着生疏的距离。

直到一次争执，七堇不知怎的一个不慎用雕刻小刀浅浅地划伤了同学的手，酿成了一起不大的流血事件。我这才发现，平日的和睦中，是有多少不安分的因子在与七堇相对立着。顷刻间锋芒毕露，众人无不哗然，夸张地疯传事情的经过，用恐惧的眼神凝视着桌上的一小摊血迹，或是举着那把无辜的雕刻小刀，说这是证据。也有人暗想七堇是会受到怎样的惩罚，闹哄哄像是等待大戏开场。

至于那场混乱的结局，我已然忘却。但自此我和七堇再无交集，不是厌恶也不再亲近，她像是无时无刻站在一个独立的舞台上，聚光灯凝聚于她的面庞，而她身边的人都站在了阴影里。我们彼此在格格不入的两个极端上相视无言，就这样平淡没有干扰地一直走完了最后的毕业季。

前些天，我打开了那个专门收集同学物件的小箱子，里面有一张折得皱巴巴的纸条。我忽然不知道说什么好了，想起几年来的变迁徒生出物是人非的惆怅感，那一句“我们一定要好好的，永远都在一起”让我瞬间无措起来。

我想起我曾经因为出门时间太迟而迫于无奈去教师食堂买饭，被食堂那群脾气暴躁的阿姨白眼相向，或是敲着饭勺不耐烦地与我僵持着，几乎就差动手赶人了。而七堇总会出来打抱不平，陪我买回一碗云吞面，然后和我坐在食堂的角落里，一面畅快淋漓地抱怨食堂阿姨不遵守“众生平等”的准则，一面奋力咬断那些纠缠不清的面条，说着说着便望着对方愤慨的模样大笑出声。

可这些我都忘记了，时光赐给我一段永久的离别，才让我得以用一双清明的眼睛去懊悔。然后化作旧友的情谊，在经年累月后浮出水面，矛盾得似乎随时都可能给予对方致命一击，却也温暖得让人神伤。

她是真心对我好的人，是我忘记了。

## 祝你一路顺风

“当你背上行囊，卸下那份荣耀，我只能让眼泪流在心底。面带着微微笑，用力地挥挥手，祝你一路顺风……”那一天我坐在公交车上，望着窗外，耳朵里塞满了吴奇隆的《祝你一路顺风》。那一天我转学离开了头也不回，她们说，她们都欠我一句“一路顺风”。

曾经说过，全宿舍的合影就别拍了，毕业的时候有的是时间。曾经说过，有那么多说不出口的话就别说了，毕业的时候有的是时间。可是，时间都去哪儿了呢？我们用漫长的相处的时光去等待，挥霍了所有却是需要我们用一年乃至十年去懊悔了。过去是悔恨的坟墓，越是感伤，越是有更多的年华葬送于此。生日那天，我接到朋友的电话，她说她去逛花市的时候特意多买了一束花，想象那束花是留给我的，想象我们马上就能见面。她也说，在我转学不再在宿舍与大家同享家中带来的美食后，学校的小卖部凑巧也买不到夜宵了，好像小卖部也是在我这儿进的货似的。我们听得都笑了，其实是在掩饰思念的情怀吧。我们没有更多的时间去怀旧了，现在没有说出口的话，以后恐怕就再也没有机会说了。

打开那些收藏小学时代物件的小箱子，礼物，纸条，还有填得密密麻麻的同学录，曾经信誓旦旦地说一定要保持联络，深情款款地说我们永远是最好的朋友，不要忘记我。或许一年过去后，我还会将新学校的轶闻一一道来，见面后还会拥抱，还会一件一件地说起当年。可是再次说出那些老同学的名字，都似乎成了陌生人，在记忆中空洞得险些失去存在感。打个电话过去，收到“找我什么事？”然后顿时再无说话的意趣。难得在街上相遇，相视无言，甚至认不出彼此。“原来有这个人的哦。”我这样感叹，然后暗暗叹惋此情此举的可悲。

“我知道你有千言，你有万语，却不肯说出口。你知道我好担心，我好难过，却不敢说出口……”歌曲循环，音调渐升，眼眶忽然有些酸涩。

想起前些日子，父母用流行的通讯设备联系到了他们高中的一些同学，交换相片发现曾经的风华正茂都已步向苍老，人到中年，再不能与记忆中那个模糊的影子吻合在一起。那些仰慕已久的少女，眼角的浅浅皱纹徒添了憔悴。那些风流倜傥的少年，身形逐渐被啤酒肚影响。有些记性好的人，叙起旧来倒还像是那么一回事，但又有那么多人对往事容易淡忘，只得凭借着叙述和照片重新相识。像是一个轮回，沉重地砸在脑海中，每次想起就隐隐生疼，生出许多对岁月易老的无奈。我总是想把所有的故事都留下来，担心未来的重蹈覆辙，可这些都是不可避免的。未来还想记得你但却认不出所有的人，我们只得捧着一本相册，空空在风中缅怀。

“当你踏上月台，从此一个人走，我只能深深地祝福你。深深地祝福你，最亲爱的朋友，祝你一路顺风……”此刻我坐在公交车上，在这离别的毕业季里回来赴约，我欠了她们一句“一路顺风”。

祝你一路顺风。

## 长发飘啊飘

阳光刚刚好的时候，我会坐在卧室的飘窗旁，透过温润的大玻璃，去看路人优哉游哉地行走在凉风习习的惬意中。由于俯视的缘故，他们的头部看起来尤为突出，像是一场动态的假发博览，而如若把不同时段的发型陈列在一起，我觉得，那将是一场破茧成蝶般的华丽蜕变。

幼儿园是发型更替最为奢侈的时段，每当我搬出一摞相册翻翻，便会愈发坚定地在“奢侈”上标注一个“照片明鉴”——当然，这里的奢侈和金钱物质没有任何关联。在那个五颜六色混为一谈的幼儿园里，还没有看别人脸色的潜规则，还没有刻板的行头约束，任由每个孩子都像是橱窗里的娃娃一般，被小心翼翼地伺候着，打扮着。那时候的我在发型上拥有绝对自由的选择权利，同时也拥有充裕的时间，让我得以半睡半醒地赖在被窝里，一边看电视机里大头儿子或是蓝猫淘气，一边安心地把一头乱发尽数交给奶奶处置。“某某某今天的发型好奇怪……”每当我这样意味深长地对奶奶哼上两句后，那么第二天我的发型也就和那个“某某某”一模一样了。有时候是两条短短的麻花辫，有时候是所有头发都束到头的左侧来，还有一半头发披散一半编成新疆小辫的样式，像是特邀成为了假发公司的模特一般。

后来入了小学，早晨起床后时间很紧，已经没空把头发编成繁复的辫子。于是我的双马尾从一年级一直保留到六年级，甚至成为了我的标志性特征之一。然而除去“扎马尾照正面照像个鸡蛋”的借口以外，偷懒也成为了我执拗于双马尾的根本原因。午睡时即使不把头发披散开也可以平躺，我懒得在午觉后梳头发，又由于我懒得给头发“分中线”，于是连午夜也是扎着辫子翻来滚去的。毕竟我宁可让头皮忍受二十四小时以上的紧绷状态，也不愿让梳头时间耽误我日复一日的赖床。那时候我走路有些习惯性踮脚，在别人看来，我走路总是一跳一跳的。然而我的这个“恶习”却让我的众多朋友成为了无辜的受害者，因为随着我跳跃性的步伐，我的两条辫子便会大幅度地一摇一摆，甩到脸上麻酥酥火辣辣的不说，偶然一个不慎还会落进她们在我身后高谈阔论时张开的嘴里。于是我身后总会无缘无故听见朋友大声地嫌弃一句，“你的头发……不好吃!”

在我对头发六年来惨无人道的折磨后，我终究还是遭到了双马尾的报复。由于长年不变更发型的缘故，我后脑那一处被双马尾拉扯的头皮显现出了黑黄之态，那是一道扎辫子时分出的笔直中线，可怜的，不知是在六年的露天日晒后被晒黑了，还是洗发店那群故弄玄虚的人口中的“头皮损坏”。我只得做出改变发型的打算，然而升入初中的我恰巧和同校的所有同学一样被强制性要求剪短发，于是长发在我的人生中已然发生了一次中断，成为了标准的学生头。或许短发缩短了洗头的时间，或许短发看起来干脆利落，又或许短发能让我们全身心投入学习，但当我以平均每月一次的频率去理发店修理遮眉挡眼的刘海的时候，当我长跑途中头发像海藻般上下翻飞并不时被风卷进嘴里的时候，当我穿着礼仪服裙子觉得自己和身边的一群短发同胞一样怎么看怎么别扭的时候……我都在发誓，以后再也别剪短发了，看那集体照片上清一色的短发，多像一堆整齐划一的蘑菇。

前些天在照片上看到了读大学的表哥的女朋友，戴米奇耳朵的头箍，穿格子衬衫和浅褐色短裙，留一头柔软的栗色卷发，女大十八变，是愈发漂亮了。我偶然也会去纠结，大学以后会不会把头发烫卷，会不会染发……然而其实都无所谓，一旦高中毕业，我就是自由的了。想起表哥大学刚开学的那段时间忽然放纵地烫了个爆炸头，虽然等待他的是全家人欲言又止的错愕表情，但毕竟那是压抑多年后的释放，是应该给自己一个随心所欲的机会了。

我们都像是养精蓄锐的青虫，卑微地匍匐了很久很久，直待一场惊心动魄的蜕变。如果蜕变的前身是挣扎十二年应试教育的茧，那我便陪伴飘啊飘的长发，蜕变成一个更好的自己吧。

## 渴求一份喧哗

坐在电脑前，为了不反光被迫拉上窗帘。面无表情的脸被光线涂抹得苍白，像是一张麻木的人皮面具被硬生生贴附上去，影射空空落落的心。

中考倒计时的那段日子，大脑中似有一颗定时炸弹在滴答滴答地起着闹铃的作用。把台灯依附在床头点亮，我便盘腿坐在凉席之上，心甘情愿被十几本参考书包围着。钟表匆匆忙忙走过无数个整点，而我挺直腰杆，以防困意袭来脑袋一歪砸在枕头上。在那样的煎熬中，我只能隐约憧憬着那个在人们口中传诵的斑斓多姿的“暑假加长版”，好比随心所欲地看电影，写小说，一个电话便被同学唤去逛街等等。好像踏出考场一步，便可乘奔御风似的，漫天飘飘然的自由无边无际。“如果你觉得‘中考加油’会给你增加压力，那我就祝你‘暑假快乐’好了。”然而在这句既理智又开明的祝福里，我却惶惶然读出了“暑假也是需要祝福才能快乐”的事实。

迈出最后一堂中考考场的一瞬间，我似乎并没有设想中的雀跃，只是在沸腾的人群中象征性地攥着准考证振臂一挥，心头无来由地一阵压抑。臆想中的欢呼与疯狂，流进现实便成了平淡的死水，于是突兀地在脑子里反复闪现“好事落空”的感觉。“明天把杂志社的那篇约稿写完，下午六点之前准时交稿。”回家后扑面而来是这样的句子，我往沙发上狠狠一躺，好像随着沙发的微微下陷，心头存留的那一点轻松都沉重了起来。接下来的几天里，父母时不时“安慰”道：“到时候接到成绩单，难受也只是一下子就过去的事，就像打针一样，只疼那么一会儿。”“中考对你的前途完全没有影响。”我愤愤地对家长说，你们怎么就断定我考不上。他们则一本正经地对我解释，丑话要说在前头，得到一份大惊喜或是一份小伤心总比希望落空好吧。还有一系列“考前不想说这些是怕给你增加压力”。我撇撇嘴，我是多么希望回到那无知的“考前”。

在等待中考成绩局促不安的两个星期里，我时常心不在焉地敲击键盘写文章。家门一步不出，恰似过上了不食人间烟火的生活，却大不同于教科书上古人“不与世俗同流合污”的意境。我猜这对我是一种软禁，于是我开始故作凄凉地把脸贴在窗玻璃上，穿着大外套大长裤坐在空调房里把自己冻僵，像是一个恹恹的病人。忽然很想上学，时而昏沉时而警觉地听课，虽然总觉得和同学说话也是一种繁琐而疲惫的人际交往，偶尔也会讨厌，隐忍在身体里燃烧成愤怒的火苗，却是拥有了更多的机会去因为一种朦胧的情感变得含蓄，因为一句诙谐的打趣变得疯狂。而这一阵子窝在电脑前，似乎很久没有出现过发自内心的笑的表情了。

想象必定是最美好的，最美好的也必定是想象的，这是一个悲哀的可逆关系。我们所向往的注定会以一个不一定落空却一定失望的答案作为收梢。好比风筝飞到天上，然后在希冀的驱使下把风筝线梦幻地放得很长很长，却是再也收不回来了，它留下巨大的失望，把你的欢喜抛弃在不知哪个尘埃落定的低谷，缓缓地遗失了。这便是我对此刻空空落落的心情的解释。

曾经想把自己埋在阴影中，与世隔绝地孤立起来，时间都是我的，自由都是我的，没有人可以给予我牵绊，没有人可以左右我的行为。我安安静静地冬眠在空调房里，没有惊扰，不受拘束，抱着电脑感受大大的幸福。然而现实远远没有那么梦幻，一个人无法让自己的表情变得生动，一个人无法承受自己只有一个表情。我们都需要被外界事物影响，哪怕是坏心情，也要属于跌宕的生活。放肆地大哭大笑，那才是生活的颜色，把自己闭塞，我只能看得见黑。

打开窗户的时候，小孩的尖叫声刺痛耳膜，但我却恍惚觉得这便是自由的快感。时间停滞在孤独一人的空间里，歌声也会变成哭泣。而那满世界的喧哗，此刻却是暖烘烘的，冰封的寂寥感融化成水，缓缓被窗外明媚的好天气蒸发。

我便是这样，渴求一份喧哗。

# 日光飞行

我坐在去往另一个城市的飞机上，靠窗的位置。透过舷窗，我可以清晰地看见其他航班的影子在起飞道上滑行，像一只只白色的大鸟，平展它们温润的巨大羽翼，缓缓地飞离我的视野，扑进远天茫茫的云端。

这是一段向日光飞行的旅程。

有的人崇尚速度，飞机正是他们高速生活运转轨道上恰到好处的催化剂，它把地图上的几厘米用几小时定义，督促忙碌的商业人士轻轻松松绕着地球兜圈子。那些位于世界地图东西两面的城市，被舒适的蓝椅子和椅背上手动调换的电视电影播放器串联在一起，成为“我看了几部电影就到了”和“我睡了几觉就到了”的可以用“就”字衔接的名词。就此看来，我倒是更热衷于在火车的轰鸣声中乱糟糟地荒度一些闲暇，裹着棉被在卧铺漫长地等待，而不是遗憾地拿虎口在北京的坐标点上比划，然后叹口气，“唉，飞机只要三小时。”我总是不能理解那些频繁穿行于几个国家之间的人，他们把这段慵懒的旅行当做生活中一个便捷的交通工具，一个能和等公交与坐出租车相提并论的日常必需品。他们在不同的时差间颠来倒去，会用补眠和办公来挥霍这几个小时，随口要张毛毯，随手拿杯饮料。他们不会想到害怕，更没闲情逸致欣赏小窗口外的云巅风光，生活被模式化，好似一个晚点便颠覆了生物钟一般，夸张得像一个冷幽默故事。

有的人惦记危险，握紧安全带，浪费冗长征程去杞人忧天。当霸道的气流冲撞机翼时，机身毫无征兆地颠簸起来，他们总会忧心忡忡，好似飞机会在一个大幅度的起伏后偏离航道，在陆地上爆炸或是一头扎进海底。听说过“飞机起飞的三分钟与降落的八分钟最危险”，那时的飞机的行驶速度急剧变化，气压刺激得耳膜嗡嗡作响，只有做咀嚼动作，才能使那种耳部冲突感稍稍缓和一些。我也曾被这种恐惧困扰从而变得紧张兮兮，降落时耳膜传来刺耳的啸叫音，一度担心耳朵会聋掉。即使是习以为常的机身在气流波动中忽上忽下，心脏忽然悬空的失重感也能催发机舱前后一阵又一阵细微的惊呼声。在这样的情况下，大脑中会不自主地搜寻出众多关于“空难”的大小新闻，譬如“飞机失事”或是“魂断蓝天”，甚至想起家乡的炸酱面时，也会忽然飘出“再也吃不到了”的想法。于是当空姐温文尔雅地提示说“请把你的书包放在行李架上好吗？以防发生飞机故障时阻碍逃生通道。”我无来由一阵心悸，抱怨这时候怎能说出这般不吉利的话来。

有的人直面遮光板外的日光，那些来自苍穹的光线丝丝缕缕钻出云层，落入他们的瞳孔，在皱眉闭眼后形成一个灿灿的光斑。在空姐们看来，他们是最省心的乘客，不需要在起飞降落时叮咛“请将遮光板保持在打开状态”，不似那些疲于奔命的人，在飞机起飞后匆匆忙忙拉下遮光板，然后扯过毛毯沉沉睡去，严肃的面部表情满是对亮光的憎恶，虽说不是“见光死”。他们看不到远离了星罗棋布的白色屋顶和绿色田地的旅行沿途是白茫茫的雪原，那是天上的苍茫大雪。云层绵软地牵连在一起，铺就一条象牙白的大道，浩荡地通往云团密集的地方。在那里，日光初生抛出鎏金缎带，在白色的冷光中形成暖暖的视觉反差，却也如祈祷般虔诚而温柔着。曾经在笔记本电脑的显示屏桌面上遇见过类似的形态，缠绕的丝帛状的云絮飘飘渺渺，然而那只是人们对美好意象的定格，我想那些线条的灵感便是来源于我们在云端的所见吧。甚至连电视剧中的神仙境地也是仿照这个来塑造的，因为能看到这些的人，都似是在用神的眼睛俯瞰。

与其分秒必争，与其庸人自扰，不如看看风景，喝喝咖啡得清闲。才不去顾及那些繁琐的时间观和安全论，这段浪漫的日光飞行，我是要好好享受了。

# 小孩子家称王称霸

一块蛋糕分两半，一半小，一半大。

我踌躇着该如何分派，却不料小姑娘急切地尖叫了起来："大的那块给我！我是小孩，你要让着我！"

我惊异地瞪大了眼睛。哪来的歪理。

——题记

小孩是我最不欢迎的客人。当我已经不再是小孩的时候，小孩的到来往往等同于一场胜负已决的争夺战。

有时候争夺的是时间。当大人们围坐在客厅里泡泡茶水品品生活时，可怜兮兮的小孩便惶惶地拉扯起大人们的衣袖来，"妈妈，妈妈，妈妈！"他们用最凄厉的叫声彰显自己的存在感，直到大人们看似通情达理实则不耐烦地对他们说："乖，去找姐姐玩啊。"这确是份苦差事，我只得默默关闭电脑，不情不愿地担当起托儿所阿姨的义务，却被他们接连不断的所需所求驱遣得一头雾水。"我饿了。""苏打饼不甜，不好吃。我要吃奥利奥。""你吃奥利奥竟然不在牛奶里泡一泡。"

有时候争夺的是赞美。大人们永远不会吝啬对小孩的褒奖，哪怕是一些小得不能再小的事情，好比"阿姨好"和"谢谢"之类的。而我即使礼貌用语一字不缺，也只会得到一句"你看看人家孩子多有礼貌"。好似我是个该被人骂的坏小孩。小孩很贪恋这些赞美，即使是无意间的"真乖"，他们也会像一尊被镀了金的雕塑似的，连眼睛都是金灿灿的。他们会兀自揣摩大人们的思想并为此做出更多讨大人们欢心的事情，比如把餐巾纸发给每一个人，或是突兀地冒出“我一定要像姐姐一样好好学习”这样做作得恰到好处的话来。

有时候争夺的是爱物。小孩是世界上最聪明的小强盗，他们懂得在相中一个物件后穷追不舍地以达成他们的目的。首先，他们会用眼神暗示，无论身边的人谈论到什么，他们的眼神始终像小箭一般瞄准他们的靶心，这样他们或许会等到我善解人意的“喜欢就送给你好了”，当然这个可能性很小，而大人们的“喜欢就让他拿去吧，反正你留着也没什么用”才是最具权威的应允。倘若我和大人们都后知后觉，那么他们便会开始用语言暗示，“我回家后一定让妈妈给我买这个。”“你就好了，有这么多东西玩。”……然而这些都是缓兵之计，倘若他们使出杀手锏，用廉价的眼泪或是无理取闹的喊叫被任何一个主人方的大人听见，那我便只剩下和爱物告别或是只有颜面尽失地被大骂一通的选择了。

邻居家一位幼儿园的小姑娘与我交情不错，甚至在旅游后还特地送了我一个银色的钢丝小人儿。但我不想感谢她，因为她会在正式授予我钢丝小人儿的所有权后，把属于我的那个钢丝小人儿蹂躏成一团歪歪扭扭的钢丝线条。

她似乎能看出我表情的不悦，于是她忽然大义凛然地对我说：“我把你这个弄坏了。这样吧，我拿我那个好的和你交换。”然后急忙转身跑到大人那里讨要赞美的话语。“妈妈，阿姨，我刚才不小心把姐姐的钢丝小人儿弄坏了，但我把我那个好的和她交换了。”“好孩子，真是越来越大方了。”“真乖。”

她对赞美的满足一直持续到她即将和我告别的那一刻，她说：“你应该把我和你交换的那个钢丝小人儿还给我。”我诧异道：“自愿和别人交换的东西怎么能要回去呢?”而她理直气壮地大叫道：“那本来就是我的！是我让给你的!”

我这才发现，这个狡猾的小家伙只是为了让自己的利益长时间饱和，而我从这场无形的战役打响开始，就因为“我不是小孩”的缘由注定一败涂地。

“小孩子家称王称霸!”我气得咬牙。

时隔多年，当我自己初中快要毕业的时候，紧张的学习压抑得我几乎喘不过气来。下午放学以后，每当我看到那些在小区院内追打嬉闹的孩子，多年来萦绕在心的看到小孩就讨厌的感觉忽然不见了，竟然产生出一种想加入到他们的行列疯玩个够的冲动。我还想，如果能当个孩子王称王称霸，那又何妨?

# 青春是缸中鱼

我们是生活在玻璃缸中的鱼群，离外面的世界很远又很近，我们不敢奢求飞出鱼缸闯荡，也担心因水中氧气稀缺而窒息。我知道，是玻璃禁锢了我们，但我们不愿多想，因为石砾和水草似乎比外面的飞沙走石更让我们觉得安逸。

当我们兜着装早点的塑料袋，和地铁上倦意未消的人们一起打哈欠的时候，地铁上方的天空还是没有光亮的灰色。我们会半眯着浮肿的睡眼，咬牙切齿地想“放假后我一定要用三天三夜来补眠”。然而我们不得不踩着迟到线，在老师的呵斥抵达前坐在座位上安安静静地捧起一本教科书。从书的缝隙间抬起头来揉揉眼睛，课程表总是扎眼地挂在黑板一侧，像一架永动的台阶式电梯，无声且安详地催促着我们，拖动着我们的步伐，让我们在被动的状态下木然地踱向下一个楼层，语文，化学，体育，数学……好像倘若我们在其间妄想倒退，或是蹦蹦跳跳嬉笑打闹一会儿，就会在永无止境的电梯上跌倒。虽然总有一群人会围在课程表前指指点点，唉声叹气或是欢呼雀跃，但不外乎是“今天上午没有一节课是可以睡觉的诶！”“听说化学课改自习了！”“可是自习课不是已经被数学课占用了吗?”等等。有时候会有人抱着软软的大枕头在众目睽睽之下睡得昏天黑地，有时候会有人在午睡时像探照灯一般警醒，但这些忙中偷闲都不能左右我们为适应课程表而设定的生物钟，睡得晚，起得早，上课困，睡得更晚，起得更早，上课更困……又是一个恶性循环。

当我们穿着皱巴巴的校服拖拖沓沓地在走廊上叫第一声“老师好”的时候，等待我们的将是一天一度的目光检阅，刘海不过眉，指甲要剪短，校服外套的拉链别开得这么低，领子歪了，裤脚紧了，还有你的手放在外套口袋里干什么。反正是一系列不知从哪儿跑出来的花样。小时候偏执地严守纪律，觉得做出没有束衣服，把外套拉链拉开一半，以及插口袋之类的行为的都是坏孩子，但小学毕业后还是自然而然地成为了“坏孩子”中的一分子。只能躲着老师把自己弄成落魄的模样，然后在老师暗示之前，拉上敞开的外套拉链，再把二郎腿纠正成脚踏实地的形态，其实哪怕把一切都做得规规矩矩，也一样看不到老师想要的精气神，好像这个年龄段的我们都该是乱糟糟懒洋洋的样子，也不知道是为什么。

当我们折着参考书的页码，藏在与肩同高的课本堆里的时候，我们像是仰视高楼林立的建筑工人，哪怕参透了楼层的构造，也无法住进它冰冷的顶层。这往往预示着次日即将有一场向父母公示级排名的大考。这时的空间没有丢来掷去的纸飞机，也没有惯常来自于人的杂音，前后左右都在用匆忙填补的笔记掩饰临时抱佛脚的不安。我却是很贪恋这种稀缺的静谧，凭视线在笔记试卷提纲纸上一行一行读过去，从来没有过的认真和严谨，甚至有些做作的感觉。风扇在头顶嘎吱嘎吱地聒噪，只是再没有人闲下质疑它是否会当头摔砸下来，因为倘若我们的思绪都抛给了风扇，那么接下来这场考试的代价将会比十几个风扇扑面而来还要可怕得多。

当我们喝着罐装咖啡宅在报纸前努力装出一副小资情调的样子的时候，我们梦寐已久的补眠和游戏会拥着挤着让我们二择一，当然这些都是寒暑大长假才有的事情。我们纷纷在聊天群里炫耀英雄联盟战绩或是在有人喊“吃午饭去喽”的时候不冷不热地说“几点啦？我刚起床”。其实这其中有一大半是假新闻。或许是在从补习班归来的路上，又或许是在勤勤恳恳地按作业清单执行任务，总之无论在做什么与“玩”无关的事情，都可以用“一个假期下来忽然发现作业本上好多灰尘。”“下学期的内容我一点没预习啊开学考试死定了！”“除了玩电脑我好像什么事情都没干诶，怎么办怎么办?”之类的话来藏掖那一点小小的野心。

我们无拘无束地活在拘束中，哪怕眼圈深深，视觉疲劳得变成戴眼镜的半瞎子，也仍旧可以肆无忌惮地大笑着说：“今天眼睛酸疼得让我险些在班主任面前泪流满面!”就像那些缸中鱼，即使不能拥抱浩渺的海岸线，也固执地坚信着自己总有一天会被人抛进湖泊或是溪流，而如今它和同伴们在一起守护这份小小的梦想，也未必不快乐。

# 你喜欢体育课吗

“你喜欢体育课吗?”

“喜欢。”

“为什么?”

“因为我长跑可以拿第一。但倘若长跑是我的弱项，那我恐怕是要和其他同学一起痛恨体育课了。”

这是我与英语外教老师的对话。

外教老师听后很惊讶，因为据她所知，体育课是用来自由锻炼的课程，可以打篮球，踢足球，打乒乓球或是羽毛球等，她不明白为什么我们对体育课会持有这种厌恶的态度。

每个孩子的降生都是自然的恩赐，他们有着对自然出于本性的依赖。父母们历来喜欢带着刚学会走路的孩子去空旷的草坪上感受阳光，而那些对世界毫无认知的孩子，总会情不自禁地一步步离开父母的搀扶，小心翼翼地在草坪上学着奔跑起来。可以说，运动是最亲近自然的活动，也是人的天性所驱。在小学三年级以前，我们都得以一直发扬这种天性，每逢天晴时刻，一家三口下楼来打羽毛球，踢毽子。即使是玩“三个字”、“老鼠偷油”等时髦的儿童游戏，也都是以追逐为主的。每每游戏结束，我们无不汗湿衣衫，虽说筋疲力竭倒也乐在其中。

步入了小学高年级以后，我对运动的兴趣越来越浓。

“我和同学约好今天下午去打篮球了。”

“你怎么忘了还要去上奥数培训班呢?”

这类令人扫兴的对话在每个家庭里时有发生。

偶尔我也会在繁重的学业中抬起头，向父母表示对即将到来的假期的美好憧憬。“放假时请把那副羽毛球拍找出来，我想每天抽出时间陪你们去健身。”又或者是“到时候买个篮球吧，我想学打篮球了。”父母往往当时不假思索地答应得很是爽快。然而真正到了暑假，不可懈怠的各门作业和近乎连轴式的补习培训又接踵而至，我只能垂头丧气地放弃自己对美好假期的奢望。

平日里我全身心地投入早出晚归的校园生活，早上七点到校，晚上六点放学，赶着地铁急匆匆在两点一线间穿行，逐渐养成了依时作息的习惯。然而体育老师却对此视而不见，时不时冷漠地质疑我们“怎么连羽毛球颠球都不会？”“怎么连投篮和传球都不会？”“怎么连乒乓球对墙打都不会”，在几乎咄咄逼人的诘问下我们哑口无言了，委屈，或是愤懑。兴趣具备，却是有什么时间赐予我们去追求，去“学会”呢？

似乎学校还是很能理解我们的苦衷的。中考的体育三大项必考科目似乎是天赐良机，八百米长跑，弹跳，选修，一应俱全。我们可以利用体育课充足的四十分钟进行自由锻炼：第一项，带队慢跑两圈；第二项，追逐跑两圈；第三项，自由慢跑两圈。其实都是“长跑”两个字足以概括的。四十分钟便是这样消耗殆尽，高强度的“锻炼”是齐全了，但美其名曰“自由”却是牵强得离谱。如果运动的时间变成课堂，运动的项目变成唯一，运动的身份变成考试，我们又怎能感受到对运动发自心底的热爱？我们曾无数次祈求老天下雨，殊不知“雨神”竟是体育老师的托。当我们双手合十喃念着老天保佑，听着哨声一路小跑奔向操场时，把祈雨当做习惯，把长跑当做灾难，却是已然沉湎于这种不健康甚至隐隐好笑的憎恶情绪中去了。

每当语文老师的命题作文有关于“在挫折中成长”的题目，多数同学对“挫折”的第一反应，都是中考必考项目长跑。原来，变了味的“体育课”早已深埋于心，成为挫折的代名词，而“成长”不过是放在结尾处凑数的点题语罢了。想起刚刚熬过的体育中考，那一种赴刑场一般的紧张感，完全不亚于文化课的考试。多少人临时恶补，把运动当成学业的一部分，达到满分标准便立即截止。多少人怀揣着不能输在起跑线上的信念，在长跑的漫漫煎熬中与自己斗争。我们都是为了考试而运动。

体育中考当天，我们列队站在候考区，亲眼目睹两名外校的女生先后晕倒在跑道上，我忽然腾升起一种看清自己命运的悲戚感。报纸的报道一般都是昏倒的学生向学校隐瞒先天性病情，以及准备活动不充分等常规性说词。然而我也不是不知道，我有一次在长跑中拼尽全力跑到终点之后，我一下子跪到在地上，眼前一黑，喉咙里翻涌着浓重的血腥味，连话也说不出来了，直到近乎半小时后才完全恢复神智。或许我是天生在长跑上更具天赋，但那“拼尽全力”的感受却是和他人相同的经历了。那时候我想，其实每个人在长跑的过程中都是在做一个关于何时倒下的抉择，那一种搏命的冲动，提起来都是一把辛酸。

# 三道关

有人在军训前惶惶然把个性签名修改为“不知道我能不能活着回来”，我听得悲壮，想起那个在初一军训时，因中暑而晕倒在食堂门槛上的可怜男生，不觉心头一冷，忙不迭地自我安慰道：“军训怕什么，不就是三道难过的关吗?”

后来我才知道，我的“三道关”真是说得有些太过轻巧。

## 第一关：内务达标难

我在冷硬的凉席上翻来覆去纠葛着午夜和凌晨，我能听见寝室里有人把头埋在空调被里压抑着轻轻咳嗽，也有人发出夜虫子一般安逸的鼾声，而另一种被我凭空拟造的警报的“嘟嘟”声如同耳鸣，彻夜响得无止无休。可能是神经绷得太紧。

我在日历上画圈圈，当时觉得如果没有每日更新的倒计时，恐怕真会熬不下去。宿舍管理员的内务审核很是苛刻，我们言听计从地大扫除了一番后，内务分却还是被扣除得一塌糊涂。脸盆摆在书架底，毛巾搁在脸盆上，杯子贴在毛巾旁，牙刷需统一朝向。还有抹布洗净折叠好，被子扮作豆腐块状等，诸如此类。我们嫌如法炮制太啰嗦，便把牙膏肥皂洗发水一系列生活用品全藏进了衣柜。然而分扣得更过分，“衣柜里不能放除了衣服和衣架以外的任何物件，并且，不允许隐藏生活用品!”

于是我们只得用尽一切可以缓一缓困倦的面部表情的时间，来把毛巾覆在脸盆上捏出盆边的形状，或是趴在地上用透明胶一根一根地粘头发。宿舍管理员说过，地板不能留有一根发丝。为此我们甚至把梳头发的活动转移到了走廊或是自己的铺位上，虽然半夜在床上梳弄一头黑漆漆的长发的行为经常会让室友感到见鬼一般的恐慌。

想起军训前，当我们蓬头垢面地埋没在家中脏乱的卧室里时，我们可从来没有对内务这么勤勤恳恳过。

## 第二关：冲凉排队难

我绝望地站在公共冲凉房前，前方有八九个披头散发地提着水桶的学妹在排队，她们都是专门派来和我们抢夺冲凉房的初一新生。

“同学，请问你们寝室有热水吗?”我故作亲切地向一些身材娇小的学妹采访道，我才不会自找羞辱地去和一个高挑到瞧不起我们高中生身高的人搭讪。

“有啊，只要刷卡就有。”她们拽拽地昂着下巴。

“那你们为什么还要来这里排队啊?”我追问。

“因为要打扫卫生！”“因为厕所太小！”她们说得趾高气昂，而我在想我是不是该以“哦，那我来这里排队可是因为厕所太大想来体验贫民生活”来应对她们堆了满脸的怜悯和不屑。

“我当时真想揍她们！”回到寝室时我气愤地说道，“要知道她们是寝室有热水不用，而我们是寝室根本没有热水！”

一寝室的人听后群情激奋，纷纷捏着嗓子模仿学妹们又嗲又拽的嗓音，“姐姐帮我拧一下衣服吧，我拧不动！”“难道你长这么大没洗过衣服吗?”“我长这么大就是没洗过衣服啊！”

有人说她们冲凉的速度极慢，有人说她们把水溅得满地都是，还有人说她看见一个胖乎乎的学妹霸占着我们用来吹头发的吹风筒吹帽子，还一扭一扭地说：“我边吹帽子边吹头！”……

这样列数起来，罪状一桩一桩的。我们嚣张地嘲讽着她们，是不是自己突然变得独立了，才会感觉到学妹们的霸道和娇气？或许我们当年也是这样被人讨厌着。

## 第三关：教官满意难

站军姿的时候连打了不下十个哈欠，泪水被哈欠催发，在眼眶里存蓄不下。其中有一滴滚落了下来，停在脸颊上不动了。我很想把它抹掉，因为不明是非的人或许会以为我哭了，然而站军姿是不能有任何动作的。

“眼睛不要闭上啦！”“你们表情不用那么痛苦吧!”我听见教官在队伍中无奈地嚷嚷道。我很高兴他的主语是“你们”，因为这说明我不是一个人在犯困。那时我已经进入了半睡眠状态，白帽子的帽檐压得很低，像一叶沉重的白色幕布，是即将谢幕的姿态。

晌午的日光比眼镜蛇都要狠毒——眼镜蛇不会同时毒死一操场的人。我直勾勾地盯着前方同学的马尾辫，感觉我们都是一根根戳在操场上的大冰棍，滴着水就要融化掉，而愈是融化愈是笔挺，脖颈僵直在那里，腿脚立得麻木。毕竟冰棍融化后剩下的不是硬邦邦的竹棍子吗？

“停止训练，原地休息!”听中队长一声令下，我们如蒙大赦，一个个吃水量比水龙头都大，摘了帽子搔首弄姿，头发从帽檐下湿哒哒地解脱出来却依旧像是塌方的矮丘和砍倒的森林，比往乞丐的头发上打摩斯还要惨不忍睹。

我是宁愿所有训练项目都替换成站军姿的，难度系数小且即使兀自肆无忌惮地想东想西也不会被人知道。然而教官不会这么轻易地放过我们，报数有瑕疵就一遍遍地重新来过，哪怕在我听来已经连贯得和炮仗或是犬吠差不多。站军姿的时候有人说话就罚全体单腿下蹲，虽说在长时间站立后下蹲是件畅快淋漓的事情，但一个再舒服的姿势久而久之都会变得如刑罚般痛苦，此起彼伏的都是倒吸冷气的声音。

还有第一排报数后最后一排的最后一个男生需要大吼的那一声“满五”。一次他喊得不够豪迈，被教官罚喊十遍，结果“满五满五满五满五满五喵呜喵呜喵呜喵……”喊着喊着就自然而然成了带哭腔的猫叫，我们和教官在前方憋笑憋得肩膀都抖起来。

我这才知道忍耐不是折磨而是欢声笑语，苦中作乐也是这么有意思的事情。

军训宣告结束的时候有些人眼圈都红了，听说有人含情脉脉地给教官留言“过几年我就嫁给你”。看见有人在个性签名上写道：“军训的日子比宅在家里好得多。”男生们把教官抛向空中，女生们排长队找教官和中队长讨签名。没有谁做得到心无旁骛地离开这段日子，我也一样。

其实军训还是艰苦的，头顶烈日脚踏炙土是所有人的噩梦，但我们都忘了。我可以大言不惭地对所有人说军训“很好玩”，因为我们笑的次数比皱眉的次数还要多。现实和游戏总有些或多或少的异曲同工，好像闯过了这三道关，我们就都成了英雄。

## 怕　黑

我似乎一直都是怕黑的。倘若提到“走夜路”、“半夜喝水”、“看鬼片”等名词，我都会无可奈何地在前头添上“不敢”二字。

当午夜的一点光明熄灭后，世界陷入混沌颠倒的沉眠，白日的花草树木尽数压成平面，成为墙壁上黑黢黢的影子，任由脑海中那些光怪陆离的想象跑出来祸害于人。每到这时，盘腿坐在电脑桌前的我总会无来由的一阵战栗，无力地希望身边成为漏洞的空间能缩得小一点，再小一点。于是我在大热天把空调开得极低，然后扯过一床被子蜷缩起来，只留出一个缺口让五官得以与空气接触，似乎只有这样，才能踏踏实实地避免臆想的侵袭。

人对黑暗的恐惧往往来源于未知，感受不到自己与世界的牵连，视野所及之处都被黑色蒙蔽，继而产生既焦虑又迷茫的心理。黑暗等同于不安定，在四面八方的阴影角落，似乎随时都有蛰伏的生物飘飘忽忽地出现在面前。我一直认为怕黑是发自内心的胆怯，是没有人能改变的荒唐的个人习惯。于是每逢天黑下来的时刻，我在任何与黑暗正面接触的事情前，都要用一个“陪我……”的祈使句，听起来自己都觉得滑稽至极。

我开始追忆我年幼的日子，想寻找童年怕黑的影子，然而没有，记忆中的我似乎一玩起来便天不怕地不怕的。那时候特别热衷于一个游戏。把几个装冰箱或电视机的大纸箱子横放在草坪上，几个孩子分别缩在各自的纸箱子内，两两相对地在“门”缝间对话，有时候甚至会在里头塞上毛毯和枕头。那像是一个微缩的家，虽然只容得下一个人，却得以让朋友们都成了邻居，拥挤却也是每个人所向往的。我们尤其喜爱天黑下来的时候，箱子之间彼此摩擦的响动被寂静放大成它本身的好几倍，耳边是从外界来的飒飒的声响，或许是风吹动树叶和野草，也或许是老鼠在附近放开胆子跑个不停。然而我们却欣赏着那种恐惧，偶尔唤着彼此的暗号，偶尔探出头来仰望星空的色泽。还有诸如此类的众多玩法，好比每人撑开一把大伞，围成一个小圈子，彼此拥着挤着坐在伞下，吃着棒棒糖说着鬼故事，不到午夜誓不回家。那时候我们都是幼儿园的孩子，不明白黑暗中潜藏的危险，想法单纯得只有“大老虎要来抓我们啦”，这才是我们的“胆大包天”的真正原因，我是这样认为。我仍没给我对黑暗的恐惧找到一个妥当的理由。

随着年龄的增长，我们对黑的含义有了更全面的认识。黑色街巷里的犯罪案件，黑色天空后的自然灾害，或是电脑广告上跳出来的鬼片海报。那些血腥而惊悚的画面被大脑暂存了下来，现身在我因胆怯而屏住呼吸一动不动的时候，成为无法弥补的毛骨悚然的根源。它们不曾被忘记，也不可能被忘记，我只得用被子把头蒙得更紧。

然而一场再正常不过的暴雨让我颠覆式地动摇了对“怕黑”的定义。那是下午的最后一节课，我们掐着表等待着放学。然而还未来得及欣赏夕阳西下的黄昏，便发觉傍晚的天已然阴暗得如同午夜，在一阵风吹草动的僵持后，天空忽然电闪雷鸣，窗户来回拍打在窗框上发出尖锐的声响，我和全班同学被困在了教室里。忽然一个炸雷，有人情不自禁地尖叫起来，连老师也不再讲课。教室上方的电灯毫无先兆地摇晃了一下，随后“啪”的一声轻响，教室沦入绝对的漆黑。惊雷在耳边一个连着一个，有时候离得近了，像是一个微型炸弹在耳边爆炸一般。我们都兴奋起来，在伸手不见五指的黑暗里，我们听得到室外的震荡也感知得到室内的祥和。有男生在各个角落长一声短一声地学鬼叫，或是张牙舞爪忽然出现在女生面前，然而我却是隐隐觉得温馨，是的，温馨。在那样的黑色里，我只是知道附近还有朋友，还有更多的人陪伴在左右，他们成为最温暖也最安全的屏障，填充了整个浩大而孤寂的小小世界。

或许我从来没有害怕过黑暗，而真正的恐惧只是一个人的世界太孤单。

# 象牙塔的涂鸦

# 享乐无需与金钱相伴

当今社会，拜金主义盛行，物欲的气息充斥着人们的生活。很多人感慨着“金钱至上”，仿佛不当富翁生活将失去色彩。听闻一则故事：三人同一口井喝水，用金杯玉盏盛着喝的人觉得高贵，用瓷碗泥杯的人觉得贫贱，而用手捧水喝的人不用昂贵器皿反倒怡然自足，这是否说明“享乐无需金钱相伴”呢？

在历史的长河中，我们并不缺乏这样的例证。田园诗人陶渊明才华横溢，正当壮年却甘于归隐山间，惯于握笔的手毅然拾起锄头。他过着清贫的日子，一家老小的生计全担在他的肩头，然而他笑谈“不为五斗米折腰”，放弃对功名利禄的追逐，不与昏官奸臣为伍，整日衔觞赋诗，折花种豆，沉醉于被自然风光浇灌的浪漫主义情怀，谁能说他不是快乐的？相反，陶渊明那份“采菊东篱下，悠然见南山”的恬适自在，和他远离世俗，安居陋室的自由与不羁，便是身居高位之人也只得望尘莫及。

空怀金钱却不懂得享乐的人无疑悲哀，而即使贫困却不失乐趣的人令人赞叹，多的便是一份来自内心的淡泊。电影《阿甘正传》里的福克斯·甘，作为智商低于常人的“傻子”，他在凭借天赋与情商几经艰辛成为亿万富翁后毫不犹豫地将财富赠予教堂、医院与亲友，自己开着锄草机不停歇地工作。他说“我喜欢劳动”。身怀勤俭真诚的美德，无私劳作并乐在其中。他是把金钱与名誉都视为“不在乎”的杂物，利利爽爽地追逐他幸福的夙愿，采用一颗澄明的心，收获了他人所未能体味的生命的意义。

然而，能拥有这般心态的人又有多少呢？放眼当下，有的人为微薄利益奋不顾身，削尖脑袋往上钻。贫穷者阿谀奉承，巴结他人宁可沦丧道德准则为代价，上古流传的美德扭曲成为谄媚的嘴脸。而富贵者迷醉于灯红酒绿，投机钻营，压榨他人，用奢华的外表掩饰内心的荒芜，借“成功”的伪装填补精神的空虚，他们腰缠万贯却遗失了单纯享乐的本能，一个真正纯粹的微笑甚至比得到面包的乞丐还要难，又谈何快乐呢？只是糟蹋生命罢了。

古人云：“士生于世，使其中不自得，将何往而非病？使其中坦然，不以物伤性，将何适而非快？”懂得享受生活的人即便流浪街头，他的精神也是富有的，因为他隐约明白，享乐从来无需金钱相伴。

## 生的燃烧

——浅析影片《红高粱》

在这片荒凉的黄土地上，生长着这样一群人。他们的躯体像这片土地一样粗犷，他们的情感像太阳一样热情奔放。在他们的灵魂深处，是一丛不曾熄灭的火焰，日日夜夜助长着生命的燃烧。

影片讲述的是“我”的奶奶九儿，被迫嫁给麻风病人，而后在经历了抢劫、绑架等一系列变故后，与“我”的爷爷相知相爱，一同抗日，最终在战火中牺牲的故事。

影片的色彩以红色为主，代表着生命、爱情与奔腾的血液，象征着底层人民的反抗，给人的视觉带来强烈的冲击。在影片的开头部分，九儿坐在通红的喜轿中，整张脸都是这样的红色，哪怕这时的情感本应该是前途无望的悲哀，却依旧使用暖色调，彰显出九儿性格中的大义凛然且敢爱敢恨的情怀，似乎暗示了人物对命运无声的抗争，也预示了事态即将出现转机。红色的运用使得影片充满热量，哪怕人物陷入某种危险困境，也隐约有希望蕴含其中。

影片选用了民俗气息浓烈且具有北方特色的民歌，如抬轿歌，敬酒歌，以及最著名的“妹妹你大胆地往前走”等，这些歌曲都在影片中反复出现，通过人物雄浑嘶哑的嗓音将歌曲吼出来。影片中每次歌唱，都富有不同的情感与寓意。正如罗汉大哥唱的敬酒歌，是新酒出炉的欢喜；而“我”爷爷唱的敬酒歌，却是对生命的敬畏，对罗汉大哥英勇行为的缅怀。影片除此之外循环率最高的，是用唢呐吹奏出的乐声，是新娘出嫁时的喜庆音乐，却在战场等看似不合适宜的场景出现，残酷的画面与音乐，形成了鲜明的反差，但同时惊人的和谐，那是对生命的蓬勃生机的最高赞美。

影片中主要出现两大道具——高粱地与十八里红。高粱地既是故事发生的背景，也是在这里生长的人生命的象征。影片开头展现高粱地的茂盛繁密，比喻这里的人民不屈而顽强的生命，而当日本人入侵，大量压倒了高粱，也扼杀了罗汉大哥与秃三炮的性命，象征生命的脆弱性与被践踏的事实。而十八里红则始终给人以无穷斗志，用以驱除恶病，用以鼓舞士气。当“我”爷爷他们即将上战场时，镜头特写了十八里红的燃烧，这时它就不仅是烈酒了，而变成旺盛沸腾的生命热情。

在影片即将落幕的时候，“我”年幼的爹用稚气的童音唱起了民间歌谣，“娘，娘，上西南，宽宽的道路，长长的宝船。娘，娘，上西南，溜溜的骏马，足足的盘缠。”一声声悲戚的祝福的呼唤，仿佛要将人从惨烈的现实中引领出来。这时画面变成模糊的完完全全的红色，就像是“我”父亲因日食而落病的眼所看到的世界，火一样燃烧的，由无数热血的生命炼就的世界。

# 饮尽孤独

## ——浅析纪录片《高三》

高考是每个学生必然要走的路，注定要孤身一人，背负家庭的责任与老师的期许，咬牙冲破艰难险阻。它不会存在任何捷径，只会不断迫使你饮尽孤独，然后看到发着光的前路。

纪录片《高三》通过对武平一中老师、家长、学生在高三生活中的表现，进行跟踪拍摄，以最真实的形态，将高考的残酷完整展现。

高考是宏观的行为，而纪录片只将镜头锁定在武平一中。由群体到个体的拍摄手段，既将视野扩展到整届考生在教室中埋头苦读的壮观景象，又穿插了学生在这庞然的环境下，偷偷打哈欠或是语速急促抢记背诵内容的细节，使得整体与个体相结合，将紧张压抑的背景环境立体化。然而纪录片不全是空洞画面的拍摄，个别学生不良心态的演变构成丰富具体的情节，抽烟喝酒的，翻墙上网的，恋爱逃学的，并通过采访，以学生的角度，向人影射出高考所带来的精神上的压迫与摧残，暴露出教育体制中难以改善却不可忽视的问题。

本纪录片并没有如同《迁徙的鸟》一般，用后期音乐贯彻始终，而是选择用单纯人声来营造出压抑紧促的气氛，仅有的歌曲音乐也是以老师播放或学生歌唱的形式出现。其中《北方的狼》是老师在班会上用以鼓舞士气，告诫学生遇到重大挑战只能像歌曲中所唱的“咬紧冰冷的牙”，仿佛高考的滚滚洪流已势不可挡，作为学生却要用更强健的意志将其击溃。而反映情感完全不同的是，在开头结尾由女学生吟唱的《那些花儿》，清亮的音色与忧伤的旋律牵动的是对往昔的追忆与缅怀。高考虽然残忍，却是在生命中织出一段同甘共苦的别样时光，这样的情谊与动容，或许一辈子也就只有这么一次。

高考是噩梦，也是即便到老也难以磨灭的记忆。纪录片展示了它冷漠残酷的一面，也从中体味出这份辛酸中的值得怀念的部分。高考中的学生往往承受家族厚重的使命感，尤其是对于贫苦地区的孩子来说，高考甚至是家族命运发生转变的唯一可能，所以即便困乏得睁不开眼，或焦虑得彻夜难眠，也要努力抑制住青春期叛逆的火苗，然后拿出半条命来坚忍无畏地走下去。

我们无力改变高考制度，只能为梦想暂时忍受它所带来的困苦，哪怕因考试失手哭红了双眼，毕业合影时想笑都笑不出来，也要像片中女生在日记中所写下的那样，“为了理想，我宁愿承受那寂寞，饮尽这份孤独。”

# 不必回地球

## ——浅析纪录片《遥远星球的孩子》

在这个世界上有这么一些人，他们孤独地封闭着自己，内心深处却渴望与人亲近。他们像是最天真的孩童，想要用力地从他们的星球飞回地球，却始终没能被世界接纳。

该纪录片讲述的是庄天岳、俊余与小喻三个孤独症患者，他们拥有比平凡人更艰难的人生，但却各具有异于常人的禀赋，如钢琴、绘画或耐性，虽有先天不足，却通过自己的努力和家人、老师的关怀，最终得以被更多人接纳的故事。

纪录片中的色调是灰暗的冷色，具有相当强烈的真实感，也表现出三位患者所在空间的孤僻与对外界世界的抗拒，仿佛那压抑的画面就是他们失去灿烂阳光的心房。每次听他们的亲人动情讲述他们与外界的种种不和时，他们面部的特写就是灰色而昏沉的，而当他们开始摸索到与世界接轨的途径，用自己的天资与努力赢得他人的称赞时，画面就会逐渐转为稍明亮的，象征生活中突如其来的转机，也正如他们脸上腼腆而孩子气的笑容。

特写镜头在纪录片中频繁出现，但在开头部分，摄像师却是长时间跟拍他们的背影，由此引入他们的故事。背影是神秘的，却始终让观众与他们保持距离，只能通过他们古怪的肢体动作和声音去猜测。而随着对他们了解的加深，针对面部表情的细致特写就愈发多了，甚至能隐约通过他们的眼神看出他们的忧伤和无奈。加上对于弹钢琴的手指，嵌满蜡笔颜色的指甲等的细节放大，他们的内心活动更立体地展现出来，让人感受到他们不易言表的情感，而不再将他们看作没有思想的怪胎。

解说词的使用在纪录片中占重要地位，虽然运用得不多，却句句精辟深刻，通过对他们内心世界的剖析，撇清一些误会，从而加深观众对他们的理解。伴随着灵动而忧郁的钢琴音乐，这样的解说让观众的内心产生一种难以言语的共鸣。从同情怜悯到理解关怀，这不是新知识的输入，而是找到了媒介，让荧屏内外的两颗心彼此靠近。

在纪录片的尾声，其中一名患者坐在夜晚的出租车上与司机攀谈，谈到司机最欣赏的飞机种类，孤独症患者感叹道："那飞机我都没坐过！"而司机哭笑不得地说："没有啦现在哪有那种飞机让你坐。"就像他们一直为得到认可奋力离开他们的星球，但那回到地球的飞机哪有那么容易搭乘。或许他们需要的只是外界对他们的多一分宽容多一分爱，他们根本不必生活得那么吃力，也不必回到地球。

# 归　途

## ——浅析影片《我的父亲母亲》

在那条向远方绵延的路上，她笑容明艳地盼到了他们的初遇，又用半生的奔跑与等待去迎接他的归来。阳光下她的面庞灼灼闪光，那时爱情正走在回来的路上。

影片讲述的是“我”的母亲招弟是一位美貌聪慧的乡村姑娘，对从城里来的父亲一见钟情，并在经历了无数次分分合合后，与父亲上演了一段淳朴而忠贞不渝的爱情故事。

影片的色彩非常具有特色。开头结尾都讲述了受到不公正待遇的父亲离世后母亲的表现，因而采用了全黑白的色彩模式，自然而然地营造出悲伤压抑的气氛，使母亲的举动显得凝重而沉痛。而当影片转入对父母爱情的回忆，影片画面则运用了彩色，并且充分借用明媚灿烂的自然光，由交代乡下环境的远景拍摄到对母亲羞涩笑容的特写，这种鲜亮的光线将整个基调转为明快。从母亲与父亲初遇，到后来使了小心思制造的种种邂逅，暖色调始终渲染出浓郁的初恋气息，青涩而能量充沛。而当父亲即将被抓去批斗时，色调瞬间转为冷色，仿佛观众的心也一起凉了半截，与前面的光亮形成鲜明的反差，所有的色彩明暗都与母亲起起落落的情绪紧紧关连。

为了表现那个时代背景下人们对于爱情的腼腆，影片大量采用了旁白，而男女主角的对白则少而精炼。更多的时候，当父母的爱情进行到更精彩的部分时，便会有音乐响起，偶尔有朗朗的读书声，人群喧哗声和哭泣声等穿插其中。音乐在爱慕之情浓烈时是欢快活泼的，而当爱情进入无望的追寻与守候时又会放慢节奏，听起来与母亲的情绪相呼应变得失落伤感。

有很多关键性的道具在影片中反复出现。母亲织的红布代表着祈福与喜庆，象征了母亲对父亲的单相思。而之后出现的定情信物红色发卡，以及被父亲使用过的青花瓷碗，更是始终预示着爱情的走向。红色发卡失而复得，青花瓷碗碎了又补，都是暗喻着破镜重圆，从而引出父母感情新的转折点。

在影片的结局，母亲执意要将父亲的遗体艰难地抬回乡下，而村民们也集体自发地冒着风雪为他送葬，这既是一段对他们淳朴爱情里程的回顾，也是对一位奉献一生于教育的教师的沉痛告别。然而作为儿子的“我”重新站回讲台，朗读父亲创作的儿歌，人们肃穆浓重的表情再次传递了贫困乡村的人们对知识的渴望。这时熟悉的音乐响起，影片以叠画的方式，让向学堂奔跑的母亲的容貌与年轻时的面庞相重叠，是对知识重返乡村的隐喻，也恍若再次抵达情感软肋的初恋，几乎让人流下眼泪。不为别的，只为眼前这条路，这条知识与爱情的归途。

# 证明归来

## ——浅析影片《归来》

在那个被无限循环的情节里，婉瑜在春秋冬夏的轮回间举着纸板等待，而陆焉识陪着她重演无数次无法相认的“归来”。哪怕两鬓斑白，也能证明不被年岁分隔的挚爱。

影片讲述的是知识分子陆焉识与妻子婉瑜在大时代际遇下的情感变迁的故事。

在影片中，色彩被明显分割为两部分。在描写“文革”时期的前半段，色调偏冷，以灰和黑为主，营造出阴沉压抑的气氛，使人设身处地地感受到小人物在大时代背景下苦苦挣扎的境遇，以及内心深处复杂隐秘的纠葛。而当这段时期过后，影片便又恢复了对自然光线的采纳。无论是室外的太阳光，还是室内水壶中蒸腾的水汽，都依照导演对颜色最熟稔精准的配比，随着两位主人公感情的升温，似乎能感受到影片中久违的“家”的温馨及暖意。

影片的节奏是平和缓慢的，在人物形象日渐沧桑的变化中清晰了爱情的轮廓，具有很强的抒情性和年代感。等待注定是漫长的，倘若节奏没有掌控好，让观众脱戏，那这部有关“失忆”的作品便很容易让人感觉乏味，甚至沦为“老年版”的韩剧。然而影片中“天桥重逢”的戏份作为爆发力最强的感情戏，将感情的冲突击撞推到制高点，以至于其后的风平浪静也能被众人接受。有缓有急的情节分布，简直恰到好处。

著名导演张艺谋对道具的选择向来别具匠心。《红高粱》中的“十八里红”，《我的父亲母亲》里的陶瓷碗，都成功赋予其中反映民俗或时代的意韵。而本片中的纸板也如此，它几乎贯穿影片的后半部分，象征着“召唤回忆”与“唤醒记忆”，出现在婉瑜感情遭到质疑的裂口。而那一手写在纸板上的毛笔字，让所有情感不言而喻。纸板在站台前经历过风吹雨打，爱情也如那春秋冬夏不曾停止的陪伴，坚实且绵长。

爱情从未离开，谈何“归来”？他们只不过是想要给予对方一个不离不弃的明证，不必言说，也已知晓答案。

# 多走一步

人生的旅途就像走在一座没有栏杆的桥上，每一步都需要谨慎小心。倘若多走出关键的一步，或许就能使我们抵达成功的彼岸。倘若走偏关键的一步，或许就会使我们跌入桥底失败的洪流中，而使以前的努力全功尽弃。

那么，我们究竟该不该多走一步呢?

多走一步，会让我们顺利抵达成功的彼岸。格林兄弟曾经想要研究民间传说与人类历史的发展有什么联系，于是，他们就不辞辛苦地在民间收集那些流传已久又不为众人所知的故事。他们为此日以继夜地忙碌奔波，又花了大量的精力将这些故事编写抄录、整合成集。然而，格林兄弟最终失望地发现，这些故事与他们的初衷并不吻合，于是，他们将这些故事弃之一旁。直到有一天，他们的朋友仔细浏览了这些资料，感觉这些资料内涵深刻、内容精妙，便帮格林兄弟把这些资料整理出版成书，这些书便是后来流芳百世被全世界儿童熟识喜爱的《格林童话》。格林兄弟曾经被视作废纸的资料成就了一本巨著，而这些资料险些与成功失之交臂，因为成功，只需要再多走这一步而已。

然而，多走一步，也会让我们跌入失败的洪流。当今社会，为数众多的家长都给自己的孩子设计了这样一条人生路，“比别人多走一步。”于是我们看到孩子们从幼年起，就纷纷一个个跳入竞争的洪流中。内容上超前的，学习奥数、奥英；特长上超前的，学习钢琴、舞蹈；年龄上超前的，一年级学完三年级的内容，小学学完初中的课程；或者更有个别孩子，从三岁起就无奈承受学习算术的重压。家长逼迫孩子们，近似疯狂地往思维尚不完全的脑袋里强塞更复杂、更庞大的知识，生怕别人抢了先。结果呢？孩子们失去了天真烂漫的童年，变成终日不休止地学习文化知识的麻木机器。他们没有时间去接受大自然赋予我们的爱的教育，因而出现越来越多的情商低，甚至没有道德意识的高分低能儿。这支“不能让孩子输在起跑线上”的玩命大军，由于人数众多，因而几乎引领了整个社会在教育上“多走一步”的时代潮流，迫使更多的家长、老师把孩子们往这条不归路上输送，却最终并不能收获他们想象中的美好前程。

以狂野无羁的文学才能而著称的作家莫言，手中捧着的诺贝尔文学奖杯瞬间凝聚了国人的目光，也掀起了议论的波澜。人们惊异地发现，从1901年设立诺贝尔奖以来，几乎没有哪一年获奖者中会少了美国人的身影，而美国的综合国力、经济实力和人才储备，在当今世界上都遥遥领先。“为什么我们的学校总是培养不出杰出人才?”著名的“钱学森之问”依然言犹在耳。莫言认为作家不是学校里培养出来的而是生活造就的，他幽默地说:“因为我读书比较少，所以我的想象力发达。如果我读上三十年的书成了硕士、博士，可能想象力要大打折扣。”这句话对中国现行教育制度岂不是又提了个醒？我国现行教育体制的弊端长期被人诟病，它山之石，可以攻玉，有人提议应该拿出壮士断腕的勇气，缩短学制，把现行中小学教材内容和难度减少一半，此言不无道理。教育部门把握教育方向的主管者，何时才能在教育改革的深水区解放思想、顺势而为，敢于在涉及中国教育和科技振兴的道路上“多走一步”呢?

多走一步，不是盲目地乱走，是在遵循客观事物发展规律的前提下，智慧果断地迈出走向成功的关键一步。多走一步，是在正确方向的指引下，“咬定青山不放松，任尔东西南北风”的旧秩序挑战者和铭记史册的发明者们豪迈坚实的脚步。多走一步，不是偏离规则，不是画蛇添足，而是依照着自己的心去走，直到触碰到梦想彼岸的“柳暗花明”式的成功。

在这个时候，多走一步吧，朋友。

## 创意都去哪儿了

当今社会，“山寨”这个名词对于我们并不陌生，汽车是山寨的，手机是山寨的，似乎良好的效益与口碑完全取决于仿真度。近来媒体报道说，某影视公司打着“创意园”的招牌，却将高仿真的山寨版埃及狮身人面像展出，于是人们不禁要问，那创意都去哪儿了呢？

创意的缺失，来源于盲目地追随潮流。近年来，湖南卫视的亲子真人秀节目“爸爸去哪儿”，始终在收视率榜单上居高不下，聚集了媒体和社会的目光。然而在这个节目火爆播出的同时，又有些相似度极高的影子在各大卫视冒出来，“人生第一次”、“爸爸回来了”，仅仅是改了名字、换了嘉宾，其内容形式连同角色编排，几乎与湖南卫视的该档节目完全雷同。于是，娱乐节目中相亲、竞技的题材都默默退场，转而掀起亲子节目的热潮。虽然部分观众对此抄袭行为表示鄙视且不买账，但仍有大部分群众以“凑合着看看呗”的理由，助长了这些模仿节目的运营，同时也助长了这种盲目跟踪娱乐热点，无需创意便博取利益的风气。

创意的缺失，来源于思想的保守和缺乏宽容之心。电影界在近些年，忽然涌现出大量有点异类的新生代导演。有当演员出身转身作导演的；有畅销书作家转行的；也有的甚至并未曾接受过导演专业的系统学习，显得有些我行我素、无法无天，他们争先将电影界从未出现过的“PPT式电影”“段子式电影”“综艺节目式电影”等作品搬上了大银幕，却竟然大大出乎预料地获得了极佳的票房收益。面对这些异乎寻常的现象，一些专业大腕纷纷出手，猛烈抨击，甚至一些媒体也蜂拥而上地打压，言辞激烈地斥责其没有走寻常套路。然而，抛开辩词中的专业条框，惹人生厌的不过是一个“新”字，或许其中确实存在稚嫩不成熟的部分，但这种不畏舆论敢于出新的现象，为何不是我们所稀缺的“创意”呢？而一些持有旧观念的人，对这些尝试只要稍许抱以宽容的心态，允许这些看似“大逆不道”的新鲜事儿，接受一些时间的检验，为啥就硬是不行呢。

创意的缺失，来源于中小学校基础教育中过分地追逐应试教育的效果。目前的应试教育，通过考试来选拔人才，有其一定的公平合理性。但是，学校为了应对应试教育，追逐高分，高排名，让学生自小便接触同样的思维，抵制与众不同，固定参考答案，以至于培养出来的优等生、尖子生，往往是高分低能，缺乏创造性思维。这样的思维一旦形成了习惯，就会严重影响他们今后在实际工作中的创新能力和思维理念，在以创新为特征的国际科技水平竞争中很可能会败下阵来。如果我们能敢于探索教育模式的改革，改变用单一的分数选拔人才的方式，从体制上保证学校注重培养思维活跃，勤于追问，善于联系实际的创造型人才，这样，不就会使我们的教育百花园，更具生机和活力吗？

所以，创意都去哪儿了呢？或许，它们并未离我们而去，而是就潜伏在我们的头脑深处，只是暂时被人不经意间闲置、打压、抑制罢了。

# 慈善无需板着脸

近来，被称作“冰桶挑战”的慈善项目风靡互联网，其冰水淋头并录制视频的活动规则，在传到中国后得到史无前例的积极响应。然而在人们的常规印象中，慈善向来是宏大而严肃的行为，而冰桶挑战的游戏性无疑让它成为慈善界的“怪胎”。于是网友纷纷质疑道，慈善娱乐化，究竟是突破还是沦落?

慈善娱乐化，扩大了群众参与度。冰桶挑战采用“一传三”的病毒式传递方法，群众向娱乐界的明星发起挑战，而娱乐界的明星不仅是在圈内交接，更是把科技界、体育圈的名人大腕都圈揽了进来，甚至平日潜伏于幕后的商业界精英也抛头露面。扩大传播范围对于慈善向来是利大于弊。于是自从活动被推向微博热门榜后，连往常从未关注过慈善事业的人，也因此增加了对“渐冻人”的了解，罕见病在不经意间引发了全球性的关怀。

慈善娱乐化，增加了慈善募捐款项。冰桶挑战“接受挑战，或者捐款”的规则曾遭到网友的误解，选择捐款的明星被指责扫了热情网友的兴，而选择挑战的规则又被称作“只博彩头不捐款”。由此看来，部分网友确是有些强人所难。况且诸多明星在接受挑战后依然积极捐款，这种互动互惠的模式，使得冰桶挑战创造了时间短，收效快的奇迹，统计资料显示。今年在这项活动中筹集的善款竟相当于去年同期的二十倍还不止。至于对明星是否想借机炒作的疑问，在效益上看来，只要是从为慈善做贡献的本意出发，明星适当提高自己的知名度及声誉也是可以接受的。

慈善娱乐化，依然需求改善。冰桶挑战得以无限延续，完全凭借于被点名人士的“人品”，其约束力对于公众人物远远大于普通群众。所以目前看来，冰桶挑战的活动群体主要在于明星大腕，而众多大发言论的网友却只是采取“旁观者”姿态。冰桶挑战是一次创新，存在不成熟之处并需要逐步改进，但这并不代表它应该受到传统思想的制约，反而是需要有关机构以倡导创新思维的心态由此去鼓励开发同类项目，反省不足再不断超越，使形式更多变，规则更完善。而对于普通群众，或许应当在自身方面告别“看客”的视角及“挑刺”的惯性，转而以更客观实际的角度去看待新的实践，并主动让自己参与进去。

慈善娱乐化，需要以平常心宽容待之。时代在发展，当今社会也需要不断接纳新的尝试。慈善是最有效的社会财富分配方式，既可以促进社会福利的增加，又不会对社会效率产生损害，是化解社会问题的一条重要的有效途径。拥有580亿美元身家的科技和财富巨子比尔·盖茨，在他的遗嘱中宣布拿出其中的98%给自己创办的以他和妻子名字命名的“比尔和梅林达基金会”，这笔钱专门用于研究开发用于人类艾滋病和疟疾的疫苗，并为世界贫穷国家提供援助，这一义举引起全球的轰动和敬佩。发展慈善事业目前在国际上备受崇尚，它不仅给了富人关注穷人，关注弱者，放下架子向社会表达爱心的的机会，而且在不少发达国家，做慈善成了全社会的共识，甚至成了人们生活中的一种习惯。

面对世界的慈善热潮，我国在慈善方面依旧有很长远的路要走，如果传统上“板着脸”的慈善已经不再具备引人注目的热度，甚至不再适应社会的变迁，那么，我们为什么不能以放松的心态，看待我国慈善活动中出现的一些新的尝试，让掌声再响一些，笑得再宽容些。

流行
爱慕

感悟

# 难凋零的枫笺

# 若爱玫瑰，请直说

## ——读熊培云《自由在高处——梭罗的树林》有感

**【阅读书目】**

《自由在高处》熊培云 著（《梭罗的树林》为该书中的一篇短文）

**【阅读积累】**

1．物欲症带来的是"时间荒"，人们因为物欲而丢失了原本属于自己的时间。就这样人为物所奴役，人为物所谋杀。

2．有人满怀乡愁--如何回到原来的价值观，长久地住在同一套房子里，长久地保存重要的东西，并且彼此忠诚，这已经是稀有的生活。

3．在欲望高涨的年代，糟糕的并不只是贪婪，还有害怕。

4．按照现在的成功学逻辑，如果你没有赚到"豪宅、名车、年入百万"，如果你没有成为他人艳羡的成功人士，那么你就犯了"不成功罪"。

5．美国人心知肚明--如果全世界都像美国人那样生活，那我们得再多几个地球才行。

**【阅读感悟】**

很多时候，物欲是生命力顽强的物种，易沾染，而泯灭却比戒网瘾更难，如同女人的精致妆容，一旦习惯浓妆艳抹，就再难忍受素颜的状态。它以诱人姿态示人，往往是还未发觉人便已深陷，继而全然忘却涉足此处的初衷。

物欲由流行心理催发，又名“流行性物欲症”。举个例子来说，在这个网购正在逐步取代商场购物的当下，纵然是再固执的人，眼见身边的亲朋朝着“支付宝”大军蜂拥而入，自己也难免跃跃欲试。网购固然售价便宜快捷方便，殊不知卖家早已设好陷阱，猜中买主的喜好将同类款摆在触手可及的位置，相比商场的零散排布更能激发狩猎的欲望。于是买主也不禁放弃精打细算，仅让鼠标做运动，钱包便瘦了身。然而，“流行性物欲症”的病因终究出于被动，缺乏意志力操控的目的性，因而人们即便拥有了点到之处的物品，依旧无法平复未经头脑思考的空虚。在手中钞票不断锐减的同时，焦虑感与负罪感随之产生，一次物欲释放的淋漓，却是以更沉重的生活负担为代价。

若流行心理是导火索，那攀比心理便是助长火势的油。当微信朋友圈开始流行以后，自夸已然不再需要通过聚会含蓄地“走漏风声”，上班族们的指尖在手机屏上每划拉一下，扫见的倘若不是“秀幸福”，十有八九就是在“炫富”。然而后者无疑是最具冲击力的，这人上传豪宅的冰山一角，那人便发送迪拜的奢享全貌。于是老友身份转为竞争对手，“做稳了房奴”的彼此明争暗斗，“想做房奴而不得”的旁观叹惋，对白莫名嗅出了不平和的味道，分明都是衣食无忧的人，却还是要小学生似的，为“100分还是99.5分”窝火闹矛盾。

贪婪心理作为人皆有之的欲念，是物欲的高境界。相亲节目“非诚勿扰”的火爆，让“宁可坐在宝马车里哭”的个性爱情观也搬上台面，唾骂声中却也不乏志同道合者的热烈鼓吹，金钱的地位俨然即将取代甚至超越“另一半”。记得在杂志上见过这样的段子，“常有人说：‘女人的黄金年龄很短，只有22岁至26岁，男人就不一样，到了30、40岁照样不着急。’其实，男人的黄金年龄更短，只有16岁至18岁，在这段时期的他们，长得帅会有人喜欢，打球厉害会有人喜欢，学习好会有人喜欢，玩乐器会有人喜欢，但到了30岁以后只要他没钱，就很少有人喜欢了。”并非流行趋势，也无从攀比，仅是顺应自我对金钱几近贪婪的恋慕，选择依照自己的哲学活着。

“什么时候我们能够像流浪汉一样自由？”熊培云曾经高声呼喊，像是要唤回梭罗隐于世的灵魂，“在那里，你可以坐在时间的溪水里垂钓天上的星星，不必终日奔波于风尘。看大地寒来暑往，四季消长分明；看种子播撒信念，古树支起苍穹。”或许，很多人都曾留有一片桃花源的净土，他们试图以此为毕生追求——终日粗茶淡饭，满足于安逸平凡。却最终，还是被动荡多变的外界迷乱了双眼。

谁也没有权利为他人的人生作保证，也没有权利预言说，那样会遭受不幸，只有这样才能幸福。但请仍旧给自己留下驻足沉思的片刻，暂时丢开所有因物欲而生的烦扰，想自己的初衷已经偏离了吗，有多远，还能否找得到？在抵达未来之前，先抵达自己吧。

听说过这样的话：“人与人最悬殊的差距，就是有人知道自己爱玫瑰，有人只说他爱花。”

## 因为隐形，所以透明

### ——读童喜喜童话《嘭嘭嘭》有感

**【阅读书目】**

《嘭嘭嘭》80后儿童文学作家　童喜喜 著

**【阅读摘要】**

看不见灯，可四处都是蓝莹莹的光。在这种蓝光的照射下，我看见了一群影子一样的人。因为他们实际上并没有具体的形状，更看不见五官和表情。只是当蓝光照在他们身上时，会有点扭曲，蓝光就这样沿着他们扭曲着，形成一个四周隐约看见蓝光扭曲出来的头、手、脚，而中间的身体部分却是空荡荡的人形。

**【阅读感悟】**

并不是没有幻想过隐形，甚至可以说是向往已久或是梦寐以求，毕竟褪去这一身繁琐的躯壳，变成不被他人看见的透明的人，任何人和事都不必顾及，怎么想都是无形一身轻。然而一个叫做童喜喜的有过隐形经历的大活人，在书中对我说，当隐形人是件很痛苦的事，你想啊——

你被蓝盒子里的隐形虫细细痒痒地吃掉实体，然后变成幽灵一般，看得见任何人却不被任何人看见，默念三秒，目的地便能乘奔御风，比哈利·波特还要轻松。你是透明的，因而没有任何栏杆围墙能够把你阻隔在外，天地广阔任你逍遥自在。可以在凌晨去游乐场，去老街巷，去大酒楼，看洗去一身疲惫的城市，或纸醉金迷或荒草萋萋。在夜的催化剂下，看似浪漫的游乐场，有器械在冰冷地吱呀；看似念旧的老街巷，有阴暗在风吹草动；看似繁华的大酒楼，有狂欢在鬼魅横生。卸去虚假的世间百态，是多么让你失望。而当你牵回自己放逐的灵魂，想要回身在温馨的小窝里，找个友人喝点小酒聊聊天的时候，你发现每一个人都熟睡了。他们听不见你，他们不理睬你，而你变成孤独的影子，凄凄惨惨地顾影自怜着，不能吃喝不能睡，不能说话不能哭——似乎隐形就是这样。

你的眼睛被赋予了洞穿虚伪的特质，你可以探测曾经在你身边的人是否真诚。心是透明的，因而那些虚伪的人的脸，在你的眼中是灰色且五官模糊的，他们每做一件虚伪的事情，他们的五官便会更模糊一些。你看到灰色的人对人说着恭维奉承话；你看到灰色的人听到周围的同学窃窃私语后，匆忙地在试卷上涂改着答案；你看到灰色的人紧握着恋人的手，呢喃着海誓山盟……他们中可能会有你熟悉的人，你暗恨自己曾经愚昧地上当受骗。而那些真诚的人，他们的脸在你的眼中是明亮且五官清晰的。他们每做一件实实在在的事情，他们的五官便会更美丽一些。你看到明亮的人在作业本上留下温柔的赞美，你看到明亮的人在摇晃着笔尖为公式该用哪一个纠结，你看到明亮的人在看似随意的回头后说出必定会被兑现的承诺……他们中肯定会有你非常熟悉的人，你懊悔自己在曾经与他们相处的岁月，狭隘地没有对他们再好一点——似乎隐形就是这样。

你的感动和爱被放大成真实的痛苦。爱是透明的，因而一旦你感知到了爱与被爱，即使没有实体，你也依旧会为此疼得天旋地转。或许你看到了故乡寂寞的祖辈眼中，衔着思念的泪花，用那双你看惯了的长茧的手，在抚摸你儿时穿旧了的你曾经最爱的衣衫；或许你看到了父母在思索你周末回家那天，该煮什么你爱吃的菜；或许你看到了曾经对你帮助甚多的朋友，在某一个瞬间忽然想起了你，然后或狂笑或恸哭……你便是为了这些曾经被你忽视的片段而感觉到忧伤，感觉到没有好好感恩的愧疚。一半是隐形人俗称的"'嘭嘭嘭'发作症"的切肤之痛，一半是失去了无从再拥有的心伤之苦。在这眩晕中你听到"嘭嘭嘭"的巨响，那是你隐形的心脏在剧烈跳动，因为"嘭嘭嘭"就是爱，而爱是一切痛苦的源头——似乎隐形就是这样。

——这样，是不是很痛苦？

人怎么可能是透明的，旁观者清但却失去了切身融入的机会，快乐悲伤被丢得远远的，谁被谁在乎又有谁会在乎谁？而心和爱却不同，如果心是透明的，人与人之间就没有了逢场作戏虚情假意的面具，卸下面具坦诚相向的，是一张张明亮美丽的脸，把所有往昔的情仇恩怨都一笔勾销。如果爱是透明的，每一份情感风暴的战栗都被人珍惜，哪怕连风暴也谈不上，只是微小得几乎要忘掉，也能在无意间收到一份叫做无言微笑的回报。

——那么这样，是不是很美好？

# 你要是在麦田里捉到了我

## ——读《麦田里的守望者》有感

**【阅读书目】**

《麦田里的守望者》[美] J.D. 塞林格 著

**【阅读摘要】**

她说得对。那的确是“你要是在麦田里遇到了我”。可我当时并不知道。“我还以为是‘你要是在麦田里捉到了我’呢，”我说。“不管怎样，我老是在想象，有那么一群小孩子在一大块麦田里做游戏。几千几万个小孩子，附近没有一个人——没有一个大人，我是说——除了我。我呢，就站在那混账的悬崖边。我的职务是在那儿守望，要是有哪个孩子往悬崖边奔来，我就把他捉住——我是说孩子们都在狂奔，也不知道自己是在往哪儿跑，我得从什么地方出来，把他们捉住。我整天就干这样的事。我只想当个麦田里的守望者。我知道这有点异想天开，可我真正喜欢干的就是这个。我知道这不像话。”

**【阅读感悟】**

“穿过一列平原，穿过一列长街，宇宙温暖寂静，没有花。车在车站停留，窗外一列黄花，渴睡的你睡着，没见它。”耳朵里塞满黄耀明的歌，是苍凉的基调，有一点深情。这很衬书中反叛不羁的少年，水兵发型，身材纤瘦，以透过玻璃观望的姿态，将自己与世间行走的人隔绝开。目的地是哪里，说不上来吧，似乎依旧遥远得过分。眼下只是看谁都不顺，翘起嘴角坏笑得很迷人。

不觉间已是与霍尔顿相仿的年纪。

意识流。叛逆期。满口粗言。这是起初对主人公的嫌恶。那些脏字刺眼，有视觉污染的意味，于是本能将他定性为浪迹街头的混混一流，抽烟喝酒，无知且浅薄。然而霍尔顿并不是这样，甚至打心眼地鄙视这类人。他也绝不是模范生，日常规范化的生活令他悚然，而太多虚伪的守旧与巴结更是将他不断推拒着。他像是介于两者间尴尬的存在，拥有模范生的头脑，虽然愚昧无知的人们并不承认这点，在不良少年中谈得上洁身自好。

五十年代的美国青年当处“垮掉的一代”，肉体空虚无度，精神充斥病态的恐惧与迷惘。霍尔顿无疑是这场海上风暴中的成员，却亦有作为逃脱劫难之领袖的潜质。飓风过境，而他是浅水区的鱼，彷徨于浑浊的海水与干燥的沙滩，似乎是在寻觅某个安适的平衡点，既不让生命枯竭，又努力不沦陷太深。

如果只是这样就太单薄了，真的，好像霍尔顿只是个敢于破戒的反抗者。可他的魅力，绝对不止这么多。

姑娘们说霍尔顿容貌漂亮，他也曾提过他与女士通电话时“温柔得要命”，带点小得意的语调，深知讨人喜爱的花招——这不过是瑰丽皮相。而当他在弟弟死去后用拳头打碎汽车间里的玻璃窗，或者当他淋在雨中，望着坐上旋转木马的妹妹一圈一圈转个不停，想着，“我险些儿他妈的大叫大嚷起来，我心里实在快乐极了，我老实告诉你说。我不知道什么缘故。她穿着那么件蓝大衣，老那么转个不停，看去真他妈的好看极了。”这时候我们看见他的温柔，是独属于兄长的悲伤与宠溺，像一阵风都能惊动的草野，温驯且浮夸。

一个坏家伙，谁都想见证他落败的模样，就像没有姑娘会拒绝独为她脆弱的英雄。霍尔顿很爱他的红色猎人帽，鸭舌转向后面，眼神轻蔑不屑。然而沿他跳脱的思维寻下去，就能目睹他逐渐卸下那层颓废惰性的甲，或许在他自己都并未发觉的时候，言语的刻薄已然丧失了杀伤力。愤怒是空虚无助的愤怒，嘲弄是软弱无力的嘲弄。他流浪的孤独征程俨然跨越了一座城市，由都市的尖锐迷幻，缓慢踏足无人区的静谧荒凉。

这让他整个人都真切并且可爱起来。他会为妓女难过，会向修女道歉，孩子气的善良再也藏不住。他虽然厌恶所有，却不会对任何人产生敌意，甚至当他被人莫名揍了一顿后，也只是一边抹掉唇边的血，一边用堂吉诃德式的想象暗示自己是重伤的复仇者，总有柔情似水的爱人递支烟来给他抽。

“惨绿青年，你短发密且软，谁给你剪，谁给你剪，如你出走那一天没人看见。”听到这句的时候，想起霍尔顿曾经认真问道，浅水湖里的鸭子冬天都到哪里去了，然而无视是最伤人的回答。谁会在乎少年的哀伤。如果身边没有妹妹搂着他放任他哭泣，即便神色涣散地在冷风里游荡，呓语着“别让我消失”，甚至已然意识到沮丧与寂寞的他幻觉般呼喊死者的名字，也不会得到温暖的回应。

霍尔顿的人生，并不存在一场蓄谋良久的逃离，他所经历的一切无奈，不过是寄托于臆想乌托邦的自我放逐。这才不是缺失勇气，只是未曾被任何人事追逐过，他倒希望有嘞。然而正如那句听错的“你要是在麦田里捉到了我”，或许他才是那个即将坠下悬崖的孩子，立起衣领离家出走消失得无形无踪，可惜无人解救。

# 莫泊桑短篇小说《项链》续写

丈夫回到屋里时，她正坐得像一尊苍白的石膏像，膝上一条光泽绮丽的项链被她小心翼翼地抚摸着。丈夫疲惫地把公文包从肩膀上卸下来，“怎么啦？”他觉察出空气里的异样。

“福雷斯蒂埃太太把项链送给我啦。”

“项链？”丈夫显然被这突如其来的变故给吓住了，他的公文包直接从手肘滑到了地上。“什么项链？”这么多年来，他们对这个词闭口不谈，连想都不敢想。

“十年前我们还给福雷斯蒂埃太太的那一条。”她轻飘飘地说，轻得甚至有些天真的意味。

丈夫似乎是还想再多问几句的，但看到妻子的神色，又很快闭了口。他捡起掉在地上的公文包，“那么，亲爱的。是这样，我这里有一封晚会的请柬，我原本还担心这会让你不高兴的，太巧了不是？我可以给你弄到一条谈得上体面的裙子，再加上这条价格不菲的项链！你可以打扮得漂漂亮亮地去参加晚会了！”他有些语无伦次地说道，迫切地希望妻子快活起来。

然而她似乎有那么一瞬间的黯然，那黯然来去得太过匆忙，很快又被她孩子气的夸张尖叫给打断了，“这是真的吗？我是说，我真的可以去吗？”

晚会前的一段日子里，她拿着福雷斯蒂埃太太寄来的作为补偿的钱，像个贵小姐一样精心伺候着自己，修指甲，护肌肤，尽心竭力地粉饰自己十年来的贫穷印记。她总是时不时地幻想着那个妖娆的夜晚，上流社会的人再也不会吝啬他们昂贵的目光，热烈地旋转着舞蹈的开关，让她像个坏掉的八音盒一样无止无休地转个不停。而那个无趣的男人却只知道抱着一件难看的外衣在舞厅外沉默。真是难以置信，她竟然会觉得，他沉默得像个英雄。

晚会前夕，她换上一条朴素的小礼服裙，绾起铂金色的长发，袒出一段天鹅般修长的脖颈，项链就在这里奢侈地安眠。“你还是和十年前一样美。”丈夫在不远处温柔地说道。她知道他是在说谎，可这句话她爱听。

“不，项链太俗气，还是十法郎的玫瑰要更好看些。”她轻轻地皱了皱眉，把项链取下来收进盒子里，“改天就把它卖掉吧。”

丈夫有些错愕，那错愕停在他脸上，直到他美丽的妻子忽然走过来环住了他的腰，“因为我只想和你跳舞。”从来没有过的，她的声音轻快如撒娇的少女。

他微笑，说：“好。”

# 青田乡的野鹤

# 草　沫

我曾安枕过丰饶的大漠
可你总说起你宅前的沙丘
你的旧友　你的清流
只有无拘束的我　你没有提过

我曾舞弄过风流的绮罗
可你只忆起你江南的刺绣
你的茶酒　你的竹楼
余下不安分的我　你没有念过

开始习惯于青瓷的脆弱
掩灭妖娆的篝火　把自己弄丢
如果我守候成终老的更漏
是否会被你牵强挽留

开始赶不走失眠的困兽
禁锢啼血的歌喉　哀愁熬成酒
直到我打磨出温柔的赤豆
终于能被你拾起右手

直到我卑微成袖间的草沫
终于能被你携带着走

## 当明媚遇见忧伤

明媚走在大街上
奔跑在雨中笑得潇潇洒洒
她说卖糖葫芦的婆婆在大伞下讲着笑话
那是在感谢好心人的伞让甜甜的糖葫芦不要变成红汤
她像鸟雀躲在屋檐下
用雨水润喉得以休息休息等晴天歌唱
你看天空多善良
这是天空的奖赏吧

忧伤走在小巷里
躲着大雨走路匆匆忙忙
她说湿淋淋的野猫回不了家
那是上天对它蹭我一身泥土的惩罚
她想书包被淋得湿哒哒
家长签不了湿漉漉的考卷又等着被老师骂
你看天空多悲伤
这是天空的泪水吧

当明媚遇见忧伤
衣服滴落无数水花

明媚打招呼说好巧
忧伤撇撇嘴说无聊
太阳钻出云层世界转为亮堂
明媚说好久不见连天空也笑啦
忧伤说天空是在怜悯我们淋湿的可怜人吧

当明媚遇见忧伤
老朋友相遇在同样的十字路口上
同样的眼睛看同样的地方
看到的世界却怎么不一样
天晓得
这是哪儿来的不一样

# 搬　家

当邻居家落满了灰尘
窗台拥抱了老树的落叶纷纷
我仍能存留一个等候
等候一颗来自远方的星辰

当邻居家虚掩了大门
家居纸箱堆叠得有条不紊
我只能远寄一汪目送
目送一个啃着面包的清晨

如果长年远行我还能再等
多年前的回忆安好地保存
如果听到“搬家”我便不多问
只是担心跑得远了就忘却了感恩

我们都看得到搬家残忍
剪过胡须的长毛狮子在脏水里浮沉
唯一的维系转交给别人
无瓜葛便能做到不闻不问

我们都听得到搬家残忍
放过奥特曼的液晶电视传出了晚间新闻
没有什么能顶替旧的一帮人
陌生的喧闹又怎能过得安稳

## 重逢街头

那天你的妆很浓
裙子是烈性偏激的红
像朱砂像绚烂的伤口
在冷硬的风中开始抽痛

那天你对往事皱了眉头
短发是不堪回首的年幼
似飞沫似飘坠的幼虫
在被遗弃的时候停止颤抖

我们分别有多久
想念在喉头结成无法消抹的锈
叫我怎么说你才能懂——

记不记得我们坐在窗口哈手等候
等到天光破晓也没见月食兆头
你说运气不好　以后再来试过
我歪了歪头　回应稚嫩倔强的笑容

记不记得我们少女心不变的祈佑

祈到风姿绰约却没让稚气存留
我说不认识你　请你允许我走
你挥了挥手　熄灭唇角颓唐的烟头

# 劳伦斯画像

——给我修补一幅画像好吗，小伙计？
——那是我的荣幸，先生。

请你给我修补一幅画像，
在那开满白花的坟头上。
燃烧的烟火炸裂升腾，
那是劳伦斯年轻的模样。

请你给精致的碎发染上白色，
像是覆上皑皑的雪花，
那里曾是铂金色的旗帜。
滚滚的硝烟驰骋白马。

请你给正气的前额刻上细纹，
像是淌着莽莽的河川，
那里存留着一位姑娘的吻。
柔情的海浪护送行船。

请你给深邃的眼睛笼上阴霾，
像是洒下大雾的尘埃，

那里曾是他宝石蓝迷人的微笑。
奢华的宫殿埋葬尸骸。

请你给嘲讽的嘴唇添上八字胡须，
像是掩起沉重的幕帘，
那里开启过最犀利的言辞。
杀戮的触手焚烧藏典。

请你给缀满雕纹的礼服盖上狐裘，
像是袖上全新的躯壳，
那里曾是贵族舞会的焦点。
退伍的勇士畏惧寒风。

请你给我修补一幅画像，
在那开满白花的坟头上。
垂暮的烛光伤怀熄火，
那是劳伦斯老去的模样。

——劳伦斯老先生！劳伦斯老先生！
——我想，我可以好好睡一觉了。

## 衣服被丢进衣橱里

新衣被丢进衣橱里
格子T恤还是碎花裙
它养尊处优　堆叠得整整齐齐
它刁蛮霸道　声称要单独清洗

冬装被丢进衣橱里
羽绒袄或是呢子大衣
它富态雍容　柔软令人沉迷
它被戏称为肥胖　栖居在橱下垫底

校服被丢进衣橱里
V领短袖或是蓝白外衣
它色调单一　满身的褶皱与泥泞
它甘于黯然　腾空一甩便丢弃在地

新衣最受宠溺
最美的地方有它最美的身影
冬装不可代替
飒飒风雨中窝身其中调养生息
校服制度所需

不卑不亢的沉默十二年同行

直到它们老去
光鲜的皮囊褪去颜色艳丽
新衣缩水被抛弃
冬装嫌小送邻居
校服是回忆被永恒惦记
安静地丢进了衣橱里

## 分我半块白面包

想要偶遇你　在奶茶铺子拉面店
不敢在路上疯癫　我唱歌要跑偏
百分之一的概率　你迎面把手挥得明媚
余下百分之九十九的机会　不想留给那个谁

咖啡慕斯　草莓芝士　梦里我们去甜品店偷吃
被吃剩的碎屑　有玻璃蚂蚁分食
店老板要来捉我们　但他跑得没你快
要吃吗　你问　递给我没吃的半块

回头撞见一抹蓝　你的短袖衫
它倒伏在桌角像是要睡着　你也快睡着
喂小虫的面包屑　被你顽皮漏在地上
可惜你不会分我半块白面包

你拎着书包吃雪糕　再买袋早餐包
和梦里一样的　又干又涩白面包
你挥手一个笑　要吃吗　你问
我却捂着脸逃跑

# 道一声珍重

空荡楼道上空荡水印
我记得考场外高中部肆无忌惮的太极
夏天的空调　冬天的风雨
躲在树叶的隧道里渺无音讯

静静风扇下静静桌椅
我记得口误时嘈杂里幸灾乐祸的颤音
春天的郊游　秋天的簸箕
藏进灯管的明灭里悄无声息

是不是我们太吵闹
连再见都要静悄悄
是不是教室太狭小
离开后才懂得怀旧的寂寥

是不是我们太浮躁
连挥手都要乱糟糟
是不是走廊太嬉闹
分别后才体味孤独得太少

——我们毕业啦！
——嗯，道一声珍重。

# 祈　祷

如果在寺庙就对着佛祖祈祷，
坐在蒲团上喃喃地絮叨。
大佛啊，我拿着念珠祈望您保佑：
我的病痛要痊愈，记好，记好。

如果在学校就对着雕像祈祷，
跪在花圃前局促地念叨。
考神啊，我拿着钢笔祈望您保佑：
我的考试要及格，记好，记好。

如果在家就对着月神祈祷，
伏在窗台旁虔诚地唠叨。
月亮啊，我拿着机票祈望您保佑：
我的身体要健康，记好，记好。

每日每夜都要祈祷，
没有保佑我会睡不着，
可是为什么我的祈求您没有做到？
为什么我的病痛还没治好？
为什么我的考试火烧眉毛？

为什么出国的前一天我发起了高烧?
是不是我忘掉了您的忠告:
相信自己才是最好，最好。

# 新　生

——作为新生，你对未来的憧憬是什么？
——开启新的生活啊。

坐在一间陌生的教室里
并肩的土黄桌子参差不齐
没有雕刻刀签名的痕迹
失去涂鸦的黑板一碧如洗

坐在一个陌生的球馆里
盘腿的时候梦寐柔软的座椅
没有大空调催眠的气息
失去红椅的空地一览无余

我们是不是要逗留在这里
写着仓促而清晰的成熟的笔记
五官感知了厌旧的哲理
谈吐像外交官一样客客气气

我们是不是要停驻在这里
嗅着陈旧而繁忙的全新的空气

大脑塞满了军训的事宜

举止像播音员一样拘拘谨谨

——作为新生，你对当下的感受是什么？

——好像重获了新生一样呢。

# 遁世谣

池鱼坝上　网罗天光
沾衣也无妨　着芒鞋竹杖
飞雁凄惶　狡兔奔忙
谁轻嗅林香　便醉卧松冈

轻摇木桨　野渡苍茫
谁呷口新茶　折枝嫩藕芽
雨过微凉　濡湿襟发
待风倦人乏　又提鞍纵马

谁走落英道浊酒倾觞
谁乘舴艋舟垂钓满霞
谁的泼墨深锁檀木匣
谁的袖笼残存岭梅香

烟波荡尽我浮生荣华
旦暮未歇撷果南山下
你种的葵初生抹轻黄
泠泠雨下又是青芒万丈

潦草文章　凝落烛蜡
沐星辰半晌　饮一砚惆怅
前尘作罢　扶窗北向
问行夜孤狼　何处是故乡

谁倚仗寒石挥毫风雅
谁贪杯淡笑远眺沧江
谁的蓑衣抖落冬霜华
谁的眼纱难掩旧伤疤

平生未允我清欢漫长
枯坐病榻丹红脏绣帕
你熬的汤是哀愁不假
飒飒风花衔走模样潇洒

莺燕堪赏　海棠无瑕
猜你过往　不失琳琅
为独以清寡　形同草莽
拟千斗浊酿　一世疏狂

淋漓檐下　蝉声喑哑
你过我篱墙　将行歌远踏
青鲤成双　孑然终话
谁家少年郎　沉眠在今夏

# 弃笔从农

## 其　一

花篱阡陌少人车，
良田傍酒好赋歌。
朝颜潦倒方知夏，
狼狈泥衫又如何？

## 其　二

荷锄赤足老顽翁，
趺没菜丛去无踪。
青苹童子不消夏，
玲珑扇儿扑萤虫。

# 旧相识

墨客形迥俗相似，辽原何处遇故知。
强言风流等闲过，掷落朱笔久长辞。
杯空谁醉逍遥史？蔑笑仙婆采灵芝。
折柳堤头托白鹤，枯舟堪渡彼年时。

## 杨花调

荒野边　是谁傍古树弄和弦
忽如烈风袭归雁　落红乔迁
恰似伊人眼　空茫茫无依太凄艳
可否魂魄渡渊涧　羽化成仙

花入眠　辽西有良人苦清闲
且结无情茧　留那温柔执念可堪羡
娇眼欲开闭还　千里外　依稀故人旧容颜
寻觅千载又凝噎　允我付梦与婵娟

池水畔　他眉目浅淡青白衫
作别鸳鸯杨柳岸　饮狼烟一盏
胡杨湾　荒凉冢埋没锦衣冠
信书无凭亦何盼　可怜人未还

花惊觉　飞花雨淅沥湿罗园
却怪莺啼啭　怨那黄莺惊扰了酣眠
影只形单喟叹　红妆歇　枕巾有泪凋朱颜
故梦莫念恨西园　杨花涟涟落满肩

草木间　是谁催雨落没和弦
欲问残踪何处见　无语水涓涓
闺中离人泪　哭剩青丝发有几千
不羡邻家起炊烟　沧海又桑田
不念送君多幽怨　伶仃又一年

# 难　遇

还乡逢故友，垂眸伞衣后。
形容尚如初，颦笑几烟愁。
皆恐无相候，孰敢再回首。
最是人难遇，徒来添怨忧。

# 乌云遮

春秋荒度意消颓，
恨转浓时将泪催。
浩荡一帘清涤雨，
悲容难见几多回。

# 长　盼

风漫帷屏不觉冷，
三更听雨夜叩门。
私拟江南远来客，
一笛清怨话离分。

## 聊以安人

人惶屋破恐风摧，
恨人怜我我憎谁。
纵使独温月夜酒，
还可自得千千岁。

# 初　蝉

焚炉烧香云中圣，
似抚叶枝深浅层。
怎道孤身长孤寂，
柔兰天外有人声。

# 梅　约

隔年娇萼今枯剩，
寒骨消得媚残更。
梅折几度汝何在，
冻伤不胜空心疼。

# 暑　秋

他乡冷雨伤涟涟，
红褪凄凄落满肩。
奈何此都秋若暑，
虔祈季后添绒棉。

# 午时间的闲茶

# 静赏花开

韩星鹭文学导师、广州大学附属中学高级教师　余　伟

很喜欢静静地欣赏这个恬静美丽的女孩，宛如一朵小百合在微风中默默绽放，不张扬，不喧哗，就这样静静地开放着，却开出了一个美丽的文学世界。

很幸运这个女孩能成为我的学生，于是，语文课堂上，总会见到聪慧专注的双眼；随笔写作时，总会改到清新隽永的美文。不流俗，不愤青，不拘谨，不刻意，文字就这样自然地从心底涌出，带着细心感悟生活收获的温暖，带着从小沉迷阅读积淀的底蕴，带着不懈投入写作凝聚的汗水，一个个文字变成一朵朵鲜花，开放在纸张上，开出一纸的芳香。

“万顷湖天碧，一星飞鹭白。”当文学的火花跃动于年轻的心灵时，这颗心灵就会化身为一只自由的白鹭，在碧湖蓝天中翱翔；当真挚的情怀转化成鲜活的文字时，这些文字就会凝聚成一朵奔跑的鲜花，在青葱岁月里怒放。

我愿一直做一名欣赏者，微笑着静赏花开，期待着星鹭，继续在文学的殿堂快乐前行，欢笑着，再次捧回累累硕果……

## 怦然心动

知名少年作家、甘肃省作家协会会员 张佳羽

早上，捉住晨曦登临窗台的一只鸿爪，灵灵醒醒地起来，本想对《诗经》里的一首诗《蒹葭》作些阔论。这首诗的头四句震撼了我：“蒹葭苍苍，白露为霜。所谓伊人，在水一方。”前两句做了铺垫，后两句才由心达意：我那日夜思念的人儿啊，她就在河岸一方。

打开网页后，我又改变主意，且管不着古人远去的殷殷情怀，先抄近路踅进现实，利用上学前的宝石时光，说说将要出个人文集的文学小妹韩星鹭。作家在线网赫然为她开了专栏，热烘烘地宣传着她的新书 《年华是奔跑的花》。我就不得不怦然心动了。

韩星鹭比我小两岁，我们文来文往，交往有些年份。但至今没见过她的颜面。她真应了那句古语：“养在深闺人未识。”我喜欢把自己与文字一起在人前晾晒，她喜欢把自己的玉容猫起来，只丢出零星的篇章如小憨猫一样举着要圣战的旌旗摇晃：你看你看，这就是我。我只识得文字里的韩星鹭，不识得春风得意马蹄疾里的韩星鹭。

她爱好写作与我最对脾气。她的文字很实诚，没有我的顽皮与华丽。她有点像聂卫平下棋，每一个子走哪里，得动脑筋琢磨一通，哪怕慢一点，也要稳当一点。所以出产的成品并不多，每一个码好的字都沾染着霜冻的寒气。她冷静理性，在行文断句里有夏日含冰，沁牙清凉，垂钓静谧，秋秋爽爽的别致。韩星鹭的矜持，叫人在兴奋中冲淡狂想。她的文字总是在溜冰，有客观平静的冷色调，给一幅如荼的画添几笔张开翅膀的赞扬后，立即绕向偏僻的角度，收起遮天的叫

好声，转入缺憾的剖析，不痛彻入骨不罢休。

韩星鹭就要出书了。这是值得道贺的事。谢谢这个早起的晨，让我念叨一下文友，且将那首《蒹葭》诗留在回忆里，继续酿着，酿成酒当然好，好在梦中送于李白去喝……

# 花暖春至

安徽省马鞍山市书友　胡　扬

我们生活在这样的世界里。分分秒秒拼凑成的时光，在年轮中沉淀，散发出古老而神秘的光芒。草间上的露珠沿着叶茎晶莹地滑落，它倒映出的世界，永远是单纯的透明。

能想象出这样一个女孩，漫步在花间，清新的空气蔓延在她飞扬的指尖。她热爱文学，自封为文学社长；她善于发现美，寻常小事，却真实地曼舞于她的笔尖；她有精炼的语言和脱俗的能力，读着她的文字，就像抚摸着一段精致飘柔的绸缎。

她叫韩星鹭，而我手上这本粉红色的书，就是她的作品《年华是奔跑的花》。

在无与伦比的文字面前，再多的修辞都显得苍白。我只能用最简单的语言，来表达我对它的热爱。书中的散文《强说愁》，不论是辞藻还是构思，都是足够美丽的一篇文章。我翻出《宋词三百首》，背起了词，《雨铃霖》《青玉案·元夕》《钗头凤》……我想像姐姐一样，不用在作文题前眉头紧蹙，信手拈来的文章也可以真切动人。

不过，这哪是学得来的。当我还在电脑前研究着打怪的攻略时，姐姐已经捧着书本津津有味。我向电视剧里的少男少女投去艳羡的目光，姐姐翻开厚重的本子，在光滑的纸面上行云流水。其实，我也想做一个淡淡的女子，浮云薄暮，细水长流。只不过，一走进校园，保持得好好的淑女形象，全毁于一旦。

像姐姐这样的气质，我还要“修炼”很久吧。

就像电视里说的那样，泡沫剧看多了的确会产生幻想。睡前的几分钟时间，本来是回顾一天的黄金时间，却被我呆呆地用来回味偶像剧情。因此，写出的文章，也是矫情的吧。

其实不用那么琳琅。韩星鹭姐姐的素材，来自于生活，再渺小的事情，都能在字里行间开出傲人的花。

记叙文《妈妈，你听我说》，真挚而诚恳的感情浮出水面。读罢，孩子的心声真切动人。《爸爸的巴掌》，充满自省的精神，是多么可贵。改过自新的行动，是对自己的责任，也是给父母的信任一个完美的答卷。

我好佩服姐姐，她的视野很开阔，能瞭望到我看不到的地方，也能够着我触不到的风景。有这样的益友，真的是博客给我的惊喜，是难得的馈赠。

妈妈也很喜欢韩星鹭姐姐。她总是捧着姐姐的书，“数落”我：“你看看她写的文章，真挚的才能打动人。再华丽的辞藻，没有了情感，都是空的。”然后，把这本《年华是奔跑的花》放在我手上，“要认真看，好好学着点!”

呵呵，我点点头，乖乖地翻起书。

我最喜欢那篇小说《风扶花》，全文弥散着淡淡的忧伤，古韵的笔风却优美冗长。虚构的节奏，不缓不快地前行，义无反顾，像奔跑着的流年。如果这是一篇博文，我一定会忍不住地移动鼠标，点一个大大的赞。

再说说姐姐的诗。我不太会写诗，只会摇头晃脑地背诗。而姐姐的诗，不论现代古代，总有出彩的地方。韵脚工整，意境悠扬。

——且言花暖春将至，曦光何处不逢晨。

《年华是奔跑的花》。早早地知道书名，不用远瞻，就能预料到书中文章的动人。有华丽辞藻，也有真情实感，厚重的书本承载了太多，一个14岁女孩的细致和敏锐让人惊叹。

我只等着姐姐成为一个作家的时候，骄傲地拿出这本书，告诉大家——“韩星鹭”是我的好朋友，好姐姐呢！不过我也得用力追，多读心中有本，多写笔下生花。

我突然想到操场上的那些同学。金色的阳光下，他们迈着并不整齐划一的步伐，昂着头倔强地迎风奔跑。那时候的他们，就像一朵朵奔跑的花吧。

年华是朵朵花儿凑成的光阴，而我们就是那一朵朵花。我们奔跑在世间，挥洒着汗水、泪水，但从不回头。年华，就是这样奔跑着的花。

**后记：**

星鹭姐姐：说实话，大多数时候我还是个贪玩的孩子。现在进入了初三，面向中考任务也更加繁重，辗转在大小考试中，平时很少有闲暇。周末的休息时间，虽然也想偷偷闲，放松一下自己，但我还是打算每周要抽出一些时间来练练笔，还是那句话，“多读心中有本，多写笔下生花”。和姐姐相比，还是要戒骄戒躁，多多努力啊！

很高兴我写的这些话能出现在姐姐的新书中，也很期待你的新作品啊！抽空先看了书中你写的前言《小情人》这一篇，从行文的角度到文笔，细致又细腻，不得不佩服姐姐的文采。看姐姐的文章是很愉悦的事情，也总能给我灵感。

# 阅读交友

广州市广雅中学同学　黄王韬

相遇在二〇一二年九月的那个秋，我就再也“懒得”去忘记韩星鹭这个人了。

记得第一次看见她我们都很惊讶，因为她蘑菇头的发型很像我们初二的时候出国的一位女生，不止是容貌像，更像的是那文静而又沉默的样子。我一开始以为她也就只是这样一个文静又文静，不甚开朗的人，但本着“广交普通朋友”的原则，我还是加了她的QQ号。

然而在偶然的几次聊天当中，我发现对一个人的第一印象真的不能作为评定一个人的标准——人不可貌相，海水不可斗量。她只是不够外向，然而在有点交情的朋友面前，说话却是滔滔不绝。说话的口气有时辛辣有时又带着女孩子的矫情，虽然一般前者居多，但两者夹杂在一起却正好塑造出一个有血有肉，冰雪聪明，天真可爱的韩星鹭。

而对于她的文采与才华则是晚一点才发现的事情。记得是因为诗歌吧，我当时随性也喜欢写一些古体诗，而她在平时说话聊天的时候也经常说几句富有文采的话语，所以我在和她聊天的时候也喜欢把自己的这些随心之作与她分享。但我随即就被她所与我分享的诗歌给征服——更有那种古体诗的美感蕴含其中，包括我们在双方生日的时候，也曾经以诗歌互赠，这让我颇有知音之感。

再后来到了初中毕业之际，她告诉我她写了一本书，而且出版了，这让我无比的震惊。我没有想到自己身边居然有一个作家级别的人物，心里欣喜之余四处宣扬，比自己出了书还要激动半分。然而看了那本书之后，又觉得作家并没有那么遥远，所记载的也是身边小事，很多都是平时积累而来的素材，这正是她懂得观察生活，从生活里面发现乐趣的品质的体现。这是很多人都学不来的。

她的友谊也是美丽得让我羡慕，有的人会认为异校是一种遥不可及的距离，然而在她那里，有异地朋友，有异校朋友，还有那种可遇而不可求的忘年交。这与她独特的人格魅力有关系，总能吸引各种各样的人与她交朋友，交谈甚欢。

如此年龄就有如此成就，如果她能保持这份心态继续下去，我相信她在未来必定是在天空展翅的天鹅，令人万分艳羡的。祝福你，我的同学，我的朋友。

# 星星闪耀

广州市玉岩中学同学　秦乐诗

初见韩星鹭是分班的时候。周围都是三五成群的同学在谈笑风生，唯有她坐在位子上看着旁边的女生聊天，偶尔抿嘴一笑，偶尔插上一句。在那时我就觉得她应该是个文静有点内向的孩子吧。

当轮到她自我介绍的时候，她简短快速地说了几句就匆匆回座位了。心想，果然如此。

后来我与她被点名任命为语文课代表，也很荣幸地被分在一组，后来我们混熟了。她有的时候安静得可怕，一声不吭，或静静地做着自己的事，或望着某一角落，像在沉思。有时候她又一语惊人，让我们吃惊。她之前都没有在意我们的谈话，聊到一半时，突然插上一句滑稽的话，让我们哭笑不得。

后来发现原来她在文静这个"装饰"后，也有疯狂。在宿舍她经常与舍友开怀大笑，高谈阔论，甩去在班上的安静一面。面对宿管的刁难从容不屈，在门上写上"斯是陋室，惟吾德馨"的字句来自勉。

不过在她那明亮的眼睛后有一种锐利与热爱，善于捕捉周围的一切，生活中的细微，对生活充满热爱和向往。她的文字细腻，有韵味，意犹未尽。她对文字似乎有非一般人的喜爱，对文字的驾驭也得心应手，安静时会拿出本子，不一会儿就写出了大半页。每每在作文课上都得到老师的赞赏，她的文章经常被老师当作范文让我们欣赏。

她写出来的文章体裁不定，没有固定的东西。时而忧郁深沉，时而幽默搞笑，但唯一相同的是都灌入自己的情感，文字朴素清新，能让读者有所感触，身临其境，有自己的风格。

她对文字的热爱和执着是无人能比的，她一直都坚持着写作，不放过每一个灵感，这也是让我敬佩的地方。

在文学的天空中有无数耀眼的星星，有的永远发光，点缀夜空，有的稍瞬即逝。但在我心中她是永恒的太阳，照亮着我。我希望她以后能在文学的天空中做一颗永远点缀夜空的明星，展现自我，在文学殿堂上自由翱翔。

# 社友情深

广州市玉岩中学同学　熊梦凡

韩星鹭是我们文学社的社长。她文笔特别好，而且从来不拖稿，每次我看到她的文章时都会忍不住赞叹。她的文字，怎么说呢？总是给我们一种非常特别的感觉，而且故事情节跌宕起伏，让人深深地陷入其中不可自拔。

她告诉我们她出书的时候，我真的不敢相信。所以就问她是你写的吗？她对我的问题挺无语，但是还是回答当然啦。我真的不能相信跟自己那么好的朋友一下子就变成了一个作家！虽然我知道她的文笔那么好，但是没想到这么快就可以出书，再审视一下我自己，顿时觉得我弱了。

她是第一个让我真正地接触到小说的人。我还记得初一的时候我总是自己写了小说，自己一个人偷偷地写，偷偷地看。别人从来都不知道。后来韩星鹭牵头成立了文学社，大家都会相互交流，我也才知道，原来自己写的东西可以有其他人欣赏的啊。因此我特别高兴，也特别感谢韩星鹭为我打开了这扇大门。初三的时候韩星鹭转学走了，所以文学社就一直没有再组织过活动。不过我还记得初二的时候她布置过一个题目，“如果地球上只剩下你一个人，门外突然想起了敲门声……”各种各样的创意从脑海中跑出来，而我就想到了祭祀河伯的小孩。其实不是特别切题，中间曾经想过放弃不写，但是因为韩星鹭时不时地催稿，所以我的第一篇正式的微小说《人祭》就在去年的暑假诞生了，却在同时接到了韩星鹭要转学的消息。当时特别的震惊特别的不敢相信，直到我打电话问了朋友才知道她真的是要转学了。所以我回家又把《人祭》重新地修改了，当做送给她的礼物。

抛开文学，韩星鹭在生活中是一个挺无厘头的人。会为了跟自己喜欢的人说话而去催他的作文，所以她每次跟我说她和那个谁说话了，我就很配合地问说了啥啊，她就说她说了快交作文啊。每次在食堂吃饭的时候我们都会说到很好笑的事，于是几个人毫无形象地坐在椅子上放声大笑，只有韩星鹭一个，把两边的头发撩到耳朵后面自己一个人埋头对着饭盒哧哧地偷笑，在我们讲其他事情的时候，她从来不参与讨论，一个人埋头迅速地吃饭。我还记得有一次我们宿舍一起吃汤粉，一边吃一边玩，我还剩大半碗的时候她就吃完了！从此对她肃然起敬。在宿舍的时候韩星鹭的抽屉就是一个聚宝盆！各种吃的，还有那一种方便面，真的超级好吃呀。每次我吃不着面，就喝汤！有一次她吃完了面问谁要喝汤，大家都没吭声，在她已经把汤倒进垃圾桶的后一秒，我们宿舍有一个人突然大声地说："我喝!"那时候《步步惊心》正在热播，她唱："是时间的过错，让你们只能错过……"看平常特别文静的人突然变得这么的无厘头真的很顶不住。

总之在我眼中的韩星鹭文笔很好，很文静，不过现在她似乎不仅仅是文静了，文字更美。我很喜欢和她做朋友，总之希望她的文笔能越来越好。

# 后记
# 漂流在海上

## 1

掩耳合目的时候，我会觉得我们漂泊在瑰丽的大海上，身边是美丽而危险的水流。在这里，水母的蓝色萤火和银白色的鱼鳍薄情而强大，海豚不能拯救我们，一条鲸鱼便能让我们全军覆没。我们就像电影中那个叫做“派”的少年一样，乘一叶浩渺的孤舟，茫然地在大海中等待一座岛屿。哪怕脆弱得像是庞大宇宙中的浮游物，也能拥抱着红色本子，写下“文字是我唯一的寄托”的话来。

这就是我们所在的世界。

## 2

世界上没有全能的倾听者，连知己也做不到。没有人能在所有话题上与你产生共鸣，从“雪是领首低眉间揉进眼底的忧伤。”到“我对某事的怨恨几乎让我想写篇刻薄的文章发表在报纸上！”其间夹杂着“比起进口电影我更偏爱国产片”“我梦见我被人枪杀了”等等。

但我迫不及待地想要谈到它们，急切得甚至懒得去和别人兜个大圈子绕到我想说的话上，于是我找到了超越知己的存在——Word文档以及一连串的打字声。我用漫长的日日夜夜把我这么多年来想说的话像开闸一般倾倒了出来，连童年的细枝末节也没有放过。

与其说文字是我的灵魂伴侣，不如直白地说有时候它也是我宣泄的出口。它能把我的声音无论优劣好差尽数吞了下去，再准确无误地传递给我愿意倾诉的人。这比迎风站在山崖上，对着深渊喊得声嘶力竭要轻松了不少，却也一样有着大快人心的功效。

## 3

时间是最伟大的治愈师，也是最愚昧的刽子手。它天真地以为割除痛苦的部分便能减轻我们的痛苦，就好比认为截肢手术会让病人觉得无比幸福。药物过量会杀死体内的有益细菌，时间会在无意间剥离美好的东西。名字念得少了就会变成生涩的新词，好朋友牵着手跑着跑着就散了，散着散着就再也找不回来。我甚至会困惑我和她们之间的藕断丝连是因为曾经共同经历过笑与泪，还是简单地需要一个玩伴。

直觉告诉我这些故事不应该被荒弃，我应该在它们的容颜老去前留下它们最美好的样子，就像永不苍老的画中仙。如果没有一柜子的相册，我或许会过早地忘记这些活泼的小段子，三个好朋友在白云山脚下的鸣泉居喂鸽子放风筝，或是趁警察不在偷偷爬上机场的巡逻车。我甚至不记得某个小学同学是否在毕业那年拥有了一个亲妹妹，但我至少可以把这些繁琐的事情记下来，存入电脑或纸张永恒地储存。

如果这些故事在兵荒马乱中愈发残破，那么我要用石头刻字护它们周全。如果大海的涛声会洗掉沙滩上的凹槽，那么我要用袋子把沙砾兜回家。我要阻止它们的风化，直到我坐在躺椅上白发苍苍。那时的我说不定会捧腹大笑吧，但至少在此刻，我要严肃地对她保证一句“如假包换”才好。

## 4

我曾度过这样一段消极而敏感的日子。那时我没日没夜地宅在屋子里写散文。我沉溺在这样的囚禁中，有文字纵容我，但它不能让我得到解脱，它会让我无休止地陷入消极的泥潭，从感知到融化成麻木且悲哀的淤泥。这是文字让我又爱又恨的魔力。直到发生了一个小小的突发事件——书房的空调机忽然不再制冷，于是我被迫转移到长辈卧室里一张软塌塌的床垫上去睡午觉。床垫挨着巨大的向阳飘窗，有阳光趁虚而入穿透窗帘单薄的躯壳，亮堂堂，暖融融。我想我不会忘记当我拉开窗帘后窥视到的风景。柔光温暖了行人的脸，呈现出毛茸茸的质感，哪怕楼下的气温其实很可能煎熟一个鸡蛋，我也只会想到热腾腾的拿铁咖啡或是懒洋洋的午后的猫。都是很矫情的说法啊，但如果不是这或多或少在作祟的矫情，我或许不会那么迫切地想要出门走走了。

世界多么美。

## 5

有时候会为了一篇散文而在小区里漫无目的地兜圈子，美名其曰“找童年”。自以为衣服口袋里揣上一支笔和一个小本子就是小记者招摇过市，迈着优哉游哉的步伐，像游吟诗人一样用挑剔而陶醉的眼光收纳藏在每一个角落里的感慨。别人都会觉得很奇怪吧。喂喂别用这种眼神看着我，我不是疯子，真的。

停停走走一个多小时，本子上写满了“轻而易举地跳上了当年说什么也爬不上的小丘”，“可以沿着干涸的河床一直走”，“三年前在沙坑里埋下的一元硬币被挖走了”等等。如果不是突发奇想的散文我不会贸然前往这些熟悉的领地，我低下头，瞥见非主流的本子右下角有一行小字，“我是不是老了？”

物是人非的疏离让我有些窒息，也可能是天气太热。

## 6

父母说我关显示屏关得比什么都快，哪怕把开门的声音减轻到了极致，也窥探不到文章的半个字眼。所以他们一般会得出一个结论：我在玩电脑。

其实每篇文章处于现在进行时的作者都脆弱得不堪一击，尤其是篇幅稍长的时候。我就是这样，哪怕正把键盘敲打得如鱼得水，我也能在一句漫不经心的来自旁观者的评价中败落下来，“我怎么没看出这有什么意思？”“这个名字我不喜欢，你一定要改。”“废话有点多了。”“你到底想表达什么？”……其实都是善意的，也有很大成分是因为没有阅读全文，但我即使表面上一副无所谓的样子，内心里那一点微薄的自信也会被尽数击溃，以至于严重的话会因为失去足够的斗志而无法支持我继续下去。就像一个越吹越大的气球，快要膨胀成它最理想的形态了，却是有一根绣花针，轻轻地触碰了它一下。于是它颜面尽失地爆破了，响亮地宣告了失败，而且再也无法恢复完全。

这只是一根小小的绣花针啊。所有人都会这样想。

但我还是尽可能地躲避带刺的东西了，我甚至会看似很不虚心地请一些说话比较和气的人来评价我的半篇文章，与其说是听取建议，不如说是索求鼓励和赞美，因为我往往会诚惶诚恐地添上一句，“我没让你说缺点！”

我就是这样脆弱得不堪一击。

## 7

我迟迟不敢写小说。不是觉得自己不够强大以至于毁掉十来年的过往——还有什么比过往更美丽？也不是守财奴一样把自己的故事藏着掖着就是不把它们放出来晒晒太阳。而是一点怯弱，“写出来会被所有人嘲笑死的吧？”“那个谁谁谁看到了会不会生气呢？”“如果结局不是大团圆的话他们会不会觉得我是在诅咒他们呢？”“可能大概应该不会来找我麻烦的吧。”……

然后就一直为这些犹犹豫豫的，直到我找到了光明磊落的借口，“文学是需要虚构的。”可能会看到熟悉的人和事，“啊这不就是某某某吗？”“原来某某在你眼中就是这样子的啊。”但我可以名正言顺地逃避这些，因为每个人物都是搀和成一团色块的颜料，本色的纯白，别人眼中的大红大紫，我眼中的蔚蓝，再抹上背景需要的黑灰，美感需要的浅粉，幽默需要的暖黄等等，什么都蘸一点，什么都涂一下，最后融合成一个看不出所以然的颜色，于是再也不能用纯白或是蔚蓝来定义，虽然依旧能看得出真实的影子，但怎么猜想都觉得似是而非。

“你这明明就是某某某嘛！”

“嘘——”

## 8

其实都结束了吧，我忙碌的出版任务。

我挥挥手说再见，“谢谢你，谢谢我自己。”

哪怕海上风暴卷走少年派的红色本子是为了偿还他一汪淡水湖和一座狐獴遍野的岛屿，哪怕这座麦田般美丽的岛屿能让人生存下去，我也宁愿像抱着救命稻草一样死守着我的日记。与其在日记和岛屿中选择岛屿，不如与海洋的万千银鱼漂游在一起。

毕竟文字比起狐獴来得更让人安心。

**图书在版编目（CIP）数据**

流行爱慕 / 韩星鹭 著. -- 北京 ：作家出版社，2015. 4
ISBN 978-7-5063-7929-8

Ⅰ. ①流… Ⅱ. ①韩… Ⅲ. ①中国文学 – 当代文学 – 作品综合集 Ⅳ. ①I217. 2

中国版本图书馆CIP数据核字（2015）第072610号

**流行爱慕**

**作　　者：** 韩星鹭
**责任编辑：** 那　耘
**装帧设计：** 刘之君
**出版发行：** 作家出版社
**社　　址：** 北京农展馆南里10号　　**邮　　编：** 100125
**电话传真：** 86-10-65930756（出版发行部）
86-10-65004079（总编室）
86-10-65015116（邮购部）
**E-mail:zuojia@zuojia.net.cn**
**http://www.haozuojia.com**（作家在线）
**印　　刷：** 三河市北燕印装有限公司
**成品尺寸：** 170×240
**字　　数：** 300千
**印　　张：** 20. 5
**版　　次：** 2015年4月第1版
**印　　次：** 2015年4月第1次印刷
ISBN 978-7-5063-7929-8
**定　　价：** 38. 00元